उर्मिला शिरीष
की
लोकप्रिय कहानियाँ

उर्मिला शिरीष
की
लोकप्रिय कहानियाँ

उर्मिला शिरीष

प्रभात प्रकाशन, दिल्ली
ISO 9001:2015 प्रकाशक

प्रकाशक • **प्रभात प्रकाशन**
4/19 आसफ अली रोड,
नई दिल्ली–110002

संस्करण • प्रथम, 2019
मूल्य • तीन सौ पचास रुपए
मुद्रक • आर–टेक ऑफसेट प्रिंटर्स, दिल्ली

URMILA SHIRISH KI LOKPRIYA KAHANIYAN
Published by Prabhat Prakashan, 4/19 Asaf Ali Road, New Delhi-2
e-mail: prabhatbooks@gmail.com ISBN 978-93-5322-358-8
₹ 350.00

आदरणीय

मुकेश वर्माजी

को

यानी पाठकों के हृदय में बैठी कहानियाँ

अब तक प्रकाशित कहानियों में से कुछ चुनिंदा कहानियों, वे भी लोकप्रिय कहानियों का चयन करना थोड़ा मुश्किल तो लग रहा है, पर कुछ अर्थों में आसान भी। क्योंकि इन कहानियों में प्राय: वे सभी कहानियाँ आ गईं, जो मुझे प्रिय हैं और मेरी आत्मा की आवाज भी। कहानी लिखना यों भी जटिल और श्रमसाध्य होता है, पर मैंने महसूस किया कि तमाम कहानियाँ कथ्य, परिस्थितियों और पात्रों के अनुसार अपनी नियति खुद तय करती गईं। मैंने सोचकर कभी किसी कहानी की परिणति तय नहीं की। उसमें आए पात्र और घटनाएँ यह काम स्वत: करवाते गए। हाँ, मैंने अपनी कहानियों में जीवन के उन पक्षों को लाने की कोशिश की है, जो किसी कोने में अपरिचित, उपेक्षित से पड़े बाहर आने की राह देखते हुए तड़पते रहते हैं। हमें पुकारते रहते हैं। व्यक्तिगत रूप से मुझे जो घटनाएँ और विषय आंदोलित करते हैं, जिनका सीधा-सीधा संबंध व्यक्ति और समाज से होता है, वही मेरी कहानी में भी उतरते हैं, अन्यथा हर पल कितना कुछ घटित होता रहता है, पर वह कहानी की शक्ल अख्तियार नहीं कर पाता। इसका मतलब यही हुआ कि कहानी अपने आप में विशिष्ट विधा है, जीवन के हर स्पंदन से जुड़ी हुई। इस पृथ्वी के हर जीव से जुड़ी। इन कहानियों के चयन के पीछे की कथा-अंतर्कथा मेरे लिए खास है, इसलिए मैं इन्हें आपके साथ भी साझा करना चाहती हूँ।

…पाठकों के लिए लिखना, पाठकों के बीच अपनी कहानियों की स्थिति जानना… एक लेखक के जीवन का सबसे बड़ा अनूठा अनुभव होता है। पहले पाठकों के पत्र आते थे, उसके बाद मैसेज और अब मोबाइल पर उनकी प्रतिक्रिया। लिखा हुआ एक-एक शब्द धरोहर की तरह होता था और बोला हुआ शब्द हवाओं के साथ इधर-उधर बिखर जाता। पर यह जानकर कितनी खुशी होती है कि किसी एक कहानी ने किसी पाठक की सोच को, उसके निर्णय को, उसकी मानसिकता को बदल दिया है या…उसके हृदय के भावों को आलोड़ित कर दिया है—यही लेखक के लिए लेखन की सबसे बड़ी ताकत होती है।

मेरी ये तमाम कहानियाँ मेरे पाठकों के बीच बहुत पढ़ी और सराही गई हैं।

प्रार्थनाएँ कहानी भारतीय समाज में व्याप्त उस धारणा को तोड़ती है कि हर पुरुष चाहे वह पिता हो, पति हो या बेटा···स्त्री के खिलाफ ही रहता है। उसको शोषित करता है। उसकी स्वाधीनता को, उसकी निर्णय-क्षमता को दबाता है, नकारता है। पति के रूप में यदि पुरुष ऐसा करता है तो बेटे के रूप में उसकी भूमिका, उसका चरित्र, उसकी सोच एकदम अलग ही नजर आती है। इस कहानी का 'पुत्र' ऐसा पुत्र है, जो परंपरागत विधि-विधान के उलट अपनी माँ के लिए वह सब करता है, जो माँ, पत्नी या स्त्री अपने पति और बेटे के लिए करती है।

बिवाइयाँ कहानी के पीछे का दर्द था किसानों द्वारा की जानेवाली आत्महत्याएँ। मेरा बचपन गाँव में बीता है। सूखा, बारिश और इल्लियों का प्रकोप मैंने देखा था। वे भयावह दृश्य मेरी आँखों से कभी नहीं गए। खेत, पेड़, पौधे, मवेशी··· कैसे झुलस जाते हैं सब सूखा पड़ने पर और किसान भगवान् और भाग्य भरोसे स्वयं को छोड़कर छाती पीटते रहते हैं। उनके सपनों को प्राकृतिक आपदाएँ पूरा होने के पहले ही खत्म कर देती हैं। उनके जीवन की वह भयावह पीड़ा, संघर्ष और न खत्म होनेवाली जीवन-यात्रा कैसे नारकीय बन जाती है। सहकारी समितियाँ, बैंक और साहूकार कोई भी मुसीबत के समय किसानों का सहयोग नहीं करते, बल्कि ब्याज के नाम पर, ऋण वसूली के नाम पर उनके साथ जो दुर्व्यवहार करते हैं, वह उनके लिए बेहद कष्टदायी और मारक होता है। किसानों के लिए राजनीति करनेवाली पार्टियों ने कभी भी उनकी वास्तविक स्थिति को नहीं समझा है। मुआवजे के नाम पर जो सर्वे कराए जाते हैं, वे स्थानीय राजनीति, व्यवस्था, नेताओं और अधिकारियों के कारण किसानों का हित नहीं कर पाते हैं। इसलिए इस कहानी में मैंने किसानों की भीषण पीड़ा और उस पीड़ा का राजनीतीकरण किए जाने की विभीषिका उठाई है।

राग-विराग कहानी में संबंधों, अपने आसपास के लोगों से, पक्षियों से संबंधों की रागात्मकता का पक्ष सामने आता है। आज के भूमंडलीकृत विश्व में नौकरी और पढ़ाई के सिलसिले में बच्चे बाहर जा रहे हैं। विदेश में रह रहे हैं। ऐसे में अकेले होते माता-पिता की पीड़ा को वे समझकर भी, महसूस करके भी कुछ नहीं कर पाते हैं··· कहानी की नायिका रोहिणी ने अपने एकांत के चारों ओर एक और संसार, यानी परिवार बना रखा है, जिसे बेटा नापसंद करता है। वह हरेक को शक की निगाह से देखता है। वर्ष में एक बार आनेवाला बेटा उनकी व्यवस्था को छिन्न-भिन्न करके चला जाता है, लेकिन जाने के बाद उसे लगता है कि माँ का असल परिवार तो वही है, जो हर पल उनके साथ, उनके आसपास रहता है।

रोटियाँ कहानी 'भूख' के खिलाफ लड़ी जानेवाली क्रांति की याद दिलाती हैं। जो

रोटियाँ एक कुत्ते की, एक गरीब की भूख मिटा सकती हैं, वहीं रोटियाँ दूसरों के लिए मजाक का विषय बन सकती हैं, यह बात मुझे भीतर तक कुरेदती थी। 'रोटियाँ' जब छपी तो सैकड़ों पाठकों ने अपने अनुभवों को मेरे साथ साझा किया था।

दीवार के पीछे सांप्रदायिक तनाव के बीच प्रेम की भावनाओं को पल्लवित होने देने की व्यथा-कथा है। लड़का-लड़की अपने घर से भाग जाते हैं, जैसा युवावस्था में प्रेम में पड़कर दो अलग जाति, समाज और धर्म के युवा करते हैं। जिस जगह वे छुपते हैं, वहाँ वे ऐसे असामाजिक लोगों के बीच फँस जाते हैं, जहाँ से निकलना उनके लिए नामुमकिन हो जाता है और मार दिए जाते हैं अंततः आतंक के नाम पर। सच्चाई की हत्या करनेवाले लोग कितने निरपराध, मासूम और सच्चे प्रेम करनेवालों के साथ ऐसा करते हैं, यह कहानी के पात्रों की स्थिति को देखकर समझी जाती है। इस कहानी को लेकर मेरे और पाठकों के बीच लंबी-लंबी बातें हुईं, सवाल-जवाब हुए और मुझे लगा, शाश्वत भावनाओं को कोई ताकत, कोई सत्ता, कोई संप्रदाय कभी भी खत्म नहीं कर सकता है।

अपराधी कहानी यों तो एक पागल औरत की कहानी है, जिसका रंग-रूप देखकर लोग उसे भले घर की महिला समझते हैं और मरी हुई (घायल होने के बाद) बच्ची को चायवाले की नाजायज औलाद, पर किसी को नहीं मालूम कि अपने घर-परिवार से विस्थापित किए गए लोग दूसरी जगह जाकर किस अवस्था में कैसा नारकीय जीवन जी रहे होते हैं। उनकी जिंदगी सड़कों पर गुजरती है और वे आसमान के नीचे अपना जीवन खो देते हैं।

लकीर कहानी मेरी प्रिय कहानी है, क्योंकि इसमें एक व्यवसाय से जुड़ी, फिर बेदखल कर दी गई लड़की के संघर्ष की कहानी है। पिता को लगता है कि लड़की उनकी संपत्ति का हिस्सा माँग रही है, जबकि वह अपने जीवन और अस्तित्व के लिए लड़ रही होती है। लड़कियों को आज भी पराया धन समझा जाता है। आज भी लड़कियाँ अपना हिस्सा माँगते हुए, स्वीकारते हुए हीन-भावना का शिकार होती हैं। उन्हें स्वार्थी कहा जाता है। उनको लालची कहा जाता है। माता-पिता लड़कों को हिस्सा देते हुए गर्व महसूस करते हैं, जबकि लड़की को देते हुए अपार कष्ट अनुभव करते हैं। प्रतिभा का जीवन पिता की ऐसी ही सोच से नष्ट हो जाता है। वह पिता के घर से निकाल दिए जाने के बाद पुनः अपने लिए संघर्ष करती है। समाज की यह सोच कब बदलेगी और कैसे, नहीं मालूम! एक तरफ एक ही माता-पिता की संतान लड़के ऐश का जीवन जीते हैं और दूसरी तरफ लड़कियाँ एक-एक रोटी के लिए संघर्ष करती हैं। यह असमानता का भाव स्वयं माता-पिता पैदा करते हैं।

उसका अपना रास्ता कहानी तो जैसे मेरे सामने ही घट रही थी। वह समय, वह समाज¨ वो बदलती युवा पीढ़ी की सोच, मानसिकता, उनके सपनों की उड़ान मेरे

भीतर दस्तक दे रही थी। पहला ड्राफ्ट मुझे संतुष्ट न कर सका। मैंने कहानी उठाकर रख दी। साल भर कागजों को टटोलते हुए पुनः इस पर नजर पड़ी तो लगा कि इसे दुबारा लिखा जाना चाहिए, क्योंकि जो इसके भीतर था, वह बाहर की दुनिया में अब भी चल रहा था। बस एक ही बैठक में जो लिख सकी, वह आपके सामने है। 'कथन' के संपादक आदरणीय रमेश उपाध्याय ने लौटती डाक से लिखा, इसे कहीं अन्यत्र न भेजें। पाठकों की विविध और व्यापक प्रतिक्रियाओं ने इस कहानी को मेरे लिए विशिष्ट बना दिया, लेकिन इसके पीछे की कहानी के पीछे मेरे मन में निरंतर चलनेवाली बहसें थीं, आँखों देखा सच था··· पूरी एक युवा पीढ़ी थी—विद्यार्थी युवा पीढ़ी—जिसका आकर्षण साहित्य, कला-संस्कृति से ज्यादा सौंदर्य प्रतियोगिताओं की ओर था। यह कहानी अपने समाज—आधुनिक समाज—की तेजी के साथ बदलती हुई मानसिकता, भूमंडलीकरण तथा बाजारवाद के आकर्षण में डूबे हुए मध्यमवर्गीय समाज की लड़कियों की आंतरिक दुनिया को बहुत कुछ यथार्थ की भूमि पर अभिव्यक्त करती है। वह समाज, जो अपनी जड़ों, परंपराओं, मूल्यों, नैतिकताओं, संस्कारों तथा महत्त्वाकांक्षाओं के बीच संक्रमण की स्थिति से गुजर रहा है, टकरा रहा है और इस टकराहट से जो मानसिक जगत् बन रहा है, वह अलग होकर भी पूरी तरह से अलग नहीं है। उसमें एक तरफ अगर खुला आकाश है, उड़ान भरने की उत्कंठा है, तो दूसरी तरफ पंख कतरने की वर्चस्ववादी कैंची भी। शोषण और विश्वासघात भी। नए और पुराने का द्वंद्व भी। रिश्तों के टूटने की व्यथा और कुंठा भी, पर अपनी पहचान के लिए कदम उठाने का साहस भी! इस कहानी की दोनों पात्र वृंदा और अनु दी मेरी छात्राएँ रही हैं। उनके जीवन को, सपनों को, जीवन-शैली को, मुसकराहटों को मैंने बहुत करीब से देखा है। ये वे भारतीय लड़कियाँ हैं, जो चमक-दमक से भरी दुनिया की तरफ सपनों भरी आँखों से देखती हैं, उसमें घुलने-मिलने, उसे स्वीकारने, उसे जीने के लिए अपनी जड़ताओं या कहना चाहिए तथाकथित मर्यादाओं को तोड़ती हैं, लेकिन अपने संस्कारों और पारिवारिक मूल्यों से मुक्त न होने के कारण उसकी कीमत भी चुकाती हैं। उस कीमत की अकेलेपन और छलावे में जीवन का अर्थ तलाशती हैं। असीम व्यथा और आँसुओं में स्वयं को जीने का हौसला देती हैं। रचनाकार अपने समय में जीता है, उसके प्रवाह में बहता है, अपने पात्रों के दर्द में शरीक होता है, बल्कि कहूँ, पात्रों का दर्द उसका दर्द बन जाता है।

मैं देख रही थी सौंदर्य प्रतिक्रियाओं का विश्वव्यापी प्रचार-प्रसार। जादुई आकर्षण, रातोरात लोकप्रियता प्राप्त करना, पैसा कमाने के सैकड़ों रास्ते मिलना और स्टारडम (तो रहता ही है) का जादू! गाँव-देहातों, गली-कूचों में होनेवाली इन सौंदर्य प्रतियोगिताओं ने एक असली-नकली सौंदर्य का तूफान-सा ला दिया था। यह सब बाहर से बहुत आसान दिखाई देता है, लेकिन होता नहीं है। अपनी पहचान बनाए रखने की लगातार कोशिशों

और तमाम बाधाओं को पार करने के पश्चात् ही सफल होती हैं। कहानी की नायिका का व्यक्तित्व और अनु दी की चिंताएँ जैसे दो विपरीत स्वभाव न होकर दो ध्रुव थे। दो तरह की दृष्टियाँ, जो दो समाजों, दो जीवन-शैलियों की प्रतिच्छायाएँ थीं—माता-पिता तथा दादी का अपना मध्यवर्गीय मानस। एक लड़की का अकेले निकल जाने का त्रास, उन्माद··· दुस्साहस, भय, असुरक्षा की भावना, अनजाने संसार में खो जाने की चिंता।

यह कहानी स्त्री की आत्मचेतना की, अपने आपसे मुक्त होने की, आत्मनिर्णय की कहानी भी है और यह सदियों से चली आ रही पुरुषसत्ता की उस निरंकुश प्रवृत्ति को नकारने की कहानी है, जो अपने स्वार्थी और हिंसात्मक स्वभाव के चलते स्त्री को वस्तु के रूप में इस्तेमाल करना चाहता है। निश्चय ही इस कहानी को लिखकर मुझे संतोष हुआ था कि आज की अति महत्त्वाकांक्षी लड़कियाँ बिना सोचे-समझे जिस रास्ते पर चलती हैं, उस पर भटककर जीवन समाप्त न करें, बल्कि जीवन जीने की कोशिश करें। जो लड़कियाँ अनंत आकाश में उड़ान भरना चाहती हैं, पर उस उड़ान में जो दबाव, जो रोमांच, जो भय, जो प्रसन्नता, जो गिरने-बिखरने की आशंका रहती है, उन सबको यह कहानी कहने की कोशिश करती है।

निर्वासन कहानी जिस समय लिखी गई, उस समय वृद्धों की समस्या नए सवाल लेकर आ रही थी। वृद्ध घर-परिवार में सबसे फालतू और उपेक्षित प्राणी होते जा रहे थे। आज भी हैं। समझ में नहीं आ रहा था कि संबंधों का यह कुरूप रूप कहाँ से आ गया है ? यों मेरी कई कहानियों के पात्र वृद्ध हैं और 'निर्वासन' के दादाजी का अपने पोते तक आना तीन पीढ़ियों के अंतर्संबंधों के सच का आना था। मैंने उन दिनों दिल्ली की यात्राएँ खूब की थीं और स्टेशन, उसका परिवेश, सबकुछ मेरे भीतर बस चुका था। 'निर्वासन' शीर्षक से मेरा कहानी-संग्रह जब भारतीय ज्ञानपीठ से आया, तो उसकी खासी चर्चा हुई, क्योंकि आज भी भारतीय परिवार तथा समाज भावनाओं में जीता है। उसकी जड़ें समूह में हैं। संयुक्त परिवार या 'कुटुंब' प्रणाली मात्र व्यवस्था नहीं है, यह जीवन का सार है, जीवन की शक्ति है। इसीलिए परिवार का हर व्यक्ति महत्त्वपूर्ण होता है। वृद्धों के प्रति सहानुभूति रखना समाज की स्वाभाविक प्रवृत्ति है। 'निर्वासन' कहानी मेरे दिल के बहुत करीब है। मैं इस कहानी को कभी नहीं भूल पाती हूँ। चूँकि मेरी परवरिश संयुक्त परिवार में हुई है। मैंने अपने पिता से ज्यादा अपने ताऊजी को अपना माना है, इसी तरह ताऊजी के बेटे को अपने बड़े भाई से भी ज्यादा सम्मान, प्यार और स्नेह दिया है, लिया है तो वही मेरी दृष्टि रही है। जब मैं बाहर किसी को यों उपेक्षित देखती हूँ तो तकलीफ से भर उठती हूँ। मेरा मन सोचकर छटपटा उठता है कि क्यों हमारे अपने 'यों पराए' हो जाते हैं। पाठकों के बीच इस कहानी की व्यापक प्रतिक्रिया हुई थी।

बाँधों न नाव इस ठाँव बंधु! जब 'वागर्थ' के 'वृद्ध विशेषांक' में छपी तो वृद्ध

लोगों के जीवन के कितने रहस्य मेरे सामने खुलते चले गए थे। उनकी अनकही भावनाओं ने मुझे रुला दिया था। प्रेम जैसी भावना को उन्होंने अपने भीतर कब से छुपाकर रखा होगा, यह सिर्फ लेखक का विश्वास ही होता है कि वह दूसरों के साथ यों जुड़कर उसके जीवन का राजदार बन जाता है। यह कहानी मेरी बेहद प्रिय कहानी है, मेरी आत्मा में बसी और आत्मा से निकली। यह कहानी कई स्थितियों की ओर हमारा ध्यान आकर्षित करती है। वृद्धावस्था में शरीर से लाचार व्यक्ति का मन अतीत, स्मृतियों और उनसे जुड़े स्थानों के बीच दौड़ता रहता है। इस दौड़ में वह कितनी बार घायल होता है, कितनी बार रोता है, कितनी बार पिघलता है। प्रकृति ने जीवन में जो रंग घोले हैं, इन रंगों का असर उसकी जिजीविषा में देखा जा सकता है। अपनों के बीच पराया होता उपेक्षित व्यक्ति सारी खीझ, सारी यातना दूसरों पर उड़ेलता है। लेकिन संबंधों का कोई एक कोना ऐसा जरूर होता है, जहाँ वह अपने प्रिय व्यक्ति के साथ अपने आपको जोड़ता है। अपनी भावनाओं को बाँटता है। यहाँ रिश्तों के कई रूप और रंग हैं—पिता-पुत्र का रिश्ता, जो आरंभ में दुनियादारी से जुड़ा होकर कितना भौतिकवादी लगता है, लेकिन जब वही पुत्र पिता के निजी अंतरंग आत्मिक पक्ष को देखता है, समझता है, तब पिता-पुत्र एक-दूसरे ही धरातल पर खड़े नजर आते हैं, अन्यथा पिता का किसी दूसरी स्त्री के प्रति आकर्षण उसे परिवार की नजरों में बेहया, चरित्रहीन और न जाने क्या-क्या बना देता है। यहाँ इस पुत्र का मन अपने पिता को एक दूसरे रूप में ही स्वीकार लेता है, जो उसके पितृत्व के आवरण को उतारकर एक तीसरे व्यक्ति के रूप में समझने की, स्वीकार करने की, बल्कि साथ देने की कोशिश करता है। पुत्र की मन:स्थिति, उसका अंतर्द्वंद्व, सभी कुछ उस उदात्त भावभूमि पर जाकर अंतर्लीन हो जाते हैं, जहाँ कोई भी संबंध भावनात्मक होकर भी आत्मिक स्तर पर अपनी उपस्थिति को महसूस करवाने में सफल हो जाता है। पिता-पुत्र के संबंधों की यह मिठास, यह गंभीरता, यह समझदारी, यह मानवीयता, यह कोमलता, यह पवित्रता मुझे बहुत भली और हृदयस्पर्शी लगी थी। स्त्री-पुरुष के संबंध भी यहाँ निस्स्वार्थ हैं, निष्कपट हैं, पवित्र और अपेक्षाविहीन हैं। प्रेम का ऐसा शाश्वत और उदात्त रूप जो कहीं भी कहानी में दिखता नहीं है, पर वही उसकी आधारभूमि है और उनकी जिजीविषा का सूत्र भी। इस कहानी में मृत्यु का जो वर्णन है, वह मेरे रोम-रोम को सिहरा देता है। मैंने जीवन में पहली बार मृतक को इतने करीब से देखा था। जीवन और मरण की यात्रा में मनुष्य का संघर्ष कितने स्तरों पर चलता है, कितनों के बीच चलता है। लिखते वक्त कैसे वे तमाम स्थितियाँ निर्मित होती गईं शब्दों में, मुझे याद नहीं, मगर यह कहानी पाठकों के बीच जब गई तो मुझे कितने ही बुजुर्गों के पत्र आए। उनका दर्द, उनका अकेलापन, उनका छुपा हुआ प्रेम, आत्मीयता; जैसे मैं उनकी हमराज बन गई थी इस कहानी के माध्यम से। उन आँसुओं और शब्दों ने मेरे लिखे को सार्थक कर दिया था।

इसलिए मुझे यह रचना खुद भी द्रवित कर देती है। यहाँ भावनाएँ, संवेदना और चरित्र तीन चीजें एक साथ चल रही थीं, हर बात में नाराज चीखते-चिल्लाते पिता... मजाक करता पुत्र और अंत में प्रकट हुई रूपा। तीनों पात्र जैसे तीन जीवों के चरित्रों के प्रतीक बन गए और मानस पर ऐसे छा जाते हैं कि उतरने का नाम नहीं लेते हैं। जब तक मैंने इस कहानी को लिख नहीं लिया था, तब तक वे यानी पिता, पुत्र और रूपा मेरा पीछा करते रहे थे। मुझे लगता है, रचनाकार जब अपने मन मुताबिक पात्रों की बात को कहानी में कह देता है तो वह उसकी भी प्रिय रचना बन जाती है।

पत्ते झड़ रहे हैं कहानी में मूल विषय प्रेम है। इस कहानी का अंत जिस क्षोभ और करुणा में होता है, वह बेहद मर्मांतक है। यह कहानी प्रेम के एक अलग और इकतरफा रूप को व्यक्त करती है। एक भोलीभाली लड़की, जिसने जीवन में कभी संघर्ष देखा ही नहीं, वह केवल एक पुरुष या पति को प्रेम करते हुए, प्रेम में जीते हुए ही अपने लिए देखना चाहती है, जबकि जयंत के लिए प्रेम से ज्यादा जीवन के संघर्षों पर विजय पाना है। गरीबी, अभाव, संघर्ष और जीवन में स्थिरता लाने की, सपनों को पूरा करने की जद्दोजहद में लगा जयंत सीमा के प्यार को महज अपरिपक्व दिमाग की भावना मानता है। भावुकता और आकर्षण का पर्याय मानता है। प्रेम को कभी परिभाषित नहीं किया जा सकता, पर प्रेम के साथ, प्रेम की भावनाओं के साथ 'खिलवाड़' होने की वेदना अपने आप में ही यातनादायी होती है। सीमा के पिता का अंबिका के प्रति जो व्यवहार रहता है, वह सीमा के उन्हीं कष्टों से पैदा हुआ लगता है। अंत तक पता नहीं चलता है कि आखिर सीमा है कहाँ? अंबिका के लिए वह घटना, पिता का वह व्यवहार उसे आहत तो करता ही है, अपमानित भी करता है। उनके व्यवहार से संकेत मात्र मिलता है कि सीमा की तकलीफ ने उसके पिता को ऐसा कहने और करने पर विवश किया होगा। यह कहानी निस्स्वार्थ प्रेम की कहानी कही जा सकती है। सीमा का निस्स्वार्थ प्रेम, पर भविष्य से अनजान सीमा नहीं जानती कि जयंत उसके बारे में क्या सोचते हैं? कहानी का मर्म इसी बात में छुपा हुआ है।

2000 से 2008 तक मैंने दिल्ली की बहुत यात्राएँ की थीं। उन यात्राओं के दौरान मुझे स्टेशनों को देखने... भीड़, भिखारी तथा बच्चों को देखने का विरल अनुभव हुआ, जिसके कारण मैंने कई कहानियाँ लिखीं, जैसे 'निर्वासन', 'किसका चेहरा', 'पत्ते झड़ रहे हैं' आदि। रेल में यात्रा करना मुझे बेहद प्रिय है। सघन अंधकार में भागती ट्रेन के बाहर के वे दृश्य देखकर मैं रोमांचित हो उठती हूँ, इसलिए मैं अपने आसपास के समाज, कॉलेज और रेल तीनों को अपनी कहानियों की प्रेरणा मानती हूँ। मेरे पात्र मेरा साथ ही नहीं छोड़ते हैं। एक पात्र में चार व्यक्ति बैठ जाएँ तब भी नहीं! एक पात्र चार स्थानों का हो जाए, तब भी नहीं!

मेरी कहानियाँ मेरे और दूसरों के अनुभवों का मिला-जुला प्रतिरूप हैं। इसलिए इनमें कल्पना का कम, यथार्थ का ज्यादा प्रभाव है। जीवन में सच कड़वा और असहनीय होता है। यह सच या तो संबंधों को बहुत तरह से साफ-सुथरा बना देता है या कड़वाहट भर देता है। मन की पवित्रता का दावा करना आज के समय और समाज में बेवकूफी या झूठ लग सकता है, पर ईमानदारी से रहना, ईमानदारी से जीना, ईमानदारी से देखना-दिखाना आज भी संभव है। हर युग और हर समाज का सच ही समय और देशकाल की सीमाओं को पार करके मनुष्य समाज में धड़कता रहता है।

ये सभी कहानियाँ मेरे लेखन के बहुआयामी पक्षों को तो उद्‌घाटित करती ही हैं, साथ ही मेरे लेखन के उस चेहरे को भी सामने लाती हैं, जिस पर भावनाओं, संवेदनाओं और मानवीयता की झलक दिखाई देती है। मैं स्वयं को स्वयं के प्रति ईमानदार रखने की कोशिश करती हूँ और यही ईमानदारी तथा संघर्ष मेरे लेखन की ताकत है, वरना कब के फना हो गए होते।

—उर्मिला शिरीष

अनुक्रम

प्रार्थनाएँ

"अरे माँ! आपको क्या हो गया है?"

"बस बेटा, ऐसे ही चक्कर आ रहे हैं।" माँ का अनमना-सा विरक्ति भरा जवाब।

"आपका चेहरा तो एकदम पीला पड़ गया है।" बेटा चिंतित और उतावला हो उठा।

"अभी दवा खा लूँगी।" माँ ने टालते हुए कहा। टालना ऐसा कि बेटा आगे सवाल न करे। पर बेटा अब टालनेवाली मन:स्थिति को पहचान चुका है।

"माँ, आपको अपने पर भी ध्यान देना चाहिए।" माँ की आँखों में बेचैनी की मछली तड़पी, उछली और फिर अदृश्य हो गई। माँ ने समझा बेटा ने देखा नहीं, पर बेटा चुपके से देख लेता है।

"क्या ध्यान दूँ बेटा!" माँ ने ऐसा कहा, मानो ये तकलीफें उसके लिए कोई मायने नहीं रखती हैं।

सचमुच ध्यान दे पाती है क्या माँ स्वयं पर। ज़बसे उसने होश सँभाला है, माँ को एक हाड़-मांस की सेल्फ मशीन की तरह काम करते पाया है। सुबह पाँच बजे जब असंख्य परिंदे समवेत स्वर में कलरव करके चारों तरफ संगीत की तान छेड़ देते, हल्का सा उजाला चारों तरफ फैलने लगता, सूरज खरामा-खरामा सरकता-सा एक कमरे से दूसरे कमरे की खिड़की से अदृश्य होता जाता, दूधवाले घंटियाँ बजाते सड़क पर दिखाई देते, कुत्तों का समूह सड़क पर दौड़ता नजर आता, तब से उनकी दिनचर्या आरंभ होती और अनंत रात्रि तक अनथक चलती रहती। हर मौसम की अँधेरी-उजली वेला में पानी भरना…अनदेखे…अनकहे…छोड़े…बिखरे…गंध-सुगंध से भरे…रसोई के काम निपटाना…पापा के लिए बिस्तर पर ही नीबू पानी, फिर चाय, फिर पेपर, फिर नाश्ता देना…नहाने के पहले कपड़े निकालना…पानी की बोतल…टिफिन…गाड़ी की चाबी, यहाँ तक कि उनका सामान गाड़ी में रखना। पापा की हर फरमाइश पूरी करती माँ कई बार थकान से, गुस्से से या कमजोरी से गिरती…टकराती…झुँझलाती…अचकचाती…बड़बड़ाती अपने

लिए एक कप चाय पीने का समय नहीं निकाल पातीं। वह जानता है, माँ को सुबह-सुबह शीतल अलसाई और धूप के सौंदर्य से नहाई छत पर घूमना पसंद है। माँ को सूर्योदय के साथ बरामदे में बैठकर पेपर पढ़ना पसंद है। माँ सुबह-सुबह रेडियो सुनना पसंद करती थी, बल्कि उसने देखा था कई बार तो माँ बच्चों की तरह दौड़ती··· खेलती···कूदती··· साइकिल चलाती नजर आती थीं, पर वही खिलखिलाती, गुनगुनाती, दौड़ती-भागती, हँसती माँ आज एकदम थकी और पस्त नजर आती हैं। उनके गुलाबी गाल आज कितने दुबले, चपटे और चितकबरे से नजर आते हैं। उनके रेशमी बाल आधे से ज्यादा झड़कर सफेद हो चुके हैं। उनकी आकर्षक तराशी देह बेडौल, थुलथुल और मोटी हो चुकी है। बीच-बीच में आते मेहमान, दोस्त जिनकी फरमाइशें माँ के लिए मुसीबतें लेकर आती हैं। इन मुसीबतों का कोई नाम नहीं होता, न कोई चेहरा—

"अरे सरिता, तुम्हारे हाथ के बने मैथी के पराँठे खाने हैं।" पहला कहता।

"ज्वार की रोटी खाने का मन कर रहा है।" दूसरा कहता।

"चाय के साथ थोड़े भजिए भी बना लेना।" तीसरा कहता।

जैसे माँ को इसके अलावा कुछ आता ही न हो।

"ये रोटियाँ बाई ने बनाई हैं, उसके हाथ का खाना गले के नीचे नहीं उतरता।" उधर हर दूसरे दिन पापा खाने की थाली सरकाते हुए कहते। तब वह न चाहते हुए भी टोकने को विवश हो जाता। हद तो तब होती जब पापा कभी भी किसी भी दिन ऑफिस से फोन पर कहते, "सरिता, शाम को चार-पाँच दोस्त आ रहे हैं।"

"बताना तो था···।" माँ लाचार अविरोधी होकर रह जातीं। मना करने का मतलब यानी हंगामा होना।

"तुम्हें क्या करना है?" उधर से झुँझलाती आवाज आती। पापा को न सुनने की आदत नहीं है। उनकी बात का, आदेश का पालन होना ही चाहिए।

"पापा, आपकी फरमाइशें कभी पूरी नहीं होतीं, आप तो बोलते ही जाते हो। माँ को यही सब करना पड़ता है, दूसरों के सामने वे कुछ कह भी नहीं पाती हैं, आपको अपने दोस्तों की खुशी की परवाह है, पर कभी उनके बारे में सोचा?" वह झुँझला उठता। उसे आश्चर्य होता कि पापा को माँ की चिंता क्यों नहीं होती। उनकी थकान···उनकी रुचि-अरुचि क्यों नहीं दिखती। उन्हें क्या अच्छा लगता है, क्या बुरा, पापा क्यों नहीं सोचते? वे उनकी तकलीफ को क्यों महसूस नहीं करते?

फिर वह देखता, माँ दिनभर सब्जियाँ धोने, काटने, छीलने, छौंकने, बघारने, सजाने-सहेजने में लगी है। क्रॉकरी की सफाई-धुलाई-पुछाई में लगी है। ढलती शाम जब माँ को घूमना, टहलना अच्छा लगता है, जब माँ को न्यूज सुनने की तलब लगती, जब माँ का पसंदीदा सीरियल आ रहा होता, जब माँ का कोई नाटक या संगीत का प्रोग्राम

देखने-सुनने का मन होता, तब पापा के दोस्तों का जमघट लगा है, सबकी पसंद की चीजें बनाई-परोसी जा रही हैं। उनकी सेहत और खूबसूरती को लेकर हँसी-मजाक किया जा रहा है। क्योंकि माँ हमेशा पापा के लिए एक 'औरत' रहती है। औरत जिसका मजाक बनाया जाना, जिसे छेड़ना, जिसे गरियाना, जिसे खरीदना-बेचना सब जायज हो! सारा माहौल एकदम अलग मदमस्त। धुआँ-धुआँ! सुरूर से छलकता-महकता। और माँ···माँ का चेहरा उतरता जा रहा है। फीकी पड़ती मुसकराहट को बार-बार बटोरती माँ असहज होने लगती, तब पापा की व्यंग्यकारी हँसी उन्हें सजग बना देती है! कभी माँ हँसती, कभी हँसने-मुसकराने का अभिनय करती, माँ अकेली अपने बिस्तर पर नीम बेहोशी में पड़ी नजर आती थकी-हारी। ये हजारों शामों-रातों की कहानी है। अब इस कहानी का अंत होना चाहिए, उसके दिमाग में नए-नए आइडिया आ रहे हैं।

"माँ, मैंने आपके लिए कुछ सोचा है।" वह माँ के कंधे दबाता, पीठ पर मालिश करते हुए कहता। जानता है, माँ अपने दर्द की शिकायत नहीं करेगी। काश! माँ शिकायत करना जानती!

"क्या ?" उनकी भारी पलकें खुलती नहीं हैं।

"आप मेरे साथ जिम जाना शुरू कर दो।"

"मैं और जिम···!" माँ चकित सी उसका चेहरा देखती हैं। युवा होते बेटे का चमकता-दमकता चेहरा!

"आपका फिट रहना जरूरी है। कितनी औरतें आती हैं। न तो आप सुबह घूमने जा पाती हो, न शाम को। कुछ तो करना होगा माँ अपनी सेहत को लेकर।"

"मुझसे नहीं होगा।" माँ के भीतर बैठी कमजोर औरत उन्हें हताश कर रही है।

"होगा माँ···होगा। आप कोशिश तो करो।" कई दिनों तक लगातर बहुत समझाने के बाद वह माँ को अपने साथ जिम लेकर जाने लगा है। माँ उसको बहुत मानती है, शायद इसीलिए!

"आप भी सूट और जीन्स पहना करो माँ, कितनी स्मार्ट लगोगी।" वह मुसकराता है। एक मोहक और आत्मीय मुसकान। अलौकिक और पवित्र मुसकान! विश्वास दिलाती मुसकान।

"इस उम्र में ?" माँ और भी आश्चर्य में डूब जाती है। बेटा उनके थके अवसाद में डूबे मन और लापरवाही से ठुकराए गए तन को नए साँचे में ढालना चाहता है। चाहता है कि माँ अपने पुराने समय में, पुराने रूप में, पुरानी दुनिया में लौट जाएँ। रंगों-खुशबुओं और उल्लासों से भरे समय में!

"तो क्या हुआ, आप कितनी खूबसूरत लगती थीं। आप नाटकों में काम करती थीं ना, आप मिस कॉलेज रही थीं और कविताएँ भी लिखती थीं, फिर ऐसा क्या हुआ माँ कि

आप ऐसी हो गईं, सबकुछ छोड़ दिया आपने! आपने अपना सत्यानाश जो होने दिया माँ! मैंने आपके पुराने फोटो देखे हैं। माँ, आप खुद को महत्त्व देतीं तो सामने वाला आपको महत्त्व देगा। सब जानते हैं कि आप तुरंत पिघल जाती हो, बात मान जाती हो...सबको लगता है कि आप कहीं नहीं जाओगी, कुछ नहीं कहोगी तो सबको लगता है कि आपको जैसा चाहो वैसा यूज कर लो। दो दिन चुप रहकर देखो माँ, 'ना' कहना सीखो माँ। नकारना सीखो। आप कितनी अच्छी हो माँ, आप नहीं जानतीं।" वह माँ का आत्मविश्वास बढ़ा रहा है। वह माँ को समय की पटरी पर दौड़ाना चाहता है। वह चाहता है माँ हवाओं के साथ...परिंदों के साथ अपने मन को उड़ाएँ, न कि गिरें-डगमगाएँ। उसके दिलोदिमाग पर अनेक चोटें हैं, जो गाहे-बगाहे पापा के द्वारा पहुँचाई गई हैं। वह उन जुमलों को सुनकर सिहर उठता है—"तुम तो ढल गई हो, बुढ़िया लगने लगी हो, इस बुढ़ापे में यह पहनोगी।" और पापा की न थमने वाली वो क्रूर हँसी-ठहाके, सबके बीच मजाक उड़ाता उनका वो शैतान चेहरा। वह कैसे तो कसमसाकर रह जाता। कैसा तो उसका मन रोने-रोने को होता, कैसे वह स्वयं को रोक पाता है।

अब वह माँ के साथ शॉपिंग करने जा रहा है। खिले रंग के सूट, आधुनिक नए फैशन के कपड़े-जूते। ब्यूटी पार्लर पर जाकर उनके बालों की कटिंग, चेहरे की मसाज...। उसने देखा था, पतझड़ आने पर पत्ते पीले पड़कर झड़ते हैं और वही सूखा पीला मुरझाया वृक्ष पुनः हरा-भरा हो जाता है, लहलहाती शाखें...मर्मर करते पत्ते, खिले-खिले फूल जब प्रकृति बदल सकती है तो माँ क्यों नहीं। माँ को रूपांतरित करने के लिए उसने यहीं से कल्पना की थी। क्योंकि वह माँ को दुनिया की सर्वश्रेष्ठ और सुंदर स्त्री बना देना चाहता है। वह माँ को हँसते, खेलते, मुसकराते, खिलखिलाते और गुनगुनाते हुए देखना चाहता है। वह चाहता है कि माँ जहाँ से गुजरे, अलग-सी और विशिष्ट दिखे। वह उनके मन-आत्मा और हृदय में जीवन की खुशबू बिखेर देना चाहता है। कई बार उसे लगता माँ एक नन्ही-सी नाजुक, भोली-भाली बच्ची है, जिसे ढेर से प्यार और देखभाल की जरूरत है।

"माँ, आपको सुबह-सुबह सोना पसंद है। कल से आप मत उठना। मैं पानी भर दिया करूँगा। दूध गरम कर दिया करूँगा।" और सचमुच ही दूसरे दिन से वह माँ को बच्चों की तरह सुला रहा है, कोई शोर उन तक न पहुँचे, कोई उन्हें परेशान न करे। शोर की कोई आवाज वहाँ तक न पहुँचे।

"पापा, माँ को मत जगाना।" वह पहली हिदायत पापा को देता।

"क्यों, क्या तबीयत खराब है?"

"उन्हें सुबह ही नींद आती है। बेचारी ठीक से सो भी नहीं पाती हैं।"

"मेरी चाय कौन बनाएगा, सुबह से इतने लोग आते हैं, दूधवाला, बाइयाँ...और

बाकी लोगों को कौन झेलेगा?" पापा का गुस्सा बढ़ने लगता है।

"आप खुद बना लिया करो ना अपनी चाय और बाई किसलिए है?"

"मैं चाय बनाऊँगा, दिमाग खराब हो गया है तेरा!" घर का प्रथम शक्तिशाली पुरुष यानी पापा का स्वर रूखा, तीखा और क्रोधाभिभूत हो उठता है।

"मैं बना दिया करूँगा...बस।" वह बात को खत्म करने के लिए कहता।

"माँ का चमचा! साला! मेरे खिलाफ माहौल बना रहा है।" उसके कानों में पापा के शब्द चोट पहुँचा रहे हैं। उसे घायल कर रहे हैं। पलटकर बोलना जरूरी है।

"सुनो पापा, तमीज से बोला करो। मुझे माँ की तरह ट्रीट मत करना। मैं देखता आ रहा हूँ...इसीलिए बोल रहा हूँ। माँ को नौकरानी बनाकर रखा है आपने। कभी ध्यान दिया उनकी तरफ। कितनी बीमारियाँ हो गई हैं उन्हें? वे क्या से क्या हो गई हैं, पर आप क्यों सोचोगे?"

आज उसका मन अपनी तमाम भड़ास, तमाम क्षोभ और तमाम घृणा निकाल देना चाहता है। वह माँ के लिए आकाश का टुकड़ा बनकर उन्हें किसी कोमल फूल की तरह धूप-गरमी...आँधी-तूफान...बारिश से बचा लेना चाहता है। वह माँ के लिए नरम, गुलगुली जमीन तैयार कर देना चाहता है। वह माँ के लिए सबकुछ पापा को, परिवार को, आसपास की दुनिया को, यहाँ तक कि ब्रह्मांड तक को बदल देना चाहता है। और अरसे बाद वह देख रहा है माँ उबर रही है। माँ बोल रही हैं, भीतर को धीरे-धीरे ही सही पर उड़ेल रही हैं, कदम बढ़ा रही हैं अपने नए चमकीले सुंदर जीवन की ओर। उनके गालों पर चमक लौट रही है, उनकी आँखों में दीप जल उठे हैं, उनकी देह हल्की और स्वस्थ हो रही है। उनकी बातों में, व्यवहार में, चाल-ढाल में नजाकत और नफासत दिखने लगी है। उनके चारों तरफ एक खूबसूरत सा, पर मजबूत घेरा बनता जा रहा है।

"आपने कभी गलत बातों का विरोध भी नहीं किया माँ! गालियाँ, मार, अपमान कब से सहती आ रही हो, कब तक सहोगी? और क्यों माँ, कोई यकीन करेगा कि..."

वह माँ के आँसुओं को समेट रहा है, अपनी लंबी मजबूत उँगलियों के पोरों में—"आपको बुरा नहीं लगता, कैसे सुन लेती हो?"

"लगता है, बेटा, बहुत बुरा लगता है, आत्मा छलनी हो जाती है, मन आत्मग्लानि से भर उठता है कि क्यों यह सब सुनती रही हूँ, क्या मजबूरी थी जिंदा रहने की! पेट भरने की! समाज में स्वयं को सुखी विवाहित स्त्री दिखाने की, पर सब सोचने के बाद यही ध्यान में रहता है कि मेरे बाद तुम सबका क्या होगा? कौन तुम लोगों का खयाल रखेगा और कौन है तुम्हारे अलावा...जिसके लिए मैं स्वयं को दिलासा देती रही, स्वयं के होने का अर्थ खोजती रही। पर अब तक कोई साथ देनेवाला नहीं था, इतने लोगों के बीच मैं अकेली जो थी।" माँ का गला रुँधता जा रहा है। आँखों के सामने बादलों की चादर

बिछ गई है। चादर फड़फड़ा रही है, आँसुओं के सरोवर में कमल खिलने को तैयार है।

"आजकल बेटे के साथ मेरे खिलाफ मोरचा खोल लिया है!" पापा का छोड़ा तीर माँ को जा लगा है।

"तुम्हारे खिलाफ नहीं, मैं तो खुद को सँवारने की कोशिश कर रही हूँ।"

"ऐसा कौन सा दुःख है तुम्हारे जीवन में! झूठी सहानुभूति पाने के ये चोंचले…।"

"सुख भी तो नहीं है।" माँ इन दिनों बहस नहीं करती हैं। बस छोटा सा जवाब देकर चुप लगा जाती हैं।

अनचाहा तनाव धुआँ बनकर उड़ रहा है उन दोनों के दरम्यान। आदेश, आज्ञा और मनमानी की दीवारें दरक रही हैं। हाँ, इन बातों को हवा लगी तब और ज्यादा, जब इस बीच पापा का एक्सीडेंट हो गया। लगा पापा मौत से लड़कर उठे हैं। पल भर में दुनिया बदल गई है।

घर में कोहराम-सा मच गया। माँ तो जैसे पागल-सी हो गई है। सारा घर भरा है। नाते-रिश्तेदार, मित्र। सबकी बातें। सबकी चिंताएँ। गहरी चिंताएँ। दुनिया भर के सुझाव। सुझावों की प्रतिस्पर्धाएँ! सबके अपने बहुत करीब होने के दावे। दावों की अदायगी और दिखाईगिरी।

"भइया, मैंने आपके लिए मन्नत माँगी है, आपको मेरे साथ मंदिर चलना होगा।"

"राजू, मैंने तेरे लिए सोलह शुक्रवार के व्रत रखे हैं।"

"भइया, हम लोग आपके लिए प्रसाद भेज रहे हैं।"

"अपनी सेहत का ध्यान रखना…सरिता, तुम्हें राजू का ध्यान रखना चाहिए। देखो तो क्या हाल हो गया है।"

"पूरा ध्यान आपको भइया पर देना है। फिलहाल सब छोड़-छाड़ दीजिए।"

"आप लोगों को क्या लगता है, माँ पापा का खयाल नहीं रखती।"

"अब और ज्यादा ध्यान रखना होगा न।"

"इन्हीं को समझाओ कि अपना खयाल स्वयं भी रखा करें।" वह जानबूझकर जवाब दे रहा है। वह माँ की चुप्पी को तोड़ रहा है।

वह पापा को उतना ही प्यार करता है, जितना माँ को, पर माँ की इस घर में आज तक वह जगह नहीं बन पाई, जो पापा की है, जो उनके घरवालों की है, जो उनके दोस्तों की है, जो उनके रिश्तेदारों की है। वे जब चाहे पराये घर की बेटी बना दी जाती हैं। 'परायी' कह दी जाती हैं। 'परायी' कहकर कभी भी उन्हें परिवार के अहम निर्णयों से बेदखल कर दिया जाता है। पापा के परिवार की औरतें गुपचुप बातें करती हैं। पूजा-पाठ करती हैं, पापा के पास बैठकर एक अलग दुनिया बना लेती हैं और माँ को यों तिरस्कृत कर देती हैं, गोया वो कुछ हैं ही नहीं।

"पापा, इतने दिनों से माँ आपकी सेवा में लगी है। पता है, कितने दिनों से ठीक से सोई तक नहीं। सब लोग उन्हीं को आकर नसीहतें दे रहे हैं। जबकि आपकी हालत के लिए कौन जिम्मेदार है? आप न··· । उस दिन शराब पीकर गाड़ी चला रहे थे न।" उसका स्वर ऊँचा और ऊँचा होता जा रहा है। जिस सच्चाई के नीचे निर्दोष माँ को पीसा जा रहा है, वह उस सच्चाई को, सच्चाई की नंगाई को सबके सामने लाना चाहता है। पापा का झूठ और माँ का सच··क्यों उलटा हो जाता है, क्यों पापा वैसे ही माँ का हाथ थामकर नहीं कहते—"चिंता मत करो···" जैसे अपने भाइयों से कहते हैं, जैसे अपनी बहनों से कहते हैं—जो दूर बैठी पापा को घंटों समझाती रहती हैं—जैसे वे अपने आत्मीयों से कहते हैं। क्यों पापा माँ को आज तक अपना नहीं बना सके। क्यों उनके रिश्ते दिखावटी और स्वार्थ से भरे हैं। क्या है, जो उन्हें माँ से दूर और अलग कर देता है। माँ से जन्मा वह उनके खानदान का हो गया, उनका सेवक हो गया और माँ वहीं-की-वहीं हैं··दूसरे खानदान की, दूसरे घर की!

पापा के स्वस्थ होने के लिए प्रार्थनाएँ की जा रही हैं, दुआएँ दी जा रही हैं। मंदिरों में प्रसाद चढ़ाए जा रहे हैं। सत्यनारायण कथा करवाई जा रही है। महामृत्युंजय का जाप करवाया जा रहा है।···वह देख रहा है, देखता आ रहा है कि माँ पूजा करती हैं। मंदिर जाती हैं। व्रत-त्योहार करती हैं। हम सबके लिए। पापा के लिए। वह जानता है, हम सबके लिए माँ हर पल जीती हैं। हम सबके समय के साथ सोती हैं, जागती हैं। हम सबकी खुशी से खुश होती हैं। हम सबकी मुसकान देखकर मुसकराती हैं। हम सबकी परेशानी से परेशान हो उठती हैं, हम सबकी पसंद का खाना बनाती हैं, खाती हैं। और हम सब माँ के लिए क्या करते हैं, वह गुस्से में बड़बड़ा रहा है। जो आदमी चौबीस घंटे उनका बुरा करने, मजाक उड़ाने, नीचा दिखाने के अलावा कुछ नहीं करता, उसके लिए सबकुछ किया जाता है और जो माँ हर पल उनके लिए लगी रहती है, उन्हीं को अपराधी की तरह पेश किया जा रहा है। यह माँ का अपमान है, यह माँ की उपेक्षा है, यह माँ की तपस्या का मजाक है। सारा परिवार एक तरफ और दूसरी तरफ माँ अकेली!

"माँ, कल से एक नर्स आएगी पापा की देखभाल के लिए।" उसकी आवाज की दृढता के आगे माँ निरुत्तर रहती है।

"पर बेटा, सब क्या कहेंगे?"

"मैंने कह दिया न। आपको सबकी परवाह क्यों रहती है? आप अपनी परवाह करना सीखो माँ। आपने पापा के लिए कोई पूजा रखी है न? पहले भी करवा चुकी हो।"

"हाँ, पंडितजी कर रहे हैं मंदिर में ही।"

"आपको लगता है, पापा बदलेंगे?"

"ईश्वर ने उन्हें नया जीवन दिया है, बेटा!"

"मैं भी उन्हें प्यार करता हूँ माँ, मुझे भी उनकी चिंता रहती है, पर उनकी आदतें, उनकी भाषा···उनका रवैया···।" उसकी आवाज काँप रही है। दु:ख से भरा वह माँ का पक्ष रखना चाहता है। माँ के लिए भी वही सब चाहता है, जो पापा के लिए होता आया है या पापा अपने लोगों के लिए करते हैं या इस परिवार के लोग सिर्फ पापा के लिए करते हैं। पापा का यह दोहरा व्यवहार उसे सहन नहीं होता। पापा के दो चेहरे क्यों हैं···क्यों? पापा मालिक माँ नौकर, पापा हुक्मरान माँ सेवक पापा सच्चे माँ झूठी···पापा सबकुछ··· माँ नाकुछ···।

"बेटा! तू मेरे लिए इतना टेंशन क्यों लेता है?"

"कल आपका चैकअप होना है। आपको भी ठीक रहना है माँ!"

"समझती हूँ बेटा, मैं ठीक हूँ।"

"आपकी सेहत के लिए मैं···।" कहते-कहते रुक जाता है वह। पिछले वर्षों में माँ एक-न-एक मुसीबत से घिरी रही हैं। कभी गिरी हैं तो कभी बीमार पड़ी हैं तो कभी बुरी खबर उन्हें झिंझोड़ देती है। उनके ग्रह खराब चल रहे हैं या उनका समय! अगर ईश्वर या कोई शक्ति पापा को ठीक कर सकती है तो माँ को भी ठीक कर सकती है! वो परमात्मा··· वो ईश्वर जो शक्ति माँ का भी रक्षाकवच बन सकती है।

दूसरे दिन सबने देखा, घर में एक पंडितजी आए हुए हैं। पूजा की सामग्री रखी हुई है। वह व्यस्त है। उसके चेहरे पर गंभीरता के भाव जमे हुए हैं। उसकी आँखें शांत और सुंदर भावों में डूबी हैं! उसके लंबे-लंबे हाथ पूजा की सामग्री को सुंदर ढंग से थालों में सजा रहे हैं। किसी की तरफ देख भी नहीं रहा है। उसने अपने आसपास खामोशी का सघन घेरा बना लिया है, जिसमें कोई प्रवेश न कर पाए···सिवा माँ के!

"यह पूजा किसके लिए करवा रहे हो, बेटा?" पापा की तरफ से सवाल आता है।

"माँ के लिए।" वह हल्के से मुसकराता है।

"माँ के लिए···।" सब अचरज में हैं। कुछ-कुछ उखड़े हुए, नाराज से। बीमार पिता से ज्यादा माँ की चिंता है इसे। क्या हो गया है इसे।

"क्यों माँ के लिए पूजा-पाठ, हवन-पूजन नहीं किया जा सकता। आपके लिए तो बड़ी-बड़ी पूजाएँ तो हो ही रही हैं ना।" वह विनम्र किंतु दृढ आवाज में बोला। चारों तरफ फूलों की महक है। धूप, चंदन, अगरबत्ती की गंध फैल रही है।

"अभी तक तो ऐसा सुना नहीं। हम तो सोच रहे थे तुम पापा के लिए पूजा करवा रहे हो। इस समय तो पापा के लिए ज्यादा जरूरत है पूजा-पाठ की। आखिर तुम्हारी माँ को ऐसा क्या हुआ है?" कहनेवालों की आवाज में तल्खी उतर आती है। ईर्ष्या और दुत्कार का भाव भी!

"पापा के लिए ज़ाप चल रहा है न, वो भी महामृत्युंजय जाप! माँ हम सबके लिए

सालों से यह सब करती आ रही है। क्या मुझे माँ के लिए नहीं करना चाहिए, माँ भी सुरक्षित और स्वस्थ रहें, क्या बुराई है।" उसकी सख्त और निर्णायक आवाज सुनकर सब खामोश हो जाते हैं। सबको लगता है उसके मन में माँ के लिए कुंठा पैदा हो गई है, वह आहत और असुरक्षित महसूस कर रहा है। वह सबके सामने माँ की इज्जत बढ़ाना चाहता है। शायद माँ को पापा के बरक्स खड़ा करना चाहता है। माँ-पापा के बीच दरार पैदा करना चाहता है। वह जताना चाहता है कि इस घर में उसी को इस औरत यानी अपनी माँ की चिंता है। वह साबित करना चाहता है कि वह सच्चा, समर्पित और फिक्रमंद बेटा है। वह ताकीद करना चाहता है कि तुम सब माँ को अकेला मत समझना, पर नहीं···वह तो पंडित के सामने बैठा है आँखें मूँदे, हाथ जोड़े, सिर झुकाए, ध्यान में लीन, सचमुच प्रार्थना कर रहा है, संकल्प ले रहा है, माँ पापा को एकात्म करने का। उन्हें करीब लाने का, उनके बीच प्रेमाभाव प्रस्फुटित करने का! लोग क्यों नहीं समझते कि वह माँ-पापा के बीच कोई दरार नहीं डालना चाहता है, बल्कि वह चाहता है, जिस माँ की पवित्र मिट्टी में पापा का बीज पड़ा था, उसकी उत्पत्ति का वह प्रतिरूप है, दो शरीरों का एक शरीर···एक मन, एक आत्मा, उसके लिए माँ-पापा धरती हैं, आकाश हैं, समुंदर हैं, हवा हैं, धूप हैं, पानी हैं···उन दो अलग शरीरों से उत्पन्न वह 'जीव' अनवरत कोशिश कर रहा है अपने माध्यम से जोड़ने का, जुड़ने का और ये लोग हैं कि माँ-पापा को विलग किनारों पर खड़ा देखना चाहते हैं। नहीं, वह ऐसा नहीं होने देगा। वह माँ की हर इच्छा को पूर्ण करना चाहता है।

उसके भीतर प्रार्थनाओं के आदिम, शांत, पवित्र स्वर अविरल प्रवाहित हो रहे हैं और बाहर उसके आसपास के वातावरण में गूँज रही है मंत्रों की पावन, मधुर सांगीतिक ध्वनि!

□

बिवाइयाँ

दुकान पर पाँव रखने की जगह नहीं थी। शहर का पुराना बाजार। छोटी सँकरी सड़कें। सड़कें क्या गलियाँ कह सकते हैं। दस कदम आगे बढ़े कि एक नई सँकरी सड़क शुरू हो जाती। पुरानी ऊँची कई मंजिला इमारतें। पुराने जमाने की छोटी-बड़ी दुकानें इन्हीं इमारतों के नीचे जमी हैं। इनकी दरो-दीवारें बताती हैं कि पीढ़ियों से यहाँ के लोग पुश्तैनी धंधा कर रहे हैं। स्कूटर, मोटर साइकिल, ऑटो और कारों का बेरोक-टोक आना-जाना। मस्ती और बेपरवाही का आलम यह कि लोग सड़क के बीचोबीच खड़े जूस पी रहे हैं या गरमागरम कचौड़ियाँ खा रहे हैं या ठेले से फल-सब्जी खरीद रहे हैं। ऐसी ही बेपरवाह भीड़ को चीरते हुए वह सर्राफे की उसी दुकान पर जा पहुँची, लेकिन दुकान के भीतर-बाहर का दृश्य चौंककर पड़ी, कहीं दूसरी दुकान में तो नहीं आ गई। उसने निगाहें उठाकर बोर्ड पर लिखी इबारत पढ़ी, वही दुकान थी। बाहर जूतों और चप्पलों का ढेर लगा था। इस दुकान में जूते उतारकर जमीन पर बैठना पड़ता है। जाजम पर धूल-मिट्टी, पाँवों के निशान लग जाते, फिर भी यह जाजम दूसरे दिन ही बदली जाती। यह दूसरा मौका था, जब वह अपने जेवरात गिरवी रखने आई थी। यद्यपि सर्राफा बाजार में दूसरी दुकानें भी थीं; पर यह उसे एक विश्वसनीय परिचित के माध्यम से मिली थी। दूसरा यहाँ बैठनेवाला सेठ तथा उसके दोनों बेटे सज्जनता से बात करते थे। सेठ जो दुबला-पतला होकर भी एकदम स्वस्थ और सचेत दिखता था, उसके चेहरे पर झुँझलाहट···हँसी··· आत्मीयता या विनम्रता जैसे भाव दिखाई नहीं देते थे। हाँ, उसके बेटे अलबत्ता हल्की सी मुसकराहट के साथ सिर हिलाकर नमस्ते कर लिया करते थे। देनेवाला देने के भाव से ही अपना अव्यक्त प्रभाव सामने वाले पर डाल देता है, भले ही बदले में वह कोई वस्तु क्यों न ले रहा हो। यहाँ आते वक्त उसको अव्यक्त तनाव जकड़ लेता था। उसके भीतर पहचाने जाने की शर्म थी।

दुकान के करीब पहुँचते ही वह चारों तरफ देख लिया करती थी कि कहीं कोई परिचित तो नहीं देख रहा है। क्योंकि बाहर बोर्ड पर लिखा था, 'यहाँ जेवर गिरवी रखे

जाते हैं।' वह जानती है कि इस दुकान पर आदमी तभी आता है, जब उसके सामने कोई दूसरा विकल्प न रह जाता हो। वह परिचितों के बीच 'बड़े आदमी' की बनी-बनाई साख को ध्वस्त नहीं करना चाहती थी। न जाने कितने तूफान गुजर गए, पर कभी उसने अपनी 'आप बीती' जगत् के सामने नहीं सुनाई। इस वक्त यही अंतिम रास्ता और विकल्प बचा था। इसी अंतिम विकल्प पर चलते हुए वह यहाँ खड़ी थी। उसने साड़ी का पल्लू ढीला किया। पसीना पोंछा। तेज धूप, उमस और गरमी के कारण उसका जी मिचला उठा था। दुकान के भीतर अपने लिए जगह तलाशती वह एक कोने में खड़ी हो गई। सामने जो लोग थे, वे किसी दूसरे देश के लग रहे थे। दुबले-पतले, हड्डियों का ढाँचा मात्र। सभी के गाल पिचके हुए थे। आँखें अंदर धँसी हुई थीं। दाँत पीले, बदबूदार और टेढ़े-मेढ़े। मैली धोती। झूलता हुआ कुरता। किसी ने गमछा सिर पर बाँधा हुआ था तो किसी ने कंधे पर डाला हुआ था। उन सबके बाल रूखे खड़े थे, जैसे सूखी घास हो। आसमान की सारी तपिश उनके चेहरों पर उतर आई थी। आँखों में ठहरा गहरा अवसाद...चिंता और असमर्थता उन्हें जड़वत् बनाए हुए थी। वे सब खामोश थे। उनकी खामोशी के पीछे निराशा का भाव छाया था। उसने देखा, आज सेठ ने अतिरिक्त लड़कों को काम पर लगा रखा था। वे तेज-तेज हाथों से बही-खाते उठा-रख रहे थे। वह प्रतीक्षा कर रही थी कि उन तीनों में से कोई उसकी तरफ देखे तो वह बताए कि उसे भी जल्दी जाना है। आधे घंटे बाद सेठ के बड़े लड़के ने उसे अंदर आने का इशारा किया। जैसे-तैसे वह दुकान के अंदर एक कोने में दीवार से टिककर बैठ गई। पसीने की गंध भरी थी। उनके कपड़ों से धूल, मिट्टी और पसीने की बू आ रही थी। बूढ़े जवान और प्रौढ़ किसान, जो खेतों में बीज बोने के लिए पैसों की व्यवस्था करने आए थे, वे सब चुपचाप बैठे थे। वह सोचने लगी, ये यहाँ क्यों आए हैं? क्या इन्हें सरकार से मिलने वाली सहायता का पता नहीं है या सहकारी समितियों की भूमिका से ये अनभिज्ञ हैं? उसका मन प्रतिप्रश्न कर बैठा। अगर पता भी हो तो क्या मिलनेवाला है? पचास-साठ वर्षों में तमाम योजनाएँ, घोषणाएँ और व्यवस्थाएँ किसानों को कितना समृद्ध कर पाई हैं? क्या आज भी किसान सूखा और बाढ़ से नष्ट हुई फसलों के कारण आत्महत्या नहीं कर रहे हैं? कौन ले रहा है उनकी सुधि? जो खोज-खबर लेते हैं वे, या तो फैक्टरी के लिए जमीन का सौदा करते हैं या बहुमंजिला इमारतों के साथ एक बड़ा बाजार खड़ा कर देते हैं। सेठ ने काँच की टेबल को पीछे खिसकाया, ताकि बैठने की जगह निकल सके। काँच के नीचे चाँदी के सुंदर जेवरात चमक रहे थे और बाहर उसी चाँदी के पुराने जेवरातों का ढेर लगा था। पता नहीं इनमें से कब किसने किन खुशियों को पूरा करने के लिए इन्हें खरीदा होगा। जेवरों की चमक के साथ अपनी पत्नी और बेटी की मुसकान देखी होगी। वही जेवर आज बेरौनक से पड़े थे बिकने के लिए या गिरवी रखने के लिए। मुसकानों को छीनकर!

"कितना चाहिए?" सेठ ने सामने बैठे व्यक्ति के चेहरे पर निगाहें गढ़ाकर पूछा।

"तीन हजार···।"

"तीन हजार···तीन हजार तो नहीं हो पाएँगे।"

"तो···ऽऽ।"

"ढाई हजार तक हो पाएँगे।" सेठ ने बेलिहाज होकर कहा।

"खाद-बीज लेना है, हल बखरना है। घर में भी जरूरत है।" किसान बोलता जा रहा था, पर सेठ को उसकी जरूरतों से क्या लेना-देना।

"इतना कम···" वह बुदबुदाया।

"पच्चीस परसेंट कटता है, यह चाँदी भी मिलावटी है।" सेठ तटस्थ होकर बोला।

"जल्दी लौटा देंगे।" वह लगभग गिड़गिड़ाकर बोला।

"गिरवी रखनेवाला हर आदमी यही कहता है।" सेठ उसके दयनीय होते चेहरे को बिना देखे बोला।

"परके साल सूखा पड़ गया था। बैंकवालों को भी देना था।" वह हताश होकर बोला। उसकी आवाज ठीक वैसे ही डूबती जा रही थी, जैसे गहरे कुएँ में भारी बरतन डूबता जाता है। उभरी नसों से भरे हाथों को यों फैलाकर वह बातें कर रहा था, जैसे सेठ को विश्वास दिलाना चाह रहा था।···शायद उसके नसभरे हाथ देखकर सेठ का मन पिघल जाएगा। बगल में बैठी उसकी पत्नी सूनी-सूनी आँखों से सेठ की तरफ देखे जा रही थी। उसके जीवन भर के 'स्त्रीधन' का मूल्य मात्र तीन हजार रुपए भी नहीं था। याचक का भाव उसके पति की आँखों में उतर आया था।

"बोलो क्या करना है? हमारे पास इतना टाइम नहीं है। देख रहे हो न, लोग कब से बैठे हैं?" सेठ ने उसकी रकम नीचे रखते हुए कहा! किसान सोच में डूब गया। चिंता की रेखाएँ उसके माथे पर फैलती जा रही थीं। वह सेठ की दया पर था। क्या पता वह देने से मना ही न कर दे? फिर क्या होगा? फिर क्या होगा खेत का, उसके बच्चों का, उसकी पत्नी का? भविष्य की कल्पना करके वह सिहर उठा। पिछले सालों में उसके बैल···भैंस···गाड़ी सबकुछ बिक चुका था और अब, इस बार बची-खुची रकम को बेचने की नौबत आ गई थी।

"यदि गिरवी रखते हैं तो ब्याज क्या लगेगा?" हिम्मत करके पूछा उसने।

"अरे भाई, वही ढाई परसेंट महीने का। यहाँ सभी के लिए एक जैसा नियम है।" सेठ झुँझला उठा।

"रेट बढ़ गए हैं सेठजी?" कहते-कहते उसकी आवाज दब गई।

"इससे अच्छा तो बेच ही दो। ब्याज-बट्टा में सब चला जाएगा।"

साथी किसान ने उसे समझाया। उसने पत्नी की तरफ देखा, उसकी सहमति के

लिए। वह खामोश निगाहों से रकम को देखे जा रही थी। जैसे उसकी अंतिम आशा और ताकत वही जेवर हों।

"और क्या कुछ लाए हो?" सेठ ने उसकी पोटली पर निगाहें गढ़ाते हुए पूछा।

"ये हैं···" उसने टूटी-फूटी चीजों को सामने रखते हुए कहा।

"ये तो गिलट की है।" सेठ ने चीजों को घिसकर परखने के बाद कहा।

"गिलट की है··· ?" अब किसान की रही-सही आशा भी क्षीण होने लगी। जैसे पानी में डूबते व्यक्ति को भँवर घेर लेती है, उसी तरह वह स्वयं को डूबता हुआ महसूस कर रहा था।

"पूरे तीन हजार दे दो सेठजी। हमारा काम बन जाएगा। फसल पर चुकता कर देंगे। हम तो तुम्हारे पुराने ग्राहक हैं। हमारे माँ-बाप भी तुम्हारी दुकान पर आते थे। पैसा लेकर कहाँ जाएँगे।" वह एक-एक शब्द को चबा-चबाकर बोल रहा था।

सेठ चुप रहा। उसके यहाँ इस तरह की भावुकता भरी बातों की कोई जगह न थी। और ऐसी बातों से प्रभावित होकर उसे अपना धंधा चौपट थोड़ी न करना था।

किसान ने डबडबाई आँखों से पत्नी की तरफ देखा। औरत ने पाँवों में पड़े लच्छों को टटोला। लच्छे मोटे-मोटे थे। सुंदर थे। अब भी चाँदी की चमक बरकरार थी। भाई ने दिलवाए थे। पूरे गाँव की महिलाओं ने इन लच्छों की प्रशंसा की थी, तभी से वह ऊँची साड़ी पहनती थी, ताकि लच्छों की सुंदरता और चमक दिखाई दे। उसके पाँवों की सुंदरता बढ़ानेवाले लच्छे, उसकी चाल में इठलाहट लाने वाले लच्छे, उसको अभिमानी बनानेवाले लच्छे भविष्य के लिए, उसके परिवार को जिंदा रखने के लिए किसी बड़े बुजुर्ग की तरह सहारा बनने जा रहे थे। उसने चुपचाप भारी मन से लच्छे निकाले और आगे बढ़ा दिए। उधर सेठ लच्छों को परख रहा था। घिस रहा था और इधर दोनों धड़कते दिल से सेठ के जवाब की प्रतीक्षा कर रहे थे।

"अब भी कम पड़ रहे हैं, पर दे देते हैं।" सेठ ने ठंडी आवाज में कहा। एहसान जताना वह नहीं भूला। पति-पत्नी के मुँह से एक साथ···धन्यवाद का भाव जताते हुए शब्द निकले—"हे राम!"

उसने देखा···

अब जल्द-जल्द बही-खाते के पन्ने पलटे जाने लगे। हिसाब-किताब लिखा जाने लगा। लकीरें खींची जाने लगीं। नाम-पता, रकम···की संख्या···कीमत···रसीद नंबर सबकुछ यानी उसके अतीत···वर्तमान और भविष्य उन बही-खातों में कैद हो गए थे। बही-खातों के पन्ने कम बचे थे। जैसे-तैसे खेत सूखते जाएँगे, फसलें नष्ट होती जाएँगी, किसानों के हाथ खाली होते जाएँगे, वैसे-वैसे इन बही-खातों के पन्ने भरते जाएँगे। उन सबकी तरह वह भी अपनी बारी की प्रतीक्षा कर रही थी। कब सेठ या उसके बेटे

उसको बुलाएँ और वह अपना सामान निकाले। बैंक की किश्त भरने के लिए आज उसका अंतिम दिन था, अन्यथा दोनों (जिस बैंक में पैसा जमा कराना था और जिस बैंक से किश्त निकाली जानी थी) बैंक बाउंसिंग चार्ज लगा लेंगे और कंपनी वाले अपनी पैनाल्टी ले लेंगे। इस सबके बावजूद अगला लोन मिलने में दिक्कत आएगी सो अलग। हर पल उसका तनाव बढ़ता जा रहा था।

"थोड़ा टाइम लगेगा।" इस बार सेठ के बेटे ने नजर उठाकर देखते हुए कहा, "आप चाहें तो मार्केट हो आएँ।"

इसका मतलब उसे और इंतजार करना था।

लेकिन वह वहीं बैठी रही। उसके पाँव वहीं जम गए थे।

भीड़ धीरे-धीरे खिसकते हुए उसके करीब होती जा रही थी।

वह किसान पैसे लेकर खड़ा हुआ तो उसने तपाक से अपनी जगह बना ली। उसने तीन हजार रुपए बड़े जतन से कपड़े में लपेटकर जेब में रखे, फिर बचा हुआ सामान दूसरी जेब में डाला।

"चल उठ!" उसने पत्नी से कहा, जो अब और अधिक उदास और सुस्त हो गई थी। किसान अँगूठे पर लगी स्याही को रगड़-रगड़कर पोंछ रहा था, जैसे स्याही न हो, कोई गंदा धब्बा लग गया हो उसके अँगूठे पर, उसके पूरे शरीर पर! उसकी घरवाली ने दोनों हथेलियाँ जमीन पर टिकाईं और धीरे से खड़ी हो गई। देर तक बैठे रहने से उसके पाँव सुन्न हो गए थे, पर उससे भी ज्यादा निर्जीवता आ गई थी लच्छे उतारने के कारण। भारी कदमों से, पर हकीकत में भार से हल्के हुए वह बाहर निकली। उसने देखा, महिला साड़ी को खिसकाकर अपने नंगे पाँवों को ढाँप रही थी। पर उसकी निगाहों से उसके पाँव छुपे नहीं। पाँव में पड़ी बिवाइयाँ गहरी और लंबी-लंबी थीं। सख्त सूखी एड़ियाँ बिवाइयों के कारण दर्द भी देती होंगी। उसके चेहरे पर ढलते हुए यौवन का फीका रंग दिखाई दे रहा था।...बेवक्त पकी उम्र ने उसकी देह में दस्तक दे दी थी। उन सबके बीच बैठी वह हरे-भरे लहलहाते खेतों के बीच 'गाँव की गोरी' की कल्पना कर रही थी। हँसती, खेलती, इठलाती, झूला झूलती...गाँव की सुंदर चपल नवयौवना! उफ, उसके मुँह से लंबी उच्छ्वास निकल पड़ी। उसने पर्स टटोला। इन भूखे-नंगे जरूरतमंद लोगों के बीच अपनी चीज जाने की आशंका बार-बार मन में उठी थी। उसका ध्यान पुनः उस महिला की एड़ियों में पड़ी बिवाइयों की तरफ चला गया, जिन्हें वह बार-बार सहला रही थी, इस तरह कोमलता के साथ...मानो दिलासा दे रही हो। और उसे लगा, औरत की बिवाइयाँ चौड़ी से चौड़ी होती जा रही हैं, इतनी चौड़ी, इतनी लंबी, इतनी गहरी कि वे बिवाइयाँ खेत में बदल गईं, दरारों से फटता खेत...रूखा-सूखा वीरान खेत, जिसे न पानी मिला था, न खाद, न बीज, न छाया। जिसका सौंदर्य, सोंधापन और हरीतिमा खत्म

हो गई थी, जिसमें परिंदों का आना ठहर गया था। जिसके बीच खड़े होकर न कोई हँसता था, न गाता था, न सपने देखता था। फिर उसे लगा···वह खेत एक विराट् जगत् में बदल गया है, जिसके ऊपर तमाम तरह की पार्टियाँ ढोल-नगाड़े पीट रही थीं, हवन-यज्ञ कर रही थीं। जिसकी छाती पर कोई त्रिशूल गढ़ा रहा था तो कोई रक्तपात मचा रहा था। तो कोई बेकसूर लोगों को मार रहा था। सब तरफ बिवाइयाँ, सब तरफ दरारें, जिनसे खून और मवाद गिर रहा था। उफ! उसने घबराकर चारों तरफ देखा···सामने वही सब थे और सेठ उसे आवाज लगा रहा था, "बाई साहब! लाइए, आपको दो-ढाई घंटे इंतजार करना पड़ा। दो-चार महीने यही हाल रहेगा।" उसने मुँह बनाते हुए कहा।

"एक तो ये लोग गहने भी ऐसे लाते हैं, जिन्हें जाँचने-परखने में टाइम लग जाता है। फिर घंटों सोचने-विचारने में लगा देते हैं।" सेठ अपनी परेशानी बताते हुए लकीरों पर लकीरें खींचता जा रहा था। यकायक ही आज उसे सेठ गंभीर सहज स्वभाव वाला न लगकर लुटेरा, डाकू, कमीना, धूर्त और न जाने क्या-क्या लग रहा था। महाजनों का चतुर सोफिस्टीकेटेड वंशज। उसे लगा, सेठ उसके और दूसरे लोगों के एक-एक जेवर को यों ही रखता जाएगा। और एक दिन सेठ की तिजोरियों से भरा यह कमरा ऊपर तक भर जाएगा। ब्याज पर ब्याज लगाकर मूल ही वसूलता रहेगा। उसने आसपास बैठे किसानों को गौर से देखा, जो अपनी-अपनी पोटलियों को कसकर हाथों में दबाए अपनी बारी की प्रतीक्षा कर रहे थे और सेठ बही-खातों के पीछे बैठा चेहरा झुकाए पैनी निगाहों से गहनों को जाँचता-परखता निश्चिंत-सा दिखाई दे रहा था।

दूसरे दिन की सुबह। प्रातः छह बजे उठकर वह नियमित रूप से पेपर पढ़ती है। बरामदे में बैठना उसे अच्छा लगता है। चिड़ियों का कलरव कभी-कभार सुनाई दे जाता है। पर आज उसका सिर भारी था। आँखों में भी दर्द था। फिर भी अखबार पढ़ने से वह स्वयं को न रोक सकी। अखबार का प्रथम पृष्ठ पलटा ही था कि बड़े-बड़े अक्षरों में छपा था—किसानों द्वारा सामूहिक आत्महत्या। उसके दिमाग में सनसनाहट फैल गई। खबर पढ़ते हुए उसकी निगाहें किसानों की तसवीर पर टिक गईं। कतार में पड़ी लाशें! यह क्या! उसने उलट-पुलटकर बार-बार उन चेहरों को देखा। आश्चर्य कि उन सबके चेहरों में उसे कल सर्राफे में मिले किसानों का चेहरा दिखाई दे रहा था, लेकिन यह तो दूसरे प्रदेश की घटना थी, इसके बावजूद कि उन सबसे उनका चेहरा इतना अधिक कैसे मिल रहा था? मृत्यु, दुःख, संताप और विभीषका देशकाल और स्थान की सीमाओं को तोड़ देती है···मृत्यु का चेहरा एक जैसा ही होता है···दुःख एक ही तरह से रुलाता है, आँसू यों ही बहते हैं। उसे लगा कल जिन बिवाइयों से उसने हल्का-हल्का खून रिसता देखा था, दर्द की चिनचिनाहट महसूस की थी, उनसे अब रक्त की धारा फूट रही है और उस रक्त के समुंदर में सेठ और नेताओं के हजारों-हजार खून से रँगे हाथ उनकी

गरदनों की तरफ बढ़ते जा रहे हैं। उसे लगा, पूरा ब्रह्मांड घूम रहा है, धरती घूम रही है, घर घूम रहा है, वह घूम रही है, चारों तरफ अँधेरा बढ़ता जा रहा है, काला और काला...और सघन!

"माँ! क्या बात है? क्यों बड़बड़ा रही हो?" सामने खड़ी बिटिया उसके कंधे झकझोर रही थी और वह विस्फारित नेत्रों से उसे देखे जा रही थी।

□

राग-विराग

घर में सन्नाटा पसरा है, ऐसा सन्नाटा, जो उनके मन से लेकर घर की दरो-दीवारों तक को अपनी चुप्पी में समेटे हुए है। आज सुबह ही बेटा और उसका परिवार गया है। साल में एक महीने के लिए आते हैं वे। यह एक महीना उनके जीवन में सारे उत्सवों के रंग और खुशियाँ बिखेर देता है। दुनिया-जहान की खुशियाँ बिखर जाती हैं। हर पल खुशी की तरंगों पर नाचता मन···ढेर सारी बातें, भाँति-भाँति के शोर, संगीत, डांस, खाने-पीने की चीजों का ढेर, लोगों का आना-जाना, बेटे की सबसे मेल-मुलाकात। कब दिन होता था और कब रात, पता ही नहीं चलता था। समय को इतने जल्दी बीतते उन्होंने कभी नहीं देखा था, न महसूस किया था, लेकिन उसकी रवानगी के पहले का एक हफ्ता···धूप, चाँदनी, दिन-रात···बातों को धीमा कर देता था। उन्हें लगने लगा था, वे नदी की धार में धीरे-धीरे बह रही हैं। अलमारियों पर रखे खाली बैग उतारे जाने लगते, उनकी धूल साफ की जाने लगती। शॉपिंग से आए थैलों का सामान उनमें जमने लगता। जैसे-जैसे बैगों में सामान जमता, उनका मन भारी होने लगता, साँस कहीं अवरुद्ध होने लगती तो गले में कुछ फँसने लगता। आँसू भीतर-ही-भीतर उमड़ने लगते, पानी भरे मेघ आकाश में···एकाकार होने लगते, कुछ-कुछ वैसा ही वे महसूस करतीं। आँसू निकलकर चश्मे की कमानी से रुक जाते। बेटा इधर-उधर आते-जाते माँ की आँखों को देख लेता। उसने अपनी माँ की आँखों को सबसे ज्यादा समझा और आत्मसात् किया है··· "यह क्या माँ?" वह उनके छोटे-छोटे कंधों को थामकर अपनी चौड़ी छाती से लगा लेता। "बस बेटा यों ही···।" वे कहकर अपने काम में लग जातीं। बेटा उनके ही जीवन का अंश है, जो आज अपने समग्र रूप में खड़ा है, उनके सपनों को साकार करता, उनकी आत्मा की प्रतिच्छाया है।

उन्होंने मन को समझा लिया था कि बेटे को विदा करते वक्त आँसू की एक बूँद तक नहीं आने देंगी, पर जब लौटकर आईं तो उनकी सिसकियाँ थम नहीं रही थीं। सिसकियाँ रुलाई में बदल गईं और रुलाई पानी की तरह फैलने लगी।

पड़ोसिन बाहर निकलकर आई—"यह क्या रोहिणीजी, सँभालिए अपने आपको! बुरा तो लगता ही है बच्चों के बाहर जाने पर।"

उन्होंने स्वयं को सँभाल लिया था। यह क्या इतनी कमजोर तो वे कभी न थीं।

दिनभर यों ही बेचैन सी तड़पती रहीं। बिखरा सामान समेटते हुए हाथ-पाँव काँप रहे थे। अलमारियों में सामान जमाना था, सहेजकर रखना था, पर हर तरफ, हर कोना भाँय-भाँय करता नजर आया। बेजान चीजें भी सजीव होकर दु:ख-सुख का बोध करवाने लगती हैं। वे बाहर निकल आईं। बाहर जो बाहर से बाहर दिखाई दे रहा था, वह भी उन्हें बाहरी ही लगा। दूर-दूर तक कोई दिखाई नहीं दिया, थोड़ा और आगे चलीं, उनके नाजुक पतले पाँव स्वत: ही उस सड़क पर चलते चले जा रहे थे, क्षण भर के लिए रुकीं, वर्माजी के बगीचे में माली दिखाई दिया। उसकी पीठ उनकी तरफ थी और चेहरा गमलों की तरफ। मन ने कहा, माली को आवाज लगाई जाए, लेकिन जानती हैं कि माली नाराज है, रूठा हुआ। बेटे ने डाँटकर भगा दिया था— "जब चाहे तब चले आते हो। कोई एक दिन तय कर लो, समय तय कर लो। माँ को कितनी परेशानी होती है।" इतना कहना भर था कि वह गमलों की मिट्टी को यों ही छोड़कर चला गया था। गमले सूख रहे थे। मिट्टी पपड़ा गई थी, खुरपी वहीं पड़ी थी और वो उपेक्षा और अपमान से भरा चला गया था। वे बुलाती ही रही थीं—मनोज...मनोज, लेकिन वह नहीं रुका था, उसका लंबा, दुबला-पतला शरीर...हवा की तरह लहराता हुआ अदृश्य हो गया था।

"जाने दो न। दिमाग खराब है। दस बार आएगा। आप क्यों परेशान होती हैं।" बेटा भी अपने ताव में आ गया था।

और यह क्या...यह घर है या आने-जानेवालों की धर्मशाला, दिनभर कोई-न-कोई आता ही रहता है। सुबह छह बजे दूधवाला जोर-जोर से घंटी बजाएगा। भीतर से बाहर तक जाने में चार घंटियाँ बजा देगा। फिर पेपरवाला, माँ को चाय के साथ पेपर पढ़ने के लिए होना चाहिए, साप्ताहिक पत्रिकाएँ, फिर कुत्ता घुमानेवाला लड़का...फिर प्रेसवाला...फिर कामवाली बाई...फिर कपड़े धोनेवाली बाई...फिर कोई माँगनेवाला...फिर कोई सामान बेचनेवाला...फिर कोई सर्वे करनेवाला...फिर कोई बच्चा...आंटी, छत पर बॉल चली गई है या पतंग गिरी है। उनकी कूद-फाँद अलग।

"माँ, यह सब क्या है? घर में एक पल की शांति नहीं रहती। कोई समय है, जब तुम आराम कर सको। सो सको। ये गिलहरियाँ और चिड़ियाँ सुबह-सुबह नींद खराब कर देती हैं। एक साथ तीन-तीन बाइयाँ यहीं आकर पूरी कॉलोनी के समाचार सुनाती हैं और तुम भी सबसे कितनी बातें करती हो। घर में औरतें-ही-औरतें नजर आती हैं, मेरा तो दिमाग ही काम नहीं कर रहा है, हर पल चैं-चैं, पैं-पैं...माँ मैं आपसे बातें करना चाहता हूँ, इन सबसे नहीं।"

वे हल्का सा मुसकरा देतीं, मासूम सी उजली मुसकान, जिसकी प्रशंसा उनके पापा किया करते थे और जिस मुसकान के लिए पति और बच्चे उनको हाथों में रखते थे, पर वे कैसे बतातीं कि उनकी बोरियत को, उनके अकेलेपन को भरने वाले यही सब तो हैं, इनकी चैं-चैं···पैं-पैं, इनकी बेढंग सी बातें, इनके हँसी-मजाक। सुबह-सुबह गिलहरियों का भागना-दौड़ना, चीखना···चिड़ियों का चहचहाना, उनको बाँधकर रखती हैं। इन सबके बीच वे व्यस्त रहती हैं। रात्रि में पहरेदारी करनेवाला चौकीदार, जो सुबह-सुबह चाय पीने आ जाता है। रात का बचा खाना वह यों खुश होकर ले जाता है गो कि अमृत की बूँदें ले जा रहा हो। कुत्ते को घुमानेवाला लड़का स्कूल जाने के पहले आता है। वे बिला नागा पूछतीं—उसकी पढ़ाई कैसी चल रही है? वह स्कूल ही जाता है? फीस कब भरती है? पढ़ाई के लिए उसे किसी चीज की कमी तो नहीं है। कई बार ऐसा भी होता कि उनका शैतान चुलबुला कुत्ता भागकर सड़क पर आ झुग्गी-झोंपड़ी में चला जाता, तब वहाँ के बच्चे उसका पट्टा, कपड़े···उसको घसीटते हुए, उससे बतियाते हुए एक साथ आ धमकते। उनकी भीड़ बरामदे में बिखर जाती। दुनिया विकास के रास्ते पर चलने के कितने भी आँकड़े गिनाए, कितनी बड़ी बिल्डिंगें बनाने का दावा करे या गरीबी मिटाने का नारा बार-बार दोहराए, पर ये सभी बच्चे मैले-कुचैले कपड़े पहने, बिना नहाए-धोए, धूल-मिट्टी में लिथड़े सीधे आकर उनके महँगे सुंदर सोफों पर बेझिक बैठ जाते। वे उन सबको एक-एक टॉफी देती या एक-एक सिक्का या मिठाई के पीस। बेटे ने इन नए मेहमानों को देखा तो हतप्रभ रह गया। यह कैसा तमाशा है!

"माँ, हद करती हो। किसी दिन घर का सारा कीमती सामान चोरी हो जाएगा। इनकी हिम्मत तो देखो, सीधे अंदर घुसकर सोफों पर बैठ जाते हैं। चलो भागो, अब दिखना नहीं समझे।" बेटे की दहाड़ से वे सब सहमकर बाहर जाकर खड़े हो गए।

"घिन नहीं लगती माँ, इतना पानी बहता है, क्या ये नहा नहीं सकते, मुँह नहीं धो सकते!···आदतें बिगड़ी हैं, ये जानबूझकर कुत्ते को ले जाते हैं, ताकि तुमसे पैसे ले सकें।"

"ठीक है न, एक-एक सिक्का या टॉफी पाकर उनके चेहरे पर जो खुशी आती है, वह देखी तुमने?"

"माँ, तुमसे कोई नहीं जीत सकता।" बेटा भुनभुनाता दरवाजा पटकता अपने कमरे में घुस गया। माँ का पूरा ध्यान इसी कवायद में लगा रहता कि हर आनेवाला व्यक्ति बिना किसी शोर-शराबे के अपना काम करके चला जाए। आखिर बेटा यहाँ आराम करने आता है, माँ से मिलने आता है, इन पचड़ों में पड़ने के लिए नहीं। वैसे भी उसके गुस्से से सब डरते हैं। छोटे भइया···छोटे भइया करते सबकी जबान नहीं थकती थी। जब से वह गया था, तभी से सबने अपना-अपना साम्राज्य स्थापित कर लिया था।

वे सड़क के किनारे आकर खड़ी हो गईं। सड़क जो जीवन के अनेक किनारों

की तरह फैली थी, जिस पर कभी हजारों कदम दौड़ रहे होते हैं तो कभी हजारों कदम खरामा-खरामा चल रहे होते हैं। ये सड़क कदमों का जीवन है, राग-रंग है, मन के भावों की अनकही दास्ताँ है, उसी सड़क पर वे भारी कदमों से हल्के-हल्के चल रही थीं। धूप की तपिश कम हो गई थी। आसमान कुछ-कुछ धूसर हो चला था, बच्चे सड़क के किनारे खेल रहे थे, दूर···हमेशा की तरह चीख-चिल्ला रहे थे। वे एकटक उनकी तरफ देखती रहीं, शायद कोई उन्हें देख ले और आ जाए। एक-दो बार उन्होंने हाथ भी हिलाया, पर वे यानी बच्चे जिस तेजी के साथ दिखते थे, उतनी ही तेजी के साथ अदृश्य भी हो जाते थे। वे हवा थे या हवा के झोंके। वे शोर थे या शोर के पाइप, वे उन्हें देख रहे थे या न देखने का झाँसा दे रहे थे, यानी वे भी उन्हें एहसास करवा रहे थे कि ऐसा नहीं होगा कि जब चाहे आप भगा दें और जब चाहे आप पुचकार लें, यानी बच्चे आज की दुनिया का प्रतिरूप थे। उन्हें चारों तरफ वैसा ही सूनापन लग रहा था, जैसा घर के भीतर था, जबकि गाड़ियाँ आ-जा रही थीं। लोग भी आ-जा रहे थे। थोड़ी दूरी पर चाट के ढेलों पर लड़कियों का गोल-गोल हुजूम गोल-गप्पे खा रहा था। वे जोर-जोर से हँस रही थीं। खिलखिला रही थीं। खट्टे-मीठे पानी का भरपूर मजा ले रही थीं। उनके लिए जीवन की खुशी फिलहाल इतनी ही थी। उनका मन किया, वहाँ तक जाना चाहिए, लड़कियों से थोड़ी हँसी, थोड़ी खिलखिलाहट और थोड़ा सा आनंद ले लेना चाहिए। यद्यपि उनका चलने का अभ्यास कम हो गया था। एक महीने से योग क्लास नहीं गई थीं। उन्हें लगता था योग तो पूरे साल करती हैं, बेटा तो एक महीने के लिए ही आया है। वे उसके साथ हर पल जी लेना चाहती थीं। हँसना चाहती थीं। गुनगुनाना चाहती थीं। ढेरों बातें करना चाहती थीं। उसकी उपस्थिति की ऊष्मा को सालभर के लिए अपने भीतर समेटकर सहेज लेना चाहती थीं। सड़क की बत्तियाँ जल चुकी थीं। आकाश में छाया अँधेरा तेजी के साथ नीचे फैलता जा रहा था। तेज हवा चलने लगी। उन्होंने कुत्ते को पकड़ा और सीढ़ियाँ चढ़कर ऊपर आ गईं। लगा महीनों की थकान से देह पस्त हो गई है। इतनी थकान! इतनी सुस्ती! फिर भी जाकर मंदिर में दीपक जलाया। बाहर खिड़की पर बिल्ली बैठी थी। सुबह का ठंडा दूध उसके सामने रख दिया। कुत्ता भौंक-भौंककर अपना एकाधिकार जता रहा था, पर वे बिल्ली से उसके हालचाल पूछ रही थीं, यह भी शिकायत कर रही थीं कि वह इतने दिनों से कहाँ थी? क्यों नहीं आई? कुत्ते की गुर्राहट से दीवार के पीछे घोंसलों में बैठे गिलहरी के बच्चे भयभीत होकर इधर-उधर भागने लगे। बेटे ने गिलहरी और उसके बच्चों का वीडियो बनाया था, बस यही एक चीज उसे बेहद पसंद आई थी, उसने पहली बार गिलहरी के बच्चों को जा देखा था।

उन्होंने बेटे को फोन लगाया, नॉट रिचेवल आ रहा था, अभी तो वह फ्लाइट में होगा। सुबह ही तो गया है, सुबह से लेकर अब तक का समय लंबा क्यों लग रहा है,

क्यों लग रहा था कि वह हफ्तों पहले चला गया है। कमरे में उसका लाया सामान नएपन के कारण चमक रहा था—एलसीडी, बरतन धोने की मशीन। मना करती रहीं, मगर नहीं माना। उसे यह देखकर कितना कष्ट हुआ था कि माँ को बरतन धोने पड़ रहे हैं। बाइयाँ जब देखो तब चली जाती हैं। कभी बीमार हो जाती तो कभी उनके रिश्तेदार मर जाते। उनके सौ-सौ रिश्तेदार होते¨वे उन सौ रिश्तेदारों में से कभी भी किसी को भी मृत घोषित कर देती। सौ-सौ व्रत-त्योहार करतीं, वे ऐसा जताती गोया इस पृथ्वी के तमाम विधि-विधान, तीज-त्योहार, नाते-रिश्ते उन्हीं की बदौलत चल रहे हों।

"गीता¨मैं बोल रही हूँ, कैसी हो?"

"ठीक हूँ, मैडमजी।" उधर से उदास आवाज आई।

"अरे, ऐसे भी कोई उदास होता है। तुमने भी तो भइया की शर्टें खराब कर दी थीं, देखो, मैंने कहा था कि उसके आने पर नागा मत करना। यह सब तो चलता ही रहता है। बुरा नहीं मानते। कल से आ जाना। ठीक है।"

उधर से उसका भर्राया हुआ स्वर सुनाई दिया—"जी मैडमजी, भइया ठीक से पहुँच गए। आपको रात-बिरात जरूरत पड़े तो फोन कर लेना।"

"अरे हाँ, भइया तेरे और बच्चों के लिए कुछ सामान छोड़कर गए हैं।" उन्होंने बात को न सिर्फ सँभाला, बल्कि एक भावनात्मक और खूबसूरत रूप भी दे दिया।

दूसरे-तीसरे दिन से उनका प्रेसवाला, उनका माली, उनका कुत्ता घुमानेवाला, उनके माँगनेवाले¨उनके सामान बेचनेवाले, सबका आना-जाना शुरू हो गया। वे सबको कोई-न-कोई सामान दे रही थीं, यह कहते हुए कि भइया देकर गए हैं। खाती चार रोटियाँ हैं, पर शीला को नहीं छुड़ातीं। उसकी दोनों बेटियाँ कॉलेज में पढ़ रही हैं। बरतन निकलते हैं चार-छह, पर गीता ही माँजेगी, उसके ऊपर तीन छोटे-छोटे बच्चों की जिम्मेदारी जो है। कपड़े धोने की मशीन है, पर धोएगी मंजू ही, उसका पति जो नहीं है, अकेली कहाँ जाएगी! घर में मात्र आठ-दस गमले हैं, स्वयं सफाई-गुड़ाई-निदाई कर सकती हैं, मगर माली की बेटी स्कूल में पढ़ रही है, एक घर छूटता नहीं कि उसकी फीस नहीं भरी जाती। आना-जाना कितना और कहाँ-कहाँ है, मगर ड्राइवर को नहीं छुड़ातीं। दिनभर पेड़ के नीचे बैठा गप्पें मारता रहता है, बहुत हुआ तो तोते का पिंजरा साफ कर देता या कभी-कभार बिलों का भुगतान कर आता, क्वार्टर खाली करके कहाँ जाएगा। बेटा तो बस यही चाहता था कि इन सबके कारण माँ को बार-बार भागना पड़ता है, दिन में आराम तक नहीं कर पातीं। ये लोग माँ को धोखा न दे दें अकेला पाकर, कुछ ऐसा-वैसा न कर दें, पर माँ को इन सबसे कभी भय नहीं लगता, उन्हें तो यही सब अच्छे लगते हैं। हाँ, उन्हें भय लगता है शांति से। उन्हें अकेलेपन से डर लगता है। उन्हें घर के सन्नाटे और घर में फैली वीरानीयत से घबराहट होती है। सच तो यह है कि उन्हें इन सबके बिना नींद नहीं

आती है। वे इन सबके साथ ही हँस पाती हैं। खिलखिला पाती हैं। कुछ बना-खा पाती हैं।

□

"माँ कैसी हो? हाँ, हम लोग ठीक से आ गए थे। आपने सब चीजें इंस्टाल करवा लीं? और सुनो माँ, वो सब···यानी आपका परिवार कैसा है?" बेटा हँसा, छोटी सी शरारती हँसी। इस तरह वह हँसता है तो उसके एक गाल में डिंपल पड़ता है।

"कौन सा परिवार, मेरा परिवार तो तुम लोग हो बेटा।"

"नहीं माँ, वो परिवार···कुत्ता, बिल्ली, तोता, गिलहरियाँ···छत पर आनेवाली चिड़ियाँ···शीला···गीता···धन्नो, पुष्पा, मनोज, बबलू और वे ढेर सारे बच्चे।" वह हँसा, जोर से हँसा···उसकी आवाज में गहरी मिठास, आत्मीयता, संगीत सी मधुरता थी, जो उनके मन को छू गई। क्या ये तमाम किरदार कितनी सुंदर कविता या गीत के पात्र नहीं होते, अन्यथा क्यों बेटे की आवाज में इतनी लय है, इतनी कोमलता है···इतनी आत्मीयता है।

"हँसी उड़ा रहे हो?" माँ ने उलाहना दिया।

"नहीं माँ, हँसी नहीं उड़ा रहा हूँ। माँ, उन सबको बुला लेना और कुछ-न-कुछ दे देना। मैंने सबको डाँट दिया था, आने के लिए मना कर दिया था, पर बाद में लगा वहाँ वे सब ही तो आपका खयाल रखते हैं।" बेटे की आवाज भारी होने लगी, वह गला साफ करने का बहाना बनाने लगा, क्षणिक खामोशी के बाद वह बोला, "सुन रही हो न माँ, क्या हुआ?" उसने अपनी आवाज को सामान्य रखने की कोशिश की। जानता है माँ की आँखें आँसुओं की दहलीज पर खड़ी हैं।

"हाँ बोलो, सुन रही हूँ।" माँ ने अपनी रुलाई को भरसक दबाया!

"सबको बुला ही लेना माँ, गीता की लड़की को सुला लिया करो।" बेटे की चिंता और दुलार भरी आवाज उनके कानों से होती हुई छाती में लहरों की तरह···थप-थप कर रही थी। दो छोरों पर खड़े वे दोनों रो रहे थे, मगर ऐसा जाहिर कर रहे थे, मानो दोनों अपनी-अपनी जगह खुश हों।

□

रोटियाँ

यह तीसरा दिन था, जब वह रोटियाँ वापस ले जा रही थी। रोटियाँ बैग में थीं, जिन्हें वह कभी अलमारी में रख चुकी थी, तो कभी टेबल पर, तो कभी हाथ में, लेकिन हर बार कोई आ जाता और वह पैकेट छुपा लेती। उसे अफसोस हो रहा था कि रोटियाँ सामने रखी हैं और वह रोटियों के लिए उसके आसपास मँडरा रहा है। यहाँ तक कि उसकी क्लास में आकर बार-बार झाँकता। कभी किसी की फटकार पड़ती और वह दुम दबाकर भाग जाता। उसका आना हवा की तरह होता, बिना किसी आहट के···आवाज के। कई बार तो वह लहर की तरह दिखाई देता, उठी और छपाक से विलीन हो गई। उसका यों बार-बार आना सबको झुँझलाहट से भर रहा था, इतना गंदा, मरियल, बीमार, हड़ीला कुत्ता पढ़े-लिखे, साफ-सुथरे, सुंदर, सजे-धजे, खिलखिलाते, इठलाते अपने-अपने स्टेट्स में जीतें प्रदर्शित करते, ज्योतिष के अनुसार प्रतिक्षण 'कलर कॉम्बीनेशन' की वाहवाही लूटते आभिजात्य समाज के बीच क्या कर रहा है।

"पता नहीं ये चपरासी क्या करते रहते हैं। इनसे कुत्ते भी नहीं भगाए जाते, बस अपना-अपना ग्रुप बनाकर गप्पें लगाते रहते हैं, कामचोर कहीं के। पूरा बरामदा पॉटी और पेशाब से भरा पड़ा है। एक बार तो वे सब स्टाफ-रूम में बंद हो गए थे और इतनी गंदगी मचा दी थी कि घर से फिनायल और अगरबत्ती लानी पड़ी थी।" नगमा ने गुस्से में होंठ बिचकाते हुए कहा।

"वो ऐसे ही थोड़ी न आता है।" रंजना ने रहस्य खोलते हुए कहा।

"तोऽऽ···।"

"वो किसी से कुछ माँगने आता है।"

"क्या···क्या माँगने आता है?"

"रोटियाँ।"

"किससे···कौन ये पुण्य कमाने का नाटक दिखाता है यहाँ पर! मैं भी तो सुनूँ।"

"मैडम वर्मा! मैडम वर्मा रोज उसके लिए रोटियाँ लाती हैं। अब उसको आदत जो पड़ गई है, बैठे-बिठाए खाने की। कामचोर, आलसी कहीं का!"

"बैठे-बिठाए क्या केवल कुत्ता खा रहा है। मुझे लगता है, हमने उसकी आदतें बिगाड़ दी हैं।"

"यही तो मैं सोचूँ कि वह यहाँ क्यों मँडराता रहता है। हम लोग तो कभी घास डालते नहीं।" मिसेज सक्सेना ने लिपस्टिक लगे होंठों को मरोड़ते हुए कहा।

"बेचारा भूखा रहता है। देखती नहीं उसकी हालत।" मिसेज भंडारी ने चिच्च··· चिच्च करते हुए सहानुभूति दिखाने का अवसर न जाने दिया।

"हालत की बात तो ठीक है, पर कॉलेज के भीतर यह सब, आप जानती हैं न कुत्तों की आदतें।" मिसेज वर्मा को आते देखकर नगमा ने कहा—

"कुत्तों की आदतें या कुत्ता समाज की···" एक जोरदार ठहाका।

"रोटियाँ मैं अंदर थोड़ी न डालती हूँ। बाहर मैदान में जाकर देती हूँ।" मिसेज वर्मा ने सफाई देते हुए कहा। बाद में उन्हें लगा कि वे सफाई क्यों दे रही हैं, यह समूची सृष्टि ही परस्परता के सिद्धांत पर चल रही है। जीव, जगत्, ब्रह्मांड, फिर इस छोटे से प्राणी के पीछे सब लोग हाथ धोकर क्यों पड़े हैं। उन्हें आज इन सभी वाक् योद्धाओं ने आड़े हाथों ले लिया था।

"लेकिन घूमता तो वह यहाँ है, सुबह से शाम तक यहीं पड़ा रहता है।"

"यहाँ मत डाला करिए।" मिसेज सक्सेना बोली, "गंदगी फैलाता है, वैसे ही तो हम लोग गंदगी से परेशान रहते हैं। कभी पानी नहीं, तो कभी सफाई नहीं होती। ऊपर से इनका झमेला।" उन सबकी बातें सुनकर मिसेज वर्मा की हिम्मत टूट गई। उनके सामने ही आने-जानेवालों ने उसे दुत्कारकर भगा दिया। वह दुम दबाए डरा-सहमा पीछे मुड़-मुड़कर देखता भागता जा रहा था! वे मन मसोसकर रह गईं। उसके पक्ष में एक शब्द न बोल सकीं। यही उनकी कमजोरी है कि वे कभी भी सत्य का पक्ष खुलकर नहीं ले पाती हैं, वरना कितने तर्क हैं उनके पास!

कुत्ता अपने समूह के साथ रहकर भी अलग-थलग रहता था। कुत्तों के समाज ने भी उसे दुत्कार दिया था। उसकी हैसियत सेवक से गई-गुजरी थी, अन्यथा मोटे-ताजे, तंदुरुस्त कुत्तों के बीच उसकी इतनी दयनीय हालत क्यों होती! वे सारे काले, गेहुँआ, भूरे रंग के देशी कुत्ते धूप सेंकते सोए रहते या मस्ती करते आपस में अठखेलियाँ करते रहते। कभी वे एक-दूसरे का मुँह चाटते तो कभी पंजे उठा-उठाकर एक-दूसरे को छेड़ते, तो कभी खुलेआम प्रेम करते···तो कभी लंबी दौड़ लगाकर मुड़कर देखते और फिर दौड़ लगा देते, सारी धरती उन्हें अपनी लगती और सारे लोग आत्मीय। ऐसा नहीं था कि चपरासियों ने उन सबको डंडों से मारकर न

भगाया हो, पर उनका आना सतत जारी रहता। कैंटीन से निकली जूठन और खाने वालों से छोड़ा गया अन्न उन्हें यहाँ खींच लाता था। बेशरमों की तरह वे डाँट-दुत्कार खाकर यहीं जमे रहते, पर यह कुत्ता तो मात्र हड्डियों का ढाँचा था। उसकी पसलियाँ गिनी जा सकती थीं। उसका काला मुँह सूखकर चपटा हो गया था। सींकिया पाँव और बाहर निकली आँखें देखकर लगता था कि वह मौत के मुँह से निकलकर आ रहा है और कभी भी मौत के मुँह में जा सकता है। ताकतवर कुत्तों का समूह उसे कभी भी कोई चीज खाने नहीं देता। अगर कभी-कभार उसके पास कोई चीज देखते तो छीन लेते या झपट्टा मारकर उसे घायल कर वहाँ से रुखसत कर देते। वह डरा-सहमा अलग पड़ा रहता। इतनी बड़ी दुनिया में उसका अपना कोई नहीं था। उसकी हालत उस बहिष्कृत-तिरष्कृत एकाकी प्राणी के समान थी, जो विपन्न अवस्था में अकेला छोड़ दिया जाता है।

मिसेज वर्मा को लगता कि शायद कुत्तों में भी सवर्ण और दलित होते होंगे। इनमें भी ताकत और कमजोर का भेदभाव चलता होगा, वरना एक छोटा सा मासूम कुत्ता बेवक्त बीमार और उपेक्षित क्यों हो गया। उस दिन मिसेज वर्मा बाहर धूप में बैठी थी कि वह सामने आकर पूँछ हिलाने लगा । उसकी पूँछ पर नाममात्र को बाल थे, घिसी छिली त्वचा दिखाई दे रही थी। उसकी हालत देखकर उनका मन भर आया। घर में पला विदेशी कुत्ता सोफे पर सोता है। पलंग पर आकर जब चाहे से पसर जाता है। सुबह-शाम दूध, अंडे और पेडीग्री खाकर डकार भरता है। पपीता, प्याज, मटर और बाकी चीजें खाने के बाद वह रोटियों को ऐसी हेय दृष्टि से देखता था, गोया वह उसके लिए घास-फूस हों। बासी बची हुई रोटियाँ घर में इकट्ठा होती जातीं। गाय, भैंस और बकरियाँ कॉलोनी में दिखाई नहीं देती थीं। देशी कुत्तों का प्रवेश निषिद्ध था—रोटियों के उस भूरे पहाड़ को कम करने के लिए। कॉलोनी में सिर्फ भद्र किस्म के चेहरे पर चेहरा ओढ़े इनसान दिखाई देते, जो बड़ी गाड़ियों में निकलते या सुबह सैर करने के लिए उनके नौकरों के हाथों में उनके विदेशी नस्ल के कुत्तों की रस्सी होती। वे पुलिया पर बैठे बातें करते और कुत्ते आने-जानेवालों को देखते रहते।

कभी-कभार मिसेज वर्मा रोटियाँ दूधवाले को दे देतीं, पर उसे भी रोटियाँ ले जाने में परेशानी होती थी। एक-एक रोटी मिसेज वर्मा को न जाने कितनी स्मृतियों और चेहरों की याद दिला देती, चटनी-रोटी खाकर उन्होंने बचपन के कितने सुंदर दिन बिताए थे। ऐसी रोटियाँ खेत-खलिहानों में अचार के साथ अमृत के समान लगती थीं, रोटी का एक-एक टुकड़ा अमूल्य होता था। उनसे बचता तो गाय-भैंसों को दिया जाता, गाय-भैंसों से बचता तो कुत्ते-बिल्लियों का उस पर अधिकार होता,

कुत्ते-बिल्लियों से बचता तो गुड़-शक्कर मिलाकर चींटियों के काम आता, उनसे भी बचता तो दिनभर कलरव करते परिंदों के काम आता…पर यहाँ…यहाँ तो इन रोटियों की कोई कद्र ही न थी। गोल-गोल सफेद, सुंदर इन रोटियों का पूरा इतिहास जीवंत हो उठता।

मिसेज वर्मा को आश्चर्य होता कि जिन रोटियों ने क्रांतियाँ करवाईं, जिन रोटियों ने युद्ध करवाया, जिन रोटियों के लिए इनसान रात-दिन मरता-खपता है, जिन रोटियों के लिए चोरी होती है, मालिक गिनकर रोटियाँ देता है, उन रोटियों को लोग यों फेंक देते हैं। तब मिसेज वर्मा को लगा, जिसको सबसे ज्यादा जरूरत है, उसको क्यों न ये रोटियाँ खिलाई जाएँ। उस बीमार, भूखे, मरगिल्ले कुत्ते के लिए ये रोटियाँ प्राणदायक सिद्ध होंगी। वे अपने टिफिन के साथ चार रोटियाँ रख लेतीं। एक दिन उन्होंने सबके सामने रोटियाँ डाल दीं। देखती क्या हैं, मरियल कुत्ता डरता, सहमता, आसपास देखता, सूँघता उन रोटियों की तरफ बढ़ा चला आ रहा है। वह यों चल रहा था, जैसे गोया युद्ध के मैदान में सिपाही दुश्मनों का पीछा करते हुए बढ़ता है। साथी दबंग कुत्तों का डर तो था ही उसे, लोगों का भी डर था, जो बार-बार पत्थर मारकर उसे भगा देते थे। उसके मैले-कुचैले बीमार शरीर को देखकर घिन करते थे, थूकते थे।

"देखो तो कितना दुबला है, बेचारे को कोई खाने को नहीं देता, जो मिलता है सो दूसरे कुत्ते छीन लेते हैं।"

"कमजोर और गरीब तो हर जगह मारे जाते हैं। चाहे इनसान हों या जानवर।" मिसेज बक्षी ने अफसोस जताते हुए कहा।

कुत्ते ने चुपके से आकर पहले एक रोटी उठाई और इतनी तेजी के साथ भागा, मानो किसी ने उसके सामने बंदूक की नाल तान दी हो। पर क्षणों बाद ही वह लौट आया। इस बार उसने दूसरी रोटी उठाई और झाड़ियों में जाकर छुपा दी। तीसरी रोटी भी वह बरामदे में कहीं छुपाकर आया था। यानी वह अपने लिए दिनभर की व्यवस्था कर रहा था। चौथी रोटी उसने वहीं मैदान में बैठकर मजे से खाई। वह रोटी खाता जाता था और आसपास सतर्क निगाहों से देखता जाता था। रोटी खाते समय उसके चेहरे पर, उसकी आँखों में असुरक्षा का भाव अलबत्ता साफ नजर आ रहा था। पर थोड़ी देर बाद ही वह पूँछ हिलाता हुआ मिसेज वर्मा के सामने आ खड़ा हुआ। उसकी आँखों में कृतज्ञता का भाव था। भूख शांत होने के बाद की तृप्ति। उसने अँगड़ाई ली और धूप में पाँव पसारकर लोट लगाने लगा—गोया कह रहा हो, अब मैं भी ताकतवर बनूँगा, मेरा भी कोई अपना है। यह क्रम चल निकला था।

मिसेज वर्मा दो-चार रोटियाँ ले आतीं। कुत्ता उसी तरह से रोटियाँ यहाँ-वहाँ ले

जाकर छुपा देता। उसका स्नेह और कृतज्ञता का भाव मिसेज वर्मा के प्रति बढ़ता जा रहा था। वह उनके आने की प्रतीक्षा करता, उनके आने पर पीछे-पीछे चलकर अपनी प्रसन्नता जताता, पर दूसरी तरफ एक अलग ही चर्चा चल निकली थी। सीढ़ियों पर, बरामदे में, क्लास रूम में या कहीं भी गंदगी देखकर हर कोई उसी मरगिल्ले कुत्ते को दोषी ठहराता। उसे कोसता। गालियाँ देता। घिन करता।

"आपको बताऊँ," सुखदा ने बाहर देखते हुए कहा, "असल में मिसेज वर्मा ने इसको लपका लिया है। वे रोटियाँ लेकर आती हैं। दया दिखाती हैं, इसलिए ये उनके पीछे पड़ा रहता है।...यह कोई दया दिखाने की जगह है। दया दिखानी है तो ले जाओ अपने घर। वहीं रखो। करो सेवा! मारे दुर्गंध के बैठा भी नहीं जाता।"

"पर सुखदा यही एक कुत्ता तो नहीं है—सात-आठ कुत्तों का ग्रुप है।"

"पर अंदर तो वही आता है, देखा कितना चालाक है, रोटियाँ छुपाकर रखता है।"

"इसे चालाकी नहीं कहते, मजबूरी कहते हैं, सुखदा! छीना-झपटी में उसे कुछ नहीं मिलता। हर प्राणी अपने को जिंदा रखने के लिए हाथ-पाँव मारता है, पर स्टाफ-रूम में या क्लास-रूम में कुत्तों का आना...छिह-छिह।" मिसेज भंडारी ने मुँह बनाते हुए कहा।

"मैडम को बताना चाहिए।"

"इतनी सी बात...।"

"इतनी सी बात नहीं है यह।"

इधर कुत्ते की सेहत में सुधार आता जा रहा था। उसके पाँवों और शरीर पर मांस की परत दिखने लगी थी। चेहरा भी भरने लगा था। यानी सूखी-बासी रोटियाँ उसके शरीर को लग गई थीं।

"मैडम, आपको प्रिंसिपल मैडम ने बुलाया है।" दूसरे दिन चपरासी ने आकर कहा।

"आती हूँ।"

जब वह प्राचार्य कक्ष में पहुँची तो मैडम फाइलों पर साइन कर रही थीं। मैडम के चेहरे पर गुस्से के भाव थे। हालाँकि उनकी बातों में कहीं कोई ऐसी बात न होती थी, जो आहत या अपमानित करती हो, पर आज उनके तेवर बदले हुए थे।

"मैडम, आपने बुलाया?"

"बैठो।"

"जी..."

"आपके खिलाफ शिकायतें आई हैं।"

"क्या··· शिकायतें, कैसी शिकायतें?" मिसेज वर्मा स्तब्ध रह गईं, क्योंकि वे कॉलेज के सभी काम समय पर और समझदारी के साथ करती थीं। सभी गतिविधियों में भाग लेती थीं। उनकी क्लास में हमेशा छात्राएँ रहती थीं। वे भी छात्राओं के साथ पूरी मेहनत करती थीं। तृतीय और चतुर्थ श्रेणी कर्मचारियों के साथ भी उनके संबंध अच्छे थे। फिर आज ऐसी क्या बात हो गई कि उनकी शिकायतें की गईं।

"कैसी शिकायतें मैडम, किसकी तरफ से?" मिसेज वर्मा से रहा नहीं गया तो पूछ बैठी।

"टीचर्स और स्टूडेंट्स की तरफ से।"

"किस बात को लेकर?"

"आप कॉलेज के माहौल को अनहाइजिनिक कर रही हैं। आपके कारण ही कॉलेज के अंदर गंदगी होती है।"

"कैसे···?"

"सुना है, आपने किसी कुत्ते को लपका लिया है। उसको रोटियाँ डालती हैं, जिससे वह क्लासरूम और स्टाफरूम में आता-जाता रहता है।"

"मैडम, बाकी कुत्ते भी तो हैं। मैं तो जब से इस कॉलेज में आई हूँ, कई कुत्तों को देखती आ रही हूँ, जरूरी तो नहीं कि यही कुत्ता गंदगी फैलाता हो। आपने देखा है उसे, बेचारा भूखा रहता था, इसीलिए मैं घर से रोटियाँ लाकर दे देती हूँ, वो भी पीछे के मैदान में।"

"आपको यह सब कॉलेज के बाहर करना चाहिए।"

"मैडम।"

"मुझे भी जानवरों से प्रेम है, पर···"

मिसेज वर्मा ने एक शब्द नहीं कहा। उनकी देह गुस्से के कारण काँप रही थी, आँखों में आँसू उमड़ आए थे। यह किस किताब में लिखा है कि किस स्थान पर कुत्ते को रोटियाँ देनी चाहिए किस पर नहीं?

"आगे से ध्यान रखिए कि कुत्ता अंदर न आए।" मैडम ने निर्णय देते हुए सख्त आदेशात्मक लहजे में कहा।

"जीऽऽई!" भर्राई आवाज में उन्होंने थैला उठाया और स्टाफरूम की तरफ चल दीं। थैले में रखी रोटियाँ अलमारी में रख दीं। बगीचे में बैठा कुत्ता उन्हें देखकर दौड़ा-दौड़ा आया।

"देखिए, वह आ गया, आपका सेवक। इसको तो नगर निगम वालों से कहकर पकड़वा देना चाहिए।" सुखदा ने हँसकर दंभ के साथ कहा।

सुखदा की व्यंग्य और दंभ भरी हँसी उनके कलेजे को चीर गई।

आज उनसे टिफिन नहीं निकाला गया, कुत्ता बार-बार क्लासरूम के चक्कर लगा रहा था, कभी बरामदे में जाकर दुबक जाता तो कभी भागकर दरवाजे के पीछे छुप जाता।

तेज सर्दी पड़ रही थी। आसपास के खेतों में जमकर ओस गिरी थी। पाले से तमाम पेड़-पौधे और फसलें नष्ट हो गई थीं। कॉलेज के एरिसर में लोग गरम कपड़ों से लदे, सिर पर टोपी लगाए, कान बाँधे, गले में स्कार्फ डाले, दस्ताने पहने धूप सेंक रहे थे या चाय पी रहे थे या गप्पें लगा रहे थे। उन सबके बीच मिसेज वर्मा को वह दुबला-पतला कुत्ता दिखाई नहीं दिया। मिसेज वर्मा ने चारों तरफ निगाहें दौड़ाईं। वे पीछे वाले भवन में गईं, फिर लाइब्रेरी में, उसके ऊपर वाले कमरों में। पूरे भवन की सीढ़ियों के नीचे···कमरों के भीतर, दरवाजों के पीछे, झाड़ियों के बीच, कचरे के कंटेनर में, यहाँ तक कि कॉलेज के बाहर तक वे उसे खोज आईं, पर सेवक नहीं दिखा। कहाँ चला गया, क्यों नहीं आया···क्या नगर निगम वाले पकड़कर ले गए या मेरे डाँटने पर कहीं चला गया? बुरा मान गया होगा, मान भी सकता है···घर का डॉगी कितनी जल्दी नाराज हो जाता है, मुँह लटकाकर आँखों में आँसू भरकर पसर जाता है। जब तक दस बार बुलाओ नहीं, पुचकारो नहीं, सिर न थपथपाओ, तब तक खाने की तरफ देखता तक नहीं। अपने सजातीय कुत्तों से कैसी-कैसी बातें करता है। उसकी भाषा समझने का प्रयास हर बार निष्फल ही रहता। तभी उन्हें चपरासी आता दिखा।

"शाहिद··· !"

"जी मैडम।"

"वह कुत्ता दिखा?"

"कौन सा? वह सूखा-साका? नहीं मैडम दो दिन से दिखाई नहीं दिया, बीच में तो थोड़ा ठीक हो गया था।" शाहिद ने लापरवाही से कहा।

"जरा ढूँढ़ो तो।" उनकी बेचैनी बढ़ती जा रही थी।

"देखता हूँ मैडम।"

पंद्रह-बीस मिनट बाद मिसेज वर्मा देखती क्या हैं कि शाहिद सेवक को एक बोरे पर रखकर घसीटता हुआ चला आ रहा है।

"क्या हुआ?"

"मर गया।"

"मर गया, कैसे··· ?"

"भूख के कारण। देख नहीं रहीं उसकी अँतड़ियाँ तक निकल आईं।"

उन्होंने पास में जाकर देखा, कुत्ते की देह अकड़ गई थी। उसकी पसलियाँ पहले

की तरह गिनी जा सकती थीं। उसकी खुली आँखें पथरा गई थीं। जबड़ा ऐंठ गया था। पेट पिचक गया था।

"बेचारे को किसी ने कुछ खाने को नहीं दिया होगा। जानवर तो इनसानों की जूठन पर ही पल जाते हैं, पर" कहता हुआ शाहिद घसीटता हुआ उसे बाहर ले जा रहा था और वे थैले में रखी रोटियों को मसोसते हुए वहीं खड़ी रह गईं...निस्पंद... निस्तब्ध सी। उन्हें सुखदा सहित स्टाफरूम में बैठी कई महिलाओं की सामूहिक हँसी सुनाई दी, जो कह रही थीं—"चलो छुटकारा मिला, उसको देखकर घिन लगती थी। पर अब मिसेज वर्मा के कुत्ता प्रेम का क्या होगा?"

□

दीवार के पीछे

"दीवार के पीछे क्या है?"

"दीवार के पीछे एक लड़का और लड़की हैं।"

"लड़का और लड़की दीवार के पीछे छुपकर क्या कर रहे हैं?"

"दीवार के पीछे छुपे हैं तो स्वाभाविक है कि प्रेम कर रहे होंगे। इन दिनों प्रेम करनेवाले जोड़े ही नजर आते हैं, इस उम्र में इसके सिवा करेंगे भी क्या?" एक खिसियानी सी हँसी।

"प्रेम किस तरह··· ?"

"मतलब प्रेम क़िस तरह किया जाता है, आप भी कैसा मजाक कर रहे हैं?"

"मतलब, करीब-करीब बैठे हैं, आलिंगनबद्ध हैं, चुंबनालीन हैं या ज्यादा मुँह मत खुलवाओ, तुम भी पकी उम्र की डगाल पर खड़े हो, इशारा समझ गए होगे।" एक तंज भरा ठहाका। उत्सुकता भरी बातें और गहरी भेदती दृष्टि।

"न वे आलिंगनबद्ध हैं, न चुंबन में लीन, न संभोगरत, वे तो बेचारे डरे-सहमे, काँपते हुए एक-दूसरे का हाथ थामे धरती की तरफ सिर झुकाए एक-दूसरे के पाँवों को देखते हुए खामोश बैठे हैं। खामोशी का यह आलम है कि···"

"वाह, इस बुढ़ापे में भी तुम्हारी निगाह इतनी तेज है कि···अच्छा, यह बताओ दरबान, कि लड़का-लड़की का रूप-रंग कैसा है?"

"हुजूर, जहाँ वे बैठे हैं, वहाँ हल्का सा अँधेरा है। उस जालीदार अँधेरे में लड़की का चेहरा चाँदनी-सा उजला दिखाई दे रहा है और लड़के का चेहरा श्यामल वर्ण का है, नाक-नक्श तीखे हैं, इससे ज्यादा और क्या बयान करूँ, हुजूर?"

"दरबान, क्या लड़का-लड़की खूबसूरत हैं? क्योंकि खूबसूरती वो बला है, जो इस कायनात की सूरत बदल देती है। तूफान ला देती है। ईमान बदल देती है और तो और, इनसान उसके पीछे पागलों की तरह भागता है।"

"हुजूर, प्रेम में खूबसूरती और बदसूरती कैसी! प्रेम तो अपने आपमें खूबसूरत होता

है···मलमल-सा कोमल। मैं अपनी धुँधली दृष्टि से जहाँ तक देख पा रहा हूँ, लड़का बड़ा जहीन···लंबा, छरहरा है और लड़की मध्यम कद की आकर्षक। शाम को जब सूरज डूब रहा था और वे दोनों मेरे करीब से निकले थे, तब मैंने देखा था कि उसकी आँखों में प्रेम का सुरूर छलक रहा है, उसकी देह लड़के के स्पर्श के कारण काँप रही थी, वह उसके साथ यों चल रही थी गोया धरती पर रहकर भी धरती पर उड़ रही हो, जैसे परिंदे उड़ान भरते हैं।"

"बस···बस, ये शायराना बातें रहने दो, यह बताओ कि लड़का किस धर्म से ताल्लुकात रखता है?"

"हुजूर, वेशभूषा से तो वह हिंदू लग रहा है। उसके गले में ताबीज पड़ा है, बाएँ हाथ की उँगलियों में नग वाली अँगूठियाँ हैं। पर ये चीजें तो कोई भी पहन सकता है।"

"और लड़की···"

"लड़की मुस्लिम लग रही है, क्योंकि उसने अब भी बुरका पहन रखा है।"

"अपनी पहचान छुपाने के लिए कोई भी लड़की बुरका पहन सकती है।"

"हो सकता है।"

"जाओ, देखकर आओ कि वे दोनों क्या कर रहे हैं और पता करो कि उनका मजहब क्या है, उनका ईमान क्या है, वे किस जाति और क्लास से ताल्लुक रखते हैं?"

दरबान बाहर निकल आया और चंद कदम चलकर एक कोने में स्वयं को छुपाकर खड़ा हो गया। उसकी चाल में वह नशा न था, जो उसे दौड़ाता था।

लंबी खामोशी···खामोशी में धधकते सवालों के नश्तर। दरबान ने अपने दोनों पाँवों को रगड़ा, उँगलियों को ऊपर-नीचे घुमाया, कमर में उठती दर्द की लहर को थामने के लिए झुककर दबाया, फिर अपनी टोपी को ठीक करते हुए अपनी निगाहें उस दिशा में बिछा दीं, जहाँ प्रकाश की झीनी परत पर लड़का-लड़की अधलेटे थे। उनकी परछाइयाँ टूटी दीवार की ईंटों पर पड़ रही थीं। ईंटों की दीवार झर रही थी। जगह-जगह खोखल बन गए थे, जिनमें कबूतरों ने अपना डेरा बसाया हुआ था। कबूतरों ने पर फड़फड़ाए तो वातावरण भी फड़फड़ा उठा। खामोशी के भीतर से गोया आह निकली हो, अनदेखे, छोटे-छोटे साये पलक झपकते अदृश्य हो गए। यह जगह कोई पुरानी उजड़ी बगीची लग रही थी, क्योंकि कई वृक्षों के ठूँठ मात्र दिख रहे थे। ये ठूँठ गवाह थे कि यहाँ कभी चमन रहा होगा, यहाँ बच्चों की किलकारियाँ गूँजती होंगी, जवान जोड़े यहाँ जीवन राग गाते होंगे और बूढ़े लोग जीवन की थकान कम करने के लिए किसी वृक्ष की छाँव में सुस्साते होंगे। अब यहाँ परिंदों के अलावा एक कोने में आवारा, बूढ़े, बीमार मवेशियों का ठिकाना था। लड़की ने लड़के के सीने पर सिर टिका लिया। लड़की का चेहरा सुर्ख हो उठा। गुलाबी होंठों पर कंपन की लहरें दौड़ गईं। आँखों में चमकते सितारे और गहरी आभा बिखरने

लगे। इन जादुई आँखों के सामने लड़के को प्यारी दुनिया फीकी और बेजान लगती है! लड़का अनिमेष उसकी आँखों में देखता रहा, फिर फुसफुसाकर बोला, "आखिर तुम्हें किस बात का डर है? क्या तुम्हें पछतावा है?"

"तुम्हें नहीं पता?" लड़की ने काँपती आवाज में कहा।

"पता है, इसीलिए तो सबकुछ सहने के लिए तैयार हूँ। हमारी स्थिति उफनती नदी की धारा के बीच फँसने जैसी हो गई है।"

"लेकिन हमारी जिंदगी···हमारी जिंदगी का क्या होगा?"

दोनों की निगाहें आसमान की ओर उठ गईं, जहाँ नक्षत्रों की चमक से आसमान चमक रहा था। वही बेआवाज चमक उन दोनों की आँखों को सहला रही थी।

"क्या सबकुछ इतना आसान होगा?"

"होगा···भरोसा है? मुझे खुद पर यकीन है।" लड़के की आँखें दो दिपदिपाते दीपों में बदल गई थीं।

लड़की ने अपनी देह ढीली छोड़ दी। उसकी देह फूल की तरह नाजुक और खुशबू से भरी थी। उसकी देह से उठता खुशबू का झोंका लड़के के माथे, आँखों, नाक, बाँहों, कानों और मन पर मचलने लगा। उसकी चमकती आँखों में तैरते भय को लड़के ने अपने होंठों में छुपा लिया, उसकी बड़ी-बड़ी कजरारी आँखें उसके होंठों के नीचे काँप रही थीं।

वे दोनों धरती और आकाश के बीच उड़ते रहे, उड़ते रहे, उड़ते ही रहते कि एकाएक एक तेज झोंका उन दोनों के बीच से गुजरा और वे धड़ाम से जमीन पर आ गिरे। सपनों ने उनका दामन छोड़ दिया था, अब वे हकीकत की दुनिया में आ पहुँचे।

"अभी तक तो घरवाले सोच रहे होंगे कि मैं अपनी फ्रेंड के घर में हूँ, आठ··· नौ, फिर दस, फिर रात···याखुदा···अम्मी चीख-चीखकर घर भर देंगी, छाती पीटेंगी··· अब्बू गुस्से से आग-बबूला होकर चीजें फेंकेंगे, अम्मी को गालियाँ देंगे कि वे ही जिद करके मुझे बाहर भेजती थीं। भाईजान अपनी मोटरसाइकिल उठाकर सबके घरों में जाएँगे, पागलों की तरह पूछेगा, ढूँढ़ेगा···बाजार, तालाब, टॉकीज, कॉलेज, फिर तुम्हारे घर भी जाएँगे। तुम्हें न पाकर समझ जाएँगे और गुस्से से पागल होकर तलवार और हॉकी उठा लेंगे।" कहते-कहते लड़की का गला भर्रा आया, आवाज काँपने लगी, वह हवा में तन्हा पके पीले पत्ते की तरह काँप रही थी, आँखों में सिमटे आँसू ओस की बूँदों की तरह चमक रहे थे।

"यह तो होगा ही, इससे भयानक दृश्य मेरी आँखों के सामने आ रहा है, पर मैं डरूँगा नहीं, भागूँगा नहीं। हमने कसमें खाई हैं। हमने सपने देखे हैं···हमने अपनी राह आप चुनी है। अब हम पीछे नहीं लौट सकते।" कहते-कहते लड़का सहसा चुप हो गया, क्योंकि सामने एक लंबा साया खड़ा था···दुबला-पतला···लंबा साया। दोनों हाथ घुटनों

की ओर झुके हुए। उसने कुरता-पायजामा पहना हुआ था। उसकी चाल-ढाल डरावनी लग रही थी। उसने अपनी उपस्थिति से पूरे वातावरण को किसी नाजुक पक्षी की तरह अपनी मुट्ठी में भींच लिया था।

"कहाँ से आए हो?" सीधा सख्त सवाल, "खामोश क्यों हो, भागकर आए हो?"

"…!" दोनों खामोश। भयाक्रांत।

"तुम जैसी नालायक, बेगैरत, बेवकूफ औलाद ही घर से भाग सकती है। भागकर एक लड़की के साथ इश्क फरमा रहे हो। वाह, क्या कमाल का काम किया है, दुनिया कहाँ भाग रही है और ये कंबख्त इश्क के लिए भाग रहे हैं। भागो-भागो, कितनी दूर तक भागोगे, इश्क के अलावा तुम्हें कोई और काम नहीं सूझा।"

लड़का-लड़की चुप! अपनी-अपनी देह को समेटते हुए। अपने को बचाने की तरकीबें सोचते हुए।

"उधर तुम्हारे घर में कोहराम मचा होगा, माँ-बाप छाती पीट रहे होंगे, कल पुलिस में रपट लिखवाएँगे, दोनों खानदान शर्मसार और संतप्त होकर, आगबबूला होकर झूठे आरोप-प्रत्यारोप लगाएँगे, खून-खराबे तक पहुँच जाएँगे, उफ आजकल की बेगैरत औलादें। बोलो, जबान पर ताला लग गया है क्या? इसी दिन के लिए परवरिश की थी तुम्हारी?"

"जीईई…जी, हम एक-दूसरे से प्यार करते हैं।" लड़का बमुश्किल बोला।

"इसीलिए भागकर इस खँडहर में छुपे बैठे हो? छिह-छिह घिसा-पिटा जुमला।"

"हमारे परिवारवाले रजामंद नहीं हैं, वे कभी नहीं मानेंगे।" इस बार थरथराती आवाज में लड़की बोली, "इसीलिए हम दोनों…।" कहते-कहते उसकी जुबान लड़खड़ाने लगी। आँखें झुक गईं। हथेलियों में पसीना चिपचिपाने लगा। जमीन को छू रहे दुपट्टे का सिरा कँपकँपाती देह के कारण हिलने लगा। लगा आँखों के सामने अँधेरा घिर रहा है और वे दोनों अँधेरे में गुम होते जा रहे हैं। साया एक बड़ी दीवार में बदलता जा रहा था। ऐसी दीवार, जो चट्टानों से भी ज्यादा मजबूत, खुरदुरी, काली और कुरूप थी।

"तुम्हारे इस नापाक इरादे के लिए मानेंगे भी क्यों और कैसे, इज्जतदार लोग होंगे।" साये ने वितृष्णा के साथ कहा, "तू बदजात लड़की, अपनी कौन सी नाक कटवा रही है, हमारी कौम मुसीबत में है, अलग-थलग है, आज उसे तुम जैसे लोगों की जरूरत है, मगर तुम तो इश्क फरमा रही हो बेहयाई से।"

अब तक उस साये का चेहरा दिखने लगा था…साफ, गोरा-चिट्टा चेहरा, हल्की सी तराशी हुई दाढ़ी। तीखी नाक, हल्के से मोटे होंठ, जो बंद होने पर सूखी छाल की तरफ सिकुड़ जाते थे। उसके साफ-सपाट चेहरे पर क्रूरता के भाव साफ झलक रहे थे। उसका पूरा व्यक्तित्व ही खौफ और बर्बरता की अनुभूति करवा रहा था।

"देखो बरखुरदार, इससे पहले कि मैं तुम दोनों को पुलिस के हवाले करूँ, चुपचाप अपने-अपने घर लौट जाओ, वरना तुम दोनों के परिवारों को बुलाकर तुम्हें सौंप दूँगा। प्रेम का भूत उतरने में समय नहीं लगता।" साये ने गर्जती आवाज में आदेश दिया और पलटकर दूसरी तरफ चला गया। उसके पाँवों की धमक दोनों के दिलों में पत्थर तोड़ने की आवाज पैदा कर रही थी।

उन दोनों ने अपने-अपने सीने पर हाथ रखा और तेज होती धड़कनों को दबाया।

लड़का-लड़की एक-दूसरे का चेहरा देख रहे थे। साये की उपस्थिति और बातों से उन दोनों की जान हलक में अटक गई। जब साया अदृश्य हो गया तो दोनों ने एक-दूसरे को सँभाला।

"कौन था? यहाँ से भागना चाहिए, जल्दी से भाग चलो।"

बदहवास से भागते वे खँडहर के दरवाजे तक आ पहुँचे, दरवाजे के बाहर सड़क पर लोगों की आवाजाही थी। गाड़ियाँ, स्कूटर, मोटरसाइकिल, बसें भागती जा रही थीं। किसी राजनीतिक दल का नेता उस रोड से गुजर रहा था, जिसकी जय-जयकार से आसमान गूँज रहा था। लेकिन उन दोनों के भीतर साये की बातें दरदरा रही थीं। आँखों के सामने हजारों साये आ-जा रहे थे। लग रहा था, हजारों हाथ पीछे से जकड़ लेंगे।

"इस भीड़ में घुस जाते हैं।"

"नहीं, उन लोगों ने हम दोनों को देखा है। हो सकता है कि वे हमारा पीछा कर रहे हों, इसलिए चलकर रात वहीं गुजारते हैं, दरबान को पटाते हैं, सुबह होते ही हम यहाँ से निकल भागेंगे।"

वे उलटे पाँव लौट पड़े।

खँडहर के भीतर अँधेरा बढ़ गया था। परिंदों के परों की फड़फड़ाहट...कुत्तों के भौंकने की आवाज, सुअर के बच्चों का भुचुर-भुचुर करना, चूहों का रुक-रुककर भागना, चमगादड़ों का पंख फड़फड़ाना, साँप-बिच्छू, कीड़े-मकोड़ों के रेंगने की आवाज, घास-पत्तों की सरसराहट, एक नहीं कई-कई रहस्यमयी अनसुनी अजीब सी आवाजों का हृदय भेदता-धमकता शोर, सब मिलकर डरावना माहौल बना रहे थे। पर इस समय यह माहौल ही उन्हें सुरक्षित और आत्मीय लग रहा था। दरबान अपनी जगह से गायब था, कहाँ गया, अब क्या होगा...चिंता मत करो, बस एक रात की बात है, जैसे वाक्यों को होंठों-ही-होंठों में बुदबुदाते वे दोनों पीछे वाले चबूतरे पर जा बैठे। यह जगह साफ थी। सुरक्षित थी। पेड़ की ओट थी, जिसके पीछे वे छुपकर बैठे थे। उनका बैठना भी क्या बैठना था, वे तो बस इस काली डरावनी रात्रि के बीतने की प्रतीक्षा कर रहे थे। यह रात निर्णायक रात थी। उन दोनों के सपनों की रात। उन दोनों के जीवन की रात। उन दोनों के प्रेम में सफल-असफल होने की रात।

"दरबान।" साया चीखा। साये की आवाज से चारों तरफ हलचल सी मच गई। यकायक ही दरबान दौड़ा-दौड़ा आया। उन दोनों को समझ में नहीं आ रहा था, कब कौन कहाँ से निकल आता है और यकायक अदृश्य हो जाता है। यह जमीन थी या दरिया या समुंदर, जिसमें से नई-नई चीजें उभरती थीं या डूबती थीं।

"जी हुजूर!"

"क्या वे दोनों चले गए?"

"चले गए होंगे हुजूर, दिखे तो नहीं।"

"ठीक से देखो, ऐसा न हो कि उन दोनों को पुलिस ढूँढ़ती हुई यहाँ तक आ पहुँचे, वे यहाँ तक पहुँचे कैसे, क्या पूरे शहर में यही एक जगह मिली थी उन्हें? और हाँ, जरा भी हमदर्दी दिखाने की जरूरत नहीं है, समझे। ऐसे कई नौजवान मेरी निगाह में हैं, जो अपने प्रेम के लिए घर-परिवार को छोड़ भगौड़ों की तरह मुँह छुपाकर तबाह हो गए। दरबान, इन्हें माफी नहीं दी जाएगी। ये किसी लक्ष्य के लिए नहीं अपने लिए जी रहे हैं, इनका अपने और अपने परिवार के लिए कोई सपना नहीं है, कोई जिम्मेदारी नहीं है, इन्हें कुत्ते की मौत मिलनी चाहिए, ये उस परिवार के लिए, समाज के लिए बोझ हैं। कलंक हैं। इन्हें सबक सिखाना जरूरी है। इस लड़की को सजा मिलनी चाहिए, वरना न जाने कितनी लड़कियाँ इन आवारा छोकरों के साथ भागती रहेंगी।"

"...।" दरबार मन-ही-मन बुदबुदा रहा था।

"जाओ ढूँढ़ो और मुझे खबर करो।"

"जी ई..."

दरबान लाठी टेकता हुआ उसी दिशा में इस तरह चल रहा था गोया कि चप्पा-चप्पा छान रहा हो। लड़का-लड़की ने अपने को केंचुए की तरह समेट लिया, अगर दरबान ने देख लिया, अगर देखकर शोर मचा दिया, अगर शोर सुनकर वह साया आ गया तो, अगर साये ने उन्हें पुलिस को सौंप दिया तोअगर पुलिस ने घरवालों को खबर कर दी तो, लड़का इससे आगे सोच नहीं पाया, उसका सिर चकराने लगा।

वे खरगोश की तरह...धीरे-धीरे आगे बढ़ते जा रहे थे दीवार के पार, जहाँ सघन अंधकार था। बढ़ते अंधकार में यह भी दिखाई नहीं दे रहा था कि जमीन कच्ची है या पक्की, दीवारें ऊँची या नीची, दरवाजे खुले हैं या बंद और बाहर भागने के रास्ते खुले हैं या बंद! उन्होंने एक-दूसरे को जोर से आलिंगनबद्ध किया कि अगर कोई पीछा कर रहा होगा या यकायक हमला करेगा तो...एक साथ मारे जाएँगे या एक साथ पलटवार करेंगे। उनकी साँसें तेज-तेज चल रही थीं। धड़कनें सुनाई दे रही थीं। लड़की का बुरका कहीं उलझकर फट गया था। उसके बाल खुल गए थे...चेहरे पर बदहवासी छा गई थी। कभी लगता, मौत सामने खड़ी है और कभी लगता, जागते हुए सपना है।

"अब क्या होगा?"

"बस यह रात बीत जाए।"

"कोई आ रहा है, देखो···उधर से···"

उन दोनों ने देखा, जिस ओर लंबा साया गया था, उसी तरफ कुछ लोग दबे पाँव चले जा रहे हैं, हल्की सी रोशनी पाँवों की तरफ फेंकते हुए। उनके कद लगभग एक जैसे थे। उनकी काया इकहरी थी, वे लंबे-लंबे कुरते पहने हुए थे, उन्होंने अपने हाथों में कुछ बाँध रखा था।

"यह जगह सुरक्षित नहीं है, यहाँ जरूर कोई गैर-कानूनी काम चल रहा है।"

"हमें क्या, हमें तो यहाँ से निकल जाना है।"

"वो साया क्या कह रहा था कि हमारा लक्ष्य क्या है, क्या केवल अपने लिए जीना···कैसी बकवास कर रहा था···।"

"चुप रहो।" लड़की घुटी आवाज में बिफरी।

फिर लड़के ने देखा, दरबान एक लड़के को पकड़े हुए लिए जा रहा है। उसके पाँव रस्सी से बँधे हैं और हाथ पीछे। वह बेहद उदास मगर गुस्से में विफरता, दुबले-पतले शरीर को ऐंठता गोया खुद को तहस-नहस कर देगा का भाव लड़के के चेहरे पर नजर आया।

"देखो, अगर पकड़े गए तो यही हाल तुम्हारा होगा, खुदा के लिए यहाँ से भाग चलो, भाग चलो, मेरी खातिर, वरना मैं कहीं की नहीं रहूँगी।" लड़की सिसक-सिसककर रो रही थी। आवेश में उसकी देह काँप रही थी। सूखे फूल जैसे झरते हैं, वैसे ही उसकी आँखों से मौत का खौफ आँसू और देह से पसीना टपक रहा था।

"शबाना···प्लीज···शबाना!"

"मौका देखते ही भाग चलेंगे, मगर जाने से पहले यहाँ के राज तो जान लें।" लड़के को भीतर के राज जानने की उत्सुकता हो उठी। यह स्वाभाविक ही था कि अनजाने, अनदेखे और अस्वाभाविक चीजों, क्रियाकलापों के प्रति उसका युवा मन दौड़ रहा था।

"तुम्हें क्या, कुछ भी हो।" शबाना ने दर्द भरी आवाज में कहा, "हम यहाँ कुछ जानने-समझने और देखने के लिए नहीं आए थे, हम तो···।" कहकर उसने लड़के का हाथ जोर से पकड़ लिया।

"मैं अभी आता हूँ" कहकर लड़का तेज कदमों से उसी तरफ भागा, जिस तरफ लंबा साया, फिर छह लड़के, फिर एक रस्सी में बँधा लड़का गया था। एक दरवाजे के पीछे सब खड़े थे, उस रस्सी बँधे लड़के को घेरकर। सबके चेहरे तने हुए थे, आँखों में क्रोध था, आग थी। हाथ में पिस्तौल थी। उन चेहरों पर कुदरत की सारी बर्बरता चिपकी हुई थी। वे दुनिया से दूर होकर भी दुनिया को अपनी मुट्ठी में कैद किए हुए थे।

"बोलो, लड़की को कहाँ से भगाकर लाए थे?"

"मैंने नहीं भगाया, वह अपनी मर्जी से आई है।"

"झूठ बोलता है।" जोर की चपत उसके गाल पर पड़ी। लड़का कराहा, रोया··· तड़पा और फिर चुप हो गया। उधर परिंदे फड़फड़ाए। कुत्ते भौंके-रोए। चूहे भागे। झींगुरों की आवाजें और तेज हो गईं। आसमान में किसी परिंदे ने पंख फड़फड़ाकर जोर की कीक मारी।

बाहर से झाँकते लड़के की रूह काँप गई, आखिर माजरा क्या है···यह लड़का भी क्या मेरी तरह भागकर आया था अपनी मोहब्बत को लेकर। अपने सपनों को पूरा करने के लिए। जमाने से झूठ बोलकर वह भी अपनी राह चलना चाहता था, जहाँ लेन-देन न हो, सौदेबाजी न हो, बड़े-बड़े वायदे न हों, महँगी चीजें न हों। न लड़की का रूप-रंग, कद-काठी को लेकर नाक-भौं सिकोड़ने वाले मीनखेज दिखैये हों, पर उन सबको छोड़कर भागो तो इधर पकड़े जाते हैं या पकड़वा दिए जाते हैं! जैसे ये रोता-गिड़गिड़ाता लड़का, जैसे मैं पकड़ा गया···लड़की···लड़की कहाँ है? शबाना···शबाना को न पकड़ लें, सोचते हुए वह उलटे पाँव भागा। देखा, वहाँ शबाना नहीं थी। शबाना का बुरका उसके पाँवों में फँस गया। शबाना नहीं है, उस लड़की की तरह। लड़के को चक्कर-सा आने लगा।

"शबाना···शबाना!" वह पागलों की तरह चीखा। उसकी पागल चीख ने खँडहर की दीवारों को हिला दिया। उसकी भय भरी चीख खँडहर के आँगन में बिजली की तरह दौड़ गई। उसकी चीख ने आसमान में दरार पैदा कर दी और धरती पर गड्ढे, पत्तों पर लहू जम गया, वह भागता-भागता सीधे उसी दीवार के पार उन लोगों के बीच जा खड़ा हुआ—"मेरी शबाना कहाँ है, मेरी शबाना कहाँ है?" वह लड़खड़ाकर गिर पड़ा। उसके मुँह से थूक टपक रहा था और गालों पर आँसू बह रहे थे।

"कौन शबाना?।" एक आदमी ने जोर से धक्का देते हुए कहा, "तू यहाँ कैसे आया?"

"वह मेरे साथ थी, अभी-अभी···मेरे साथ थी वहीं, वहाँ।" वह अँधेरे में उँगली दिखा रहा था। उन पर उसके आँसुओं का कोई असर न पड़ा, उलटे वे सब उस पर टूट पड़े।

"लड़की को भगाकर लाया था? यह उम्र लड़की को भगाने की है या कुछ करने की। दगाबाज। पढ़ने-लिखने की उम्र में लड़कीबाजी करता है।"

"नहीं, वह मेरे साथ आई थी ।"

"जबरदस्ती लाया था। प्रेम-मोहब्बत का नाटक करके।"

"नहीं, मैंने कोई जबरदस्ती नहीं की।" उसका काँपता मैला हाथ गले की कंठी पर जा टिका।

"हम अभी खबर करवाते हैं, जब घरवाले और पुलिस आएगी तो मोहब्बत का भूत उतर जाएगा। इनकी इश्कबाजी तो देखो।"

"मुझे मेरी शबाना लौटा दो, प्लीज।" लड़का गिड़गिड़ाता हुआ बोला। वह घुटनों के बल यों बैठ गया गोया किसी बुत के सामने बैठा हो नतमस्तक, समर्पित कि प्राणों की भीख माँगता हुआ-सा।

"यहाँ क्यों आए थे ? किसके लिए काम करते हो ? कौन हमारी जासूसी करवा रहा है, ये प्रेमी-प्रेमिका का ढोंग छोड़ो और सच बोलो, वरना…।"

"छुपने के लिए।"

"झूठ बोल रहे हो।"

"माँ कसम, सच बोल रहा हूँ।"

"पुलिस को क्या बताओगे ? लोगों को क्या-क्या कहोगे ?"

"कुछ भी नहीं। एक शब्द नहीं।"

"कैसे यकीन करें कि तुम खामोश रहोगे ?"

लड़का टूटकर यों गिरा गोया कटी हुई शाख! लंबी हरी-भरी शाख!

लंबा साया एकदम सामने आकर खड़ा हो गया था। हल्के से सिर उठाकर आँखें चौड़ी करके उसने देखा, साये की आँखें चश्मे के भीतर से जानी-पहचानी लग रही थीं। ये वे आँखें थीं, जो मोहब्बत की चमक को, रंग को, तासीर को, कामयाबी और खुशी को नहीं देख सकती थीं। दरिया समुंदर में उठती मोहब्बत और मोहब्बत की इंद्रधनुषी लहरों को नहीं देख सकती थीं। ये अनंत आसमाँ में उड़ते परिंदों की उड़ान में झलकती मोहब्बत को भेद देती थीं। ये आँखें हर मसजिद, हर मंदिर और हर उस जगह पर तैनात थीं, जहाँ मोहब्बत करनेवाले मिलते हैं, जहाँ दुआ और प्रेम का संगीत बजता है, जहाँ रंगीन फूल खिलते हैं,…जहाँ सूरज और चाँद अपनी आभा बिखेरते हैं, जहाँ जन्नत-सा सुकून और सदाशयता की अनुभूति होती है, जहाँ साँसें पराग-कणों से महक उठती हैं, जहाँ आँखों में जलते दीये दिलों में उजास फैलाते हैं।

"शबाना को छोड़ने की कीमत चुकाओगे ? शबाना तुम्हारी राजदां है या प्रेमिका या हथियार या खिलौना या मस्ती करने का शगल। शबाना को मानव बम बनना होगा।"

"यह नहीं हो सकता। मैं और शबाना साथ-साथ जिएँगे-मरेंगे।"

"सच्ची मोहब्बत कुरबानी माँगती है।"

"हमने गुनाह नहीं किया मोहब्बत करके ?"

"सच्ची मोहब्बत कुरबानी माँगती है। या तो तुम मोहब्बत नहीं करते या या मोहब्बत की अहमियत नहीं समझते।"

"कैसी कुरबानी ?"

"शबाना की सलामती चाहते हो? उसे जिंदा देखना चाहते हो या उसे भेज दें कैंप में?"

"नहीं···ई···ई···।"

"या चाहते हो कि तुम्हारे ऊपर कोई केस न चले लड़की को अगुवा करने का और बलात्कार करने का, मारने-पीटने का, उसकी भी बदनामी न हो, मामला रफा-दफा हो जाए। यह सब तुम्हारे ऊपर है, सोच लो। नहीं सोचा तो···।"

"तो···।"

"तो तुम्हें हमारा काम करना होगा, हम शबाना को सही-सलामत उसके घर पहुँचा देंगे।"

उसकी आवाज अब धीमी हो गई थी।

"मैं शबाना को देखना चाहता हूँ?"

"शबाना को लाओ।" उसने जोर की आवाज लगाई। जैसे दीवारों के कान हों और दीवारें उस पार उसका आदेश पहुँचा रही हों। आदेश साँप की तरह खिसक रहा था।

लड़के ने देखा, मुँह पर पट्टी बँधी एक लड़की घसीटती हुई चली आ रही है। उसके चेहरे पर लाल-नीले निशान थे, आँखों में आँसुओं का सैलाब, खौफ के कारण वह नीली पड़ गई थी। इन कुछ ही पलों में वह फूल की तरह मुरझा गई थी। उसकी देह, उसका चेहरा पीला पड़ गया था। वह पहली बार घर से भागी थी और भागकर जीवन के सबसे खौफनाक और बदसूरत अनुभव संसार में आ गिरी थी।

"शबाना···।" वह तड़पकर चीख पड़ा।

"हम लोगों को छोड़ दो प्लीज।" वे दोनों उसके सामने गिड़गिड़ा रहे थे। रो रहे थे। उनकी आवाजें दबती जा रही थीं। उनका हौसला टूटता जा रहा था।

"दरबान, लड़की को वापस ले जाओ।" वह आदमी बेरुखी से बोला।

लड़का एकाएक खड़ा हो गया और तेजी से लड़की की तरफ दौड़ा, लेकिन बीच में खड़े शख्स ने उसको पकड़कर दीवार से दे मारा, ऐसे जैसे गेंद को। शबाना चीख पड़ी, लगभग मूर्च्छित-सी होकर वहीं ढह गई, कई लोग उसके आसपास कौओं की तरह मँडराने लगे, उसको नोंचने की मुद्रा में।

"नहीं, मुझे मंजूर है, आप शबाना को उसके घर भेज दीजिए।"

"मैं अकेली नहीं जाऊँगी, खुदा के वास्ते उसे छोड़ दो। छोड़ दो। रहम करो। मैं हाथ जोड़ती हूँ, प्लीज···प्लीजऽऽऽ।"

"क्यों दरबान, ऐसा क्यों होता है कि एक प्रेम कहानी में लड़का हिंदू होता है और लड़की मुस्लिम या लड़का मुस्लिम होता है और लड़की हिंदू, दोनों साथ में उठते-बैठते हैं, खाना खाते हैं, पिकनिक मनाते हैं, त्योहार मनाते हैं, दुआएँ लेते-देते हैं, पर जब प्रेम-

मोहब्बत और निकाह की बात आती है तो दोनों को भागना पड़ता है, भागकर छुपना पड़ता है, झूठ बोलना पड़ता है और इस तरह के लोगों के बीच में आकर गिड़गिड़ाना पड़ता है, ऐसा क्यों होता है, दरबान?"

"हुजूर! मैं अपनी अल्पबुद्धि से क्या बताऊँ, आप जानकार हैं। सब समझते हैं।"

"चलो ठीक है! कई दफा यह भी होता है कि लड़का अमीर है, लड़की गरीब या लड़का गरीब है और लड़की अमीर, तब भी प्रेम और विवाह नहीं करने दिया जाता है। क्या दो प्राणियों के लिए प्रेम ही काफी नहीं होता? ये बंधन क्यों? इन बंदिशों के लिए कौन जिम्मेदार है?"

"हुजूर? आप बेहतर बता सकते हैं।"

"चलो ठीक है, ऐसा भी क्यों होता है कि लड़का उच्च जाति का होता है, लड़की निम्न जाति की या लड़का निम्न जाति का होता है, लड़की उच्च जाति की, तब भी प्रेम और विवाह क्यों नहीं होने देते हैं? क्या खुदा ने ऊँच-नीच का ठप्पा लगाकर भेजा था? परमात्मा के यहाँ ऐसा भेदभाव तो नहीं होता, यह क्लास किसके दिमाग की उपज है? कौन है इनका मालिक?"

"हुजूर! मैं क्या जानूँ, न मैंने प्रेम किया है, न विवाह।"

"तब भी तुम इन दोनों को भागने का मौका दे रहे थे···क्यों? क्या लगते हैं ये तुम्हारे?"

"नहीं तो हुजूर···मैं तो इन्हें पकड़कर आपके हवाले करने जा रहा था···। आपको गलतफहमी हुई है; मैं तो आपका बंदा हूँ, आपका गुलाम।" दरबान पसीना-पसीना हो उठा।

"दरबान, अगर हमारे चंगुल से भूले-भटके, सताए, बेघर, बेसहारा प्रेमी-प्रेमिका इसी तरह भागते रहे तो हमारा काम कैसे चलेगा? प्रेम में पागल, प्रेम में असफल, प्रेम में जीने-मरने वाले ये अमर प्रेमी हमारे लिए कुरबानी देनेवाले बकरे होते हैं, बकरे! समझे दरबान! भागते हुए प्रेमी कच्ची मानसिकता के होते हैं। भावुकता से भरे सिर्फ अपने बारे में सोचने वाले। दुनियादारी की तमीज नहीं होती। सबकुछ भूलकर वे एक-दूसरे के लिए फना हो जाते हैं बस। यही वह वक्त होता है जब इन्हें तोड़ लो, इनका इस्तेमाल कर लो। इनसे जो चाहो, जैसा चाहो काम करवा लो। इन्हें अपना प्रेम, अपनी मोहब्बत दुनिया में सबसे कीमती लगती है।"

"जी हुजूर!" दरबान के भीतर पसीना बह रहा था। इससे पहले कभी वह इतना न तो घबड़ाया था, न पसीना-पसीना हुआ था और न ही उसने खुदा से माफी माँगी थी।

"तो अब क्या करना है?"

"आपके आदेश का पालन···!" दरबान ने खखारते हुए कहा।

शबाना को दीवार के पार एक अँधेरे बदबू भरे कमरे में बंद कर दिया गया था और लड़के को वहीं छोड़ दिया गया था, जहाँ साया का हुक्म चलता था, यानी लंबे साये के सामने—अंतिम प्रार्थना के लिए, अंतिम कुरबानी के लिए, अंतिम इच्छा के लिए।

"तो तुम शबाना को कितना चाहते हो?" साया लड़के की आँखों के भीतर नश्तर चुभाती नजरों से देखते हुए बोला।

"अपनी जान से ज्यादा।" लड़के ने हिम्मत दिखाते हुए कहा।

"शबाना तुम्हें कितना चाहती है?"

"अपनी जान से ज्यादा।"

"क्या खूब! वाह क्या खूब! हाँ-हाँ...हाँ, दोनों एक-दूसरे को अपनी-अपनी जानों से ज्यादा चाहते हो। तो गौर से सुनो, हमने फैसला किया है कि सुबह होने के पहले शबाना को उसके घर पहुँचा दिया जाएगा और तुम्हें अपने मिशन पर..."

"मिशन! कैसा मिशन?" लड़के की आवाज काँपने लगी।

"हाँ, तुम्हें हमारे मिशन को अंजाम देना है, वरना सोच लो, शबाना के बारे में, अपने परिवार के बारे में।"

"क्या करना होगा?" लड़का जिज्ञासु हो उठा।

"तुम्हें इन बमों को भीड़ भरे बाजार में रखना है।" साये ने एक थैले की तरफ इशारा किया। ऐसे कई थैले तैयार किए जा रहे थे। थैले को देखकर लड़का भीतर तक सहम गया। सैकड़ों उजड़े-बिखरे, जले, कटे, फटे चिथड़े शरीर और सामान उसकी आँखों के सामने घूम गए। उसकी आँखों के सामने अँधेरा छाने लगा।

"नहीं, मैं ऐसा नहीं करूँगा, कभी भी नहीं करूँगा।" लड़का हिम्मत करके बोला।

"तो शबाना और तुम, दोनों का क्या हश्र होगा जानते हो? कल्पना भी नहीं कर सकते।" साये ने धमकी भरी आवाज में कहा।

"जानता हूँ। आप हम दोनों को मार ही डालेंगे न।"

"तुम्हारी मोहब्बत झूठी है, तुम झूठे हो, तुम मक्कार हो, तुम कमीने हो, तुम खुदगर्ज हो, तुम केवल अपने लिए जीना चाहते हो, तुम्हारी जिंदगी का कोई मकसद नहीं है। हमारा मिशन कितना बड़ा है। कितना जरूरी है।" साये की आवाज ऊँची होती जा रही थी।

"हाँ, मैं झूठा हूँ, मक्कार हूँ, स्वार्थी हूँ, पर इनसानियत का दुश्मन नहीं हूँ। मैं तुम्हारे मिशन का हथियार नहीं बनूँगा।" लड़का भीतर से भयभीत होते हुए भी ऊपर से साहस दिखा रहा था। साये के आदेश पर कुछ लोगों ने उसको मजबूती से पकड़ लिया था।

लड़के ने हाथ-पाँव मारना शुरू कर दिया। बेदम होकर भी वह पूरा दम लगाकर अपने को छुड़ा रहा था। वह साये की तरफ झपटा...झपटता...हाथ उठाता...हाथ उठाकर उसको धकेलता, धकेलकर खुद अलग होता कि उसके पहले ही उसके सिर पर एक

झटके से ऐसे वार कर दिया गया, जैसे जानवर की गरदन पर पैनी छुरी से, हल्की-हल्की मूर्च्छा में तड़पता वह शबाना···शबाना पुकार रहा था। और उसे घसीटते हुए उधर ले जाया जा रहा था, जहाँ शबाना कैद थी। शबाना, तुम इसका मिशन पूरा मत करना। बिल्कुल नहीं।" कहते-कहते लड़का नीम बेहोशी में डूब गया।

दूसरे दिन के अखबार में खबर छपी थी, शहर को एक बड़ी दुर्घटना से बचा लिया गया है, दो संदिग्ध आतंकवादी पकड़े गए, जिसमें एक लड़की थी और एक लड़का। लड़की शायद मानव बम भी हो सकती है, इसकी उच्च स्तरीय जाँच हो रही है।

□

अपराधी

अचानक ब्रेक लगने से एक के पीछे एक अनेक गाड़ियाँ रुकती गईं। एक झटके के साथ। कुछ गाड़ियाँ एक-दूसरे से टकराईं तो कुछ टकराते-टकराते बचीं, तो कुछ को उनके मालिकों ने सुरक्षित बचा लिया।

'क्या हुआ?' हरेक की जुबान पर एक ही सवाल था, जिज्ञासा थी, यहाँ क्यों रोक दिया? क्या कोई वी.आई.पी. (राज्यपाल, मुख्यमंत्री वगैरह) निकल रहा है या एक्सीडेंट हो गया है, ट्रैफिक सेंस तो लोगों में है ही नहीं। ओवहर टेक करके आगे निकलने के चक्कर में, सब हवा में दौड़ते हैं।' लोग आपस में आगे-पीछे, अगल-बगल में बात कर रहे थे। बार-बार घड़ी पर बेचैन निगाहें दौड़ा रहे थे, क्योंकि किसी को दफ्तर पहुँचना था, तो किसी को हॉस्पिटल, तो किसी को स्कूल-कॉलेज। बेचैन लहर सी चल रही थी। फिर शुरू से लेकर आखिर तक यह खबर फैल गई कि 'किसी की गाड़ी की टक्कर से एक छोटी बच्ची उछलकर दूर जा गिरी थी। उसका सर फट गया है, उसकी माँ जो कि पागल है, बीच सड़क पर बच्ची को जमीन पर डालकर बैठी है और किसी को भी निकलने नहीं दे रही है।'

"ओह गॉड! उसकी बच्ची को इसी वक्त सड़क पर आकर मरना था। मेरा बॉस जान खा जाएगा। मीटिंग का समय निकला जा रहा है। बच्चों और जानवरों में क्या अंतर है? जहाँ देखो वहाँ दौड़ते, सड़कों पर खेलते, घिसटते, भीख माँगते मिल जाएँगे, कई बार तो अचानक गाड़ी के सामने से निकल जाएँगे। ब्रेक लगाओ तब तक गायब, ये ट्रैफिक पुलिस क्या कर रही है? क्यों नहीं पगली को पकड़कर अलग करती है। यहाँ तो सबका राज चलता है, जो चाहे सो धरना दे, जो चाहे सो रैलियाँ निकाले। जो चाहे सो प्रदर्शन करे, कानून है कोई या नहीं। फालतू लोग¨।" एक अफसरनुमा व्यक्ति गुस्से में बोले जा रहे थे। इस अंदाज में कि आसपास वाले उनकी बातें को सुनें।

'वह पगली उठने को तैयार नहीं¨।'

'पुलिस को बुलाया है?'

'पुलिस तो नहीं आई, कैमरामैन और टी.वी. वाले जरूर आ गए हैं।'

'आजकल तो मीडियावालों को खबर चाहिए। जब तक वे उसे शूट नहीं कर लेंगे, तब तक हटेंगे नहीं। किसी का नुकसान हो तो हो।'

कुछ लोग गाड़ी से उतरकर घटनास्थल तक चले गए थे। चारों तरफ अच्छी-खासी भीड़ इकट्ठी हो गई थी। टी.वी. वाला शूट कर रहा था, वह किसी तरह भीड़ को चीरते हुए, धक्का खाते हुए धक्का देते हुए सामने की लाइन में जा पहुँची। दृश्य देखा तो अनायास ही आँखों पर हाथ चला गया''दूसरे क्षण स्वयं पर काबू पाकर उसने देखा एक अधेड़ उम्र की औरत जो कमर तक निर्वस्त्र थी, जिसने नीचे पेटीकोट पहना हुआ था, जिसके बाल पुरुषों के समान कटे थे। जो आधे काले और आधे सफेद थे, जिसके कंधे चौड़े-चौड़े थे। जिसके स्तन दूध भरा होने के कारण लटके हुए थे, जिन पर नीली धारें दिख रही थी और जिसका पूरा बदन फफूद लगा शुष्क था। चौड़ा चेहरा, हल्की सी कंजी आँखें, दोनों होंठ फैले हुए और नीचे के दाँत पीले थे। वह फटी-फटी आँखों से चारों तरफ चेहरा घुमा-घुमाकर भीड़ देख रही थी। बहुत से लोग उसके उघड़े हुए बदन को देख रहे थे, तो बहुत से उसके भावशून्य चेहरे को!

"क्या चीज रही होगी अपने जमाने में!" किसी ने पीछे से फिकरा कसा।

"क्या चीज''शक्ल-सूरत कितनी अच्छी है!"

"आज भी शक्ल-सूरत कितनी अच्छी है।"

"चेहरे से तो भले घर की लगती है।"

"भले घर की होती तो क्या यहाँ होती? पता नहीं किसने इसे सताया होगा?" लोग तरह-तरह की बातें कर रहे थे, पर वह सबकी बातों से निर्लिप्त-बेअसर बैठी थी। कैमरों की चमक टी.वी. कैमरों की आँखों का भी उस पर कोई असर नहीं पड़ रहा था। हाँ, जब भी कोई उसकी बच्ची के नजदीक जाता तो वह झपट्टा मारने के अंदाज में पलटवार करने को तैयार हो जाती, चौकन्नी हिरणी की तरह!

"हाथ नहीं लगाने दे रही है बच्ची को।"

"किसका पाप होगा यह?"

"कोई तो होगा हरामी।"

"माँ की ममता देखो, कैसे अपनी बच्ची को बचाकर बैठी है।"

"अरे भई हटाओ, क्या तमाशा है? आप लोगों को मजा आ रहा है यह सब देखने में?" दिल दहला देनेवाली चीत्कार से लोग थरथरा गए और थोड़ा पीछे हट गए।

तभी किसी ने उसके पास जाने की हिम्मत दिखाई, लेकिन उसको भी वह चीखकर मारने दौड़ पड़ी।

"पुलिस को बुलाया है।"

अब तक कुछ लोग अपनी गाड़ियों की तरफ लौट चुके थे। दूसरा रास्ता पकड़कर जाने के लिए गाड़ियाँ मोड़ रहे थे।

अब तक पुलिस भी आ चुकी थी। साथ में महिला कॉन्स्टेबल भी। भीड़ को एक तरफ करते हुए, ताकि रुकी हुई गाड़ियाँ निकल सकें। महिला कॉन्स्टेबल उसकी बच्ची के पास गई तो पगली उसी तरह चीखी—आसमान को थर्रा देनेवाली चीख के साथ। वह उनके काबू में नहीं आ रही थी। इतनी ताकत उसकी देह में कहाँ से आ गई थी कि वह उनकी पकड़ में नहीं आ रही थी। "बच्ची को मत छुओ," किसी ने कहा, "पहले उसको कंट्रोल में करो।" बच्ची का सिर एक तरफ से फट गया था। चेहरा नीला पड़ गया था, खून का काला थक्का जमा था, धूल मिट्टी से सनी उसकी नन्हीं सी देह जैसे तपकर सूखने लगी थी, पगली को जबरदस्ती पकड़ा जा रहा था कि तभी एक युवक दौड़ता हुआ आया—"रुकिए-रुकिए साब, रुकिए!"

उसने बच्ची को टटोला, थपथपाया··· ऊपर-नीचे किया, फिर चारों तरफ देखकर बोला, "किसने मारी टक्कर···।" कंधे पर पड़ी टॉवल में उसने घायल मृत पड़ी बच्ची को लपेटा और पगली के पास जाकर बोला, "कुछ नहीं हुआ, ठीक हो जाएगी। उठो···। छोड़ दीजिए साहब। वह मान जाएगी।" टी.वी. कैमरा सामने आ गया। माइक लेकर टी.वी. वाला पूछने लगा—"आप कौन हैं? कैसे जानते हैं? ये पगली आपकी कौन है? कहाँ से आई?"

लड़का हाँफ रहा था। पसीना-पसीना हो रहा था। विस्फारित नेत्रों से देखती पगली का मिजाज कब आपे से बाहर हो जाए, उसे खुद अंदाज नहीं था। उसकी गोद में बच्ची थी और पीछे पगली!

"पहले रोड खाली करिए, बाद में बात करना।" गोद में उठाए लड़के के पीछे पगली चल रही थी, आसपास के लोगों को गुस्से में देखती।

"यही होगा इसका बाप।" किसी ने उसकी तरफ देखते हुए कहा।

"शक्ल से साला सीधा लगता है, पर देखो, कैसा कलियुग आ गया। लोग पगली तक को नहीं छोड़ते हैं, फिर किसी के ठहाके सुनाई दिए और अश्लील मजाक भी।

युवक बता रहा था—"साब, मेरी चाय की दुकान, जहाँ मेरी दुकान है, वहीं एक खाली जगह पड़ी है। डेढ़ साल पहले मैंने इस औरत को वहीं देखा था। वहाँ आकर यह चुपचाप कुछ बड़बड़ाती रहती थी। कभी गाती तो कभी हँसती, तो कभी कुछ नाम लेकर कुछ-कुछ बोलती रहती थी। इसका बढ़ा हुआ पेट देखकर हम लोगों ने इसे कुछ-कुछ खाना देना शुरू किया। चाय, पाव भाजी या ब्रेड। फिर मैंने और मेरी मिसेज ने इसकी डिलीवरी करवाई। आपने देखा, कितनी सुंदर बच्ची थी, यह अपनी बच्ची को लेकर बैठी रहती थी। इसे तो कोई होश रहता नहीं था। मैं ही उसकी देखभाल करता। बच्ची

को नहलाना, धुलाना, कपड़े पहनाना। उसकी देखभाल करना। वह कहीं भी जाती, पर बच्ची के कारण लौट आती थी। बच्ची को दूध भर पिला देती थी, बस। इससे ज्यादा मैं कुछ नहीं जानता··इस बच्ची के बिना वह कैसे रहेगी और अभी तो मेरे हाथों में बच्ची को देख रही है, सोच रही होगी बच्ची जिंदा है। मैं दफनाने ले जाऊँगा तब क्या करेगी, नहीं बता सकता।" एक तमाशे का अंत टी.वी. वालों के लिए इतना ही हो सकता था और अखबार पढ़ने वालों के लिए सहानुभूति के दो शब्द बोलकर अफसोस जाहिर करने का, लेकिन उसके बाद क्या हुआ ? क्या हुआ उस युवक का और क्या हुआ होगा पगली का ? यह जानने का न तो किसी के पास समय था, न जिज्ञासा। कुछ दिन बाद यह घटना भी स्मृतियों में चली जाएगी और खत्म हो जाएगी पगली की कहानी।

लेकिन उसे याद रहा, याद रहा इसलिए कि वह उस पगली को भूल नहीं पा रही थी, उसकी आँखों को, उसके खुले होंठों को, उसके कंधों को, उसके दूध भरे स्तनों को! बच्ची को कोई छू न ले, इस भय में निकली उसकी चीख को। इसलिए उस रोड से गुजरी तो निगाहें रमेश की दुकान पर पड़ गई। रमेश ग्राहकों को चाय दे रहा था।

"वह पागल औरत कहाँ गई है ?" रमेश ने प्रश्नसूचक निगाहों से उसको देखा। क्या फिर अखबार में खबरों की कमी हो गई है।

"क्या फायदा पूछने से ? आप लोगों को पागल में दिलचस्पी है ?"

"क्यों ? क्यों नहीं हो सकती जिज्ञासा ?"

"जिसने टक्कर मारकर एक नन्हीं बच्ची को मार दिया, वह तो आज तक पकड़ा नहीं गया, न किसी ने कोशिश की उसे ढूँढ़ने की। क्योंकि वह पगली की बच्ची थी ?"

रमेश ने बताया, "जब वह बच्ची को दफनाने के लिए ले जा रहा था, वह नहीं चाहता था कि पगली उसके पीछे आए और उस स्थान को देखे, जहाँ बच्ची को दफनाना था, बच्ची का शव बदबू मारने लगा था। मक्खियाँ और चीटियाँ लग गई थीं। उसे भय था कि पगली बच्ची का शव न निकाल ले। लगभग दूसरे दिन की शाम से पहले, क्योंकि वह एक पल के लिए उसे नहीं छोड़ रही थी। किसी तरह वह छुपते-छुपते दफनाकर आया तो देखा, वह मुझसे नाराज है, उसके ऊपर सामान फेंककर मार रही है, चीख रही है, लोट लगा रही है। दो-तीन दिन तक यह नाटक चला, फिर उसने खाना-पीना छोड़ दिया। बीच में वह गायब हो गई और फिर जब आई तो उसके हाथों में दो देसी पिल्ले थे, उन पिल्लों के साथ वह कुछ दिन दिखाई देती रही, लेकिन रात-दिन अपनी बच्ची की खोज में भटकती वह एक दिन उस पेड़ के नीचे मरी पड़ी थी। अंत तक उसने मुझे माफ नहीं किया। बच्ची को मारा किसी ने और उसकी नजरों में मैं अपराधी था। बताइए, पगली और उसकी बच्ची के जीवन की इस दुर्दशा के लिए कौन जिम्मेदार है ?"

□

लकीर

"आइए-आइए! मैंने कितनी बार आपको फोन लगाया और खबर भिजवाई थी कि एक बार आकर आप हमारी दुकान देख लें।" प्रतिभा के चेहरे पर खुशी और उत्साह का भाव छलक आया। अपनी खुद की दुकान होने की गर्वानुभूति! अपनी पहचान का गौरव। अपने आत्मनिर्भर होने का अभिमान। लेकिन एक क्षण बाद ही उसका चेहरा बुझ गया। उसकी उजली हँसी गायब हो गई। आँखें छलछला आईं। मुझसे सामना होते ही वह भावुक हो उठी। भावुकता की वह पतली रेखा उसकी गोल नाक से होती हुई आँखों से बहने लगी।

"इतने वर्षों का मुझे यह सिला मिला। इस तरह। घर से बेइज्जत करके निकालकर। मुझे फिर वहीं से शुरुआत करनी पड़ रही है। आपने तो अपनी आँखों से सबकुछ देखा है। कितना मुश्किल होता है स्वयं को समझाना। मैं इनका लड़का होती तो क्या ये उसे सैटिल नहीं करते?" टप-टप टपकते आँसुओं को उसने साड़ी के पल्लू से पोंछा। उसकी बड़ी-बड़ी आँखों में लालिमा उतर आई थी। उसका पति स्टूल पर बैठा था। मैंने नजर उठाकर देखा, एक छोटी सी उदास सूनी दुकान। सीधी-सपाट। रैक्स अलबत्ता बनवा ली थीं, पर आधे से ज्यादा खाली पड़ी थीं। एक तरफ कोर्स की किताबें थीं। दूसरी तरफ अन्य विषयों की हिंदी-अंग्रेजी की मिली-जुली किताबें। बहुत ही सस्ते वाले पेन, पेंसिल, रबर, बच्चों के कंपास।

"देखिए, हमारे पास माल भी नहीं है। न नकद उठाने के लिए पैसा, न उधारी के लिए विश्वास, जो प्रकाशक वहाँ किताबें देते थे, उनको मना कर दिया है। हमारे पास जो जमा पूँजी थी, वह दुकान खरीदने में लगा दी।"

उसकी दो वर्षीय बच्ची उसका हाथ पकड़कर खींच रही थी और पति उसको बहलाने की नाकाम कोशिश कर रहा था। गरमी और उमस के कारण वहाँ बैठना असह्य हो रहा था।

"दुकान तो अच्छी जगह पर है।" मैंने बेमन से कहा।

"अच्छी जगह से क्या, चलनी तो चाहिए? यहाँ पीछे वाली लाइन में कम ही लोग आते हैं।" उसने अफसोस जताते हुए कहा।

"आजकल शो-बिजनेस का जमाना है। एक से एक शानदार दुकानें हैं···उनके सामने हमारी यह दुकान··· ।"

"तुम्हारा नाम तो है। तुमने हिम्मत नहीं हारी और विश्वास रखा। अंतिम विजय तुम्हारी ही होगी। जीतने के लिए तुम्हें लंबी प्रतीक्षा करनी होगी। निश्चय ही यह कठिनाई भरा समय है। कठिन···चुनौतीपूर्ण। तुम्हें लड़ने के लिए तैयार रहना ही होगा। जीतना तुम्हारे लिए चुनौती है···क्या तुम नहीं जानतीं कि तुम आधी पराजित तो उसी समय हो गई थीं, जब तुम्हारे जन्म के बाद···बेटे की आशा में एक और बेटी आ गई थी।"

"जीतकर मिलेगा भी क्या? उन्होंने तो इतना बदनाम कर दिया है कि··· ।" वह मेरी बात को काटते हुए बोली और फफककर रो पड़ी। हमेशा खिलखिलाती हुई प्रतिभा को यों रोता देखकर मुझे अच्छा नहीं लगा। मैं जानती थी, उसके भीतर तूफान ठहरा हुआ था। वह अपना दुःख-क्षोभ, अपमान और पराभाव को किसी के साथ बाँटना चाहती थी। अपने पक्ष में खड़े व्यक्ति के सामने अपना विश्वास लौटाना चाहती थी। मैं प्रतिभा को वर्षों से जानती हूँ। बी.ए. के बाद आगे की पढ़ाई स्थगित करके अपने पैतृक व्यवसाय में पूरी तरह से स्वयं को लगा दिया था। उसका मानना था कि एम.ए. करके भी वही काम करना है तो क्यों न मैं अपना बिजनेस ही करूँ, पापा कब तक और कितना करेंगे?

किताबों के सिलसिले में ही मेरा उससे परिचय हुआ था। पूरे शहर की गिनी-चुनी नामचीन दुकानों में से एक दुकान! कोई भी पुस्तक चाहिए हो, प्रतिभा से एक बार कहना भर होता था। वह अपनी सीट पर बैठे-बैठे ही नौकर को हिदायत देती···यहाँ नहीं, वहाँ नहीं, तीसरी रैक पर, ऊपर जा···अरे, बुद्धू एक किताब नहीं मिलती···अंकल ठहरिए, मैं लाती हूँ···मैडम, आप लिखवा दीजिए, मैं फोन करके आपको बता दूँगी। बीच-बीच में वह हँसती जाती···बातें करती जाती, उसके हाथों में जादू था। उसका दिमाग कंप्यूटर की तरह चलता था। कौन सी किताब कहाँ रखी है, उसको मुँहजबानी याद रहता था। वह दौड़-दौड़कर काम किया करती थी। बिल काटना, किताबें रखवाना। ऑर्डर लेना। सारे ग्राहकों से डील करना और कोई भी ग्राहक खाली न लौटे, इस बात का खास खयाल रखना, और आज उसी प्रतिभा को यों पस्त हाल में देखकर सचमुच मेरा मन क्षोभ से भर उठा।

"तुम्हारे जाने के बाद गुप्ताजी का क्या होगा?" मैं उसे अकसर छेड़ती थी।

"मैं कहाँ जाऊँगी?" वह हँसते हुए कहती।

"शादी नहीं करोगी?"

"अभी तो नहीं। छोटी बहन पढ़ रही है। पहले उसकी पढ़ाई पूरी हो जाए। शादी इसी शहर में करूँगी। पापा को यों अकेला छोड़कर थोड़ी न जाऊँगी।" वह अपने पापा को

स्नेह से देखती हुई कहती। दुनिया में उसके लिए पापा से बढ़कर कोई न था। मैंने उसका नाम मजाक-मजाक में सेठानी रख दिया था, पढ़ी-लिखी सेठानी।

और एक दिन खबर मिली कि प्रतिभा की शादी हो गई है।

'अब क्या होगा··· ?' मुझे प्रतिभा के बिना दुकान सूनी-सूनी लगती। दुकान की सारी रौनक ही जैसे खत्म हो गई थी, उसकी खिलखिलाहट-भरी गूँजती हुई आवाज! छोटी कद-काठी के साथ ऊपर-नीचे दौड़ती वह···दुकान में पहली बार मैंने खालीपन देखा था, शायद मेरी तरह और भी लोग उसकी कार्य-कुशलता के आदी हो चुके थे और उसके न होने पर काम की गति में जो अवरोध आ गया था, वह प्रतिभा के अलावा कौन तोड़ सकता था। दुकान वही थी,किताबें वही थीं, लेकिन प्रतिभा की अनुपस्थिति ने उसके अस्तित्व को हिला दिया था। हर व्यक्ति का अपना अस्तित्व ही मायने रखता है। यह विचार मेरे मन को बार-बार उद्वेलित कर रहा था।

"बिजनेस ठप्प हो गया है, पर क्या करें! नया लड़का रखा है, सीखने-समझने में वक्त तो लगेगा। अपने बिजनेस के पीछे उसे कुँवारी थोड़े न बिठा सकते थे। बहुत चाहा कि लड़का यहीं का मिल जाए, पर संयोग ही न बना।" गुप्ताजी उदास और थके हुए लग रहे थे।

"हमने तो कभी ध्यान ही नहीं दिया। बड़ी दिक्कत होती है, उसे सबकुछ याद रहता था।" वे प्रतिभा की कमी को गहराई तक महसूस कर रहे थे।

पिता को व्यवसाय में लगातार घाटा हो रहा था। ऐसा नहीं था कि काम करनेवाले लोग नहीं मिल रहे थे या कोई इतनी जल्दी सीख नहीं सकता था, लेकिन प्रतिभा जिस तरह से काम करती थी और करवाती थी, वह हुनर, वैसी तत्परता किसी में न थी। जब तक लड़के किताब ढूँढ़कर लाते तब तक ग्राहक चला गया होता। तेज रफ्तार से भागते हुए इस समय में कोई भी इंतजार नहीं करना चाहता था, इसलिए लोगों का आना अपेक्षाकृत कम हो गया था।

इधर प्रतिभा अपनी ससुराल में खुश थी। पति नौकरी में था। उसके लगातार टूर रहते थे। अपने इस नए जीवन को वह सचमुच एन्जॉय कर रही थी।

"बेटा, कुछ दिन के लिए आ जा।" हर हफ्ते पिता का फोन पहुँच जाता।

"पापा, यहाँ भी तो देखना पड़ता है। बार-बार आना-जाना! पैसे का नुकसान होता है। ये लोग भी सोचेंगे कि अपने पापा का नुकसान दिखता है।"

"मैं बात करूँ? इंदौर कौन सी दूर है!"

"पापा, मैंने तभी कहा था कि मेरी शादी बाहर मत करो। आप पर काम का बोझ आ पड़ा है। मुझे आपकी चिंता रहती है। अकेले कैसे सँभालते होंगे। मैं समझ सकती हूँ पापा!"

"ऐसा कर, तू यहीं रहने का मन बना ले। बात करके देख घरवालों से।"

"पापा, यह सब इतना आसान नहीं है। मैं अपने कारण राजेश को वहाँ बुलाऊँ। उनके पेरेंट्स और यह घर··· ! वे सब क्या कहेंगे ?"

"माता-पिता को वहीं रहने दे। तू यहाँ एक छोटा सा फ्लैट ले ले। राजेश यहाँ आते-जाते रहेंगे।"

"पापा, आपने तो कह दिया, पर सोचकर देखो, क्या इतना आसान है सबकुछ ?"

छठ-आठ महीने यों ही चलता रहा। प्रतिभा पंद्रह दिन ससुराल में रहती, तो पंद्रह दिन मायके में। आते ही वह स्वयं को दिन-रात दुकान में झोंक देती। पुराना हिसाब-किताब। किताबों की व्यवस्था··· । सारी चीजें पापा को समझाती। घाटा देखकर उसका मन दुःखी होने लगता। किताबों का बेतरतीब ढेर। न कोई ढंग से जमाता, न सुव्यवस्थित करने की कोशिश नजर आती!

"एक नहीं चार लड़के रख लें, पर कोई तेरी तरह काम कर पाएगा ? तुरत-फुरत किताबें देना···ग्राहकों को बताना कि कौन सी किताबें कहाँ हैं ?" पापा असहाय होकर कहते। दो नावों पर सवार प्रतिभा का जीवन अस्त-व्यस्त होने लगा था।

"मैं बात करके देखूँ ?" बस में बैठाते हुए गुप्ताजी ने कहा।

"पापा, आपको सबके साथ बात करनी होगी।"

"अच्छा बता, तेरा पूरा परिवार यहीं शिफ्ट हो जाए तो, वहाँ क्या रखा है ?"

"उनका मन टटोलना होगा। उन्हें आश्वस्त करना होगा। वर्षों से जमी-जमाई फैमिली क्या अपनी गृहस्थी छोड़कर यहाँ आ पाएगी ? मकान लेना पड़ेगा! जरा भी परेशानी होगी तो सारा दोष आपके मत्थे मढ़ देंगे।" बात बनती-बिगड़ती रही। प्रतिभा उसी तरह आती-जाती रही। हाँ, इस बीच वह गर्भवती हो गई थी, इसलिए उसका आना-जाना कम हो गया था। गुप्ताजी को अच्छा बहाना मिल गया था कि "पहली डिलिवरी मायके में होनी चाहिए।" कहकर वह अपनी बात मनवाने में कामयाब हो गए थे, लेकिन प्रतिभा के लिए ससुराल का माहौल कुछ गरम और तनावग्रस्त हो गया था।

"पापा टेंशन में हैं।"

"क्यों ?"

"वे चाहते हैं कि हम सब वहीं सैटिल हो जाएँ। दो रिश्तेदारों का साथ परिवार को मजबूती ही देगा।"

"इसलिए कि तुम्हारे बिना उनकी दुकान नहीं चल रही है।" राजेश ने हँसते हुए कहा।

"मुझे भी तो काम करना होगा। इससे इच्छा वहीं काम करूँ। मेरी रुचि का काम होगा।"

"पापा चाहते हैं कि तुम भी यह टूर वाली नौकरी छोड़कर उन्हीं के साथ आ जाओ। जैसे जीजाजी करते हैं।"

"तुम्हारे जीजाजी इंजीनियर नहीं हैं। मेरा दुकान पर बैठना क्या तुम्हें ठीक लगेगा? मैं अपनी लगी-लगाई नौकरी छोड़ दूँ? भले ही मैं प्राइवेट कंपनी में हूँ, पर इसमें मेरा सेल्फ रिस्पेक्ट तो है।"

"वे इसी बिजनेस को बहुत आगे बढ़ाना चाहते हैं, नया शोरूम खोलना चाहते हैं। हो सकता है, आगे चलकर हम अपना पब्लिशिंग हाउस खोल लें।"

"तो तुम करो उनके साथ काम, मुझे क्या लेना-देना।" राजेश ने अपनी बात रखते हुए कहा। वह पिता-पुत्री के बीच नहीं आना चाहता था, लेकिन पिता-पुत्री के तनाव उसके जीवन पर हर पल अपना प्रभाव डाल रहे थे। कहीं कोई बात थी, जो प्रतिभा को पिता की तरफ खींच रही थी।

अंततः प्रतिभा का पूरा परिवार भी यहाँ आ गया। और एक बार फिर प्रतिभा दुकान पर अपनी चिरपरिचित मुद्रा में बैठी नजर आने लगी। आसपास किताबों का ढेर और उनके बीच छोटा सा सिर निकाले मुसकराती, आवाजें लगाती, किताबों के संसार में खोई प्रतिभा। उसकी खनकती आवाज दुकान में गूँजने लगी थी। और दुकान फिर व्यवस्थित नजर आने लगी थी। उसकी नाजुक उँगलियों का स्पर्श पाकर रंग-बिरंगी विभिन्न आकार-प्रकार की किताबें जादुई आलोक बिखेरतीं, अभिभूत करती नजर आने लगी थीं। लगता था कि प्रतिभा और किताबें एक-दूसरे के लिए बनी हैं।

संभवतः तीन-चार महीने के अंतराल आया होगा, जब मैंने उसे किताबों को ढेर में से किसी किताब को ढूँढ़ते हुए देखा था, फिर आज यह क्या देख रही हूँ? तेजी से बढ़ते मेरे कदम यकायक थम गए। क्या मैं किसी और दुकान में आ गई? मैंने सिर उठाकर पुनः दुकान का बोर्ड पढ़ा। दुकान तो सही है। दुकान के बीच एक किताबों की दीवार बना दी गई है। दुकान दो हिस्सों में बँटी थी। मुश्किल से निकलने का रास्ता बनाया गया था। देखती क्या हूँ, एक तरफ प्रतिभा बैठी हुई थी, दूसरी तरफ उसकी माँ! महाभारत का यह फीमेल ड्रामा!

"यह क्या?" मैं स्तब्ध थी। करीने से सजी रैक अब...ऊबड़-खाबड़ दीवार बन गई थी।

"बँटवारा!" प्रतिभा जोर से हँस दी। उसकी हँसी में व्यंग्य था। खोखलापन था। गहरी वेदना थी।

यह कैसा बँटवारा! किसके बीच बँटवारा! निकट भविष्य में युद्ध होनेवाला है? मेरा मन खटका।

"मेरे और पापा के बीच!" वह जोर से हँसी।

"मजाक कर रही हो?"

"सच कह रही हूँ मैडम! इधर का हिस्सा मेरा, उधर का पापा का।"

"क्यों?" मैं अब भी आश्चर्यचकित थी!

"शादी जो हो गई है। मैं परायी हो गई हूँ। मेरा परिवार अब वो है, मैं तो सदा से पराए घर की थी। इस सच्चाई को एक्सेप्ट नहीं कर पाई थी, लेकिन आज सबसे बड़ी सच्चाई यही है। पैसे का मामला ऐसा ही होता है···उसमें संपत्ति के लिए सगे भी पराए हो जाते हैं। लड़केवालों का मैं मजाक बनाती थी। नफरत करती थी, पर आज उसी दलदल में मैं बैठी हूँ।" वह बड़े-बुजुर्गों की तरह बोल रही थी।

"लेकिन नौबत यहाँ तक कैसे आ पहुँची?"

"पापा को हर बात में हिसाब चाहिए होता। बात-बात में टोकाटाकी करने लगे। अब मैं पापा की आज्ञाकारी बेटी नहीं रही थी। जब इतना ही अविश्वास है तो साथ में काम करना बेकार है। पहले जो जिद करके, जोर देकर यहाँ बुलवा लिया, फिर कहते हैं कि नहीं करवाना काम। अजीब तमाशा है। मैंने कहा, मेरा हिस्सा दे दो। मैं अपने काम के साथ आपका काम भी सँभाले रहूँगी।" छोटी सी कुरसी पर धँसी बैठी प्रतिभा की आँखों में चारों ओर काले गड्ढे पड़ गए थे। चेहरा पिचका हुआ लग रहा था। उसका पेट निकला हुआ था और बात करते हुए भी वह हाँफ रही थी। छोटा सा पंखा उसके सिर पर चल रहा था। पसीने की बूँदें उसके माथे पर चमक रही थीं। इन दिनों उसे आराम की जरूरत थी, पर वह अपनी शक्ति से ज्यादा काम कर रही थी।

"मैंने सिर्फ स्कूल-कॉलेज की किताबें ली हैं।" मुझे खामोश देखकर वह बोली।

"लेकिन यहाँ पर मैं सिर्फ तुम्हारी वजह से आती थी।"

"मैं हूँ तो।" वह फिर खिलखिलाकर बोली, अपनी व्यथा छुपाते हुए। लगा, बादलों के टुकड़े उसकी आँखों में ठहर गए हैं।

"हाँ, अब मैं उधर जाकर आपके लिए किताबें नहीं निकाल सकती। पापा ने भारत-पाक की सीमा-रेखा बना दी है। मैं क्या करूँ?" उसका गला भर आया था। उसने अपनी बादामी हो गई पलकों से आँसुओं को ढाँप लिया।

"इतनी सख्त पाबंदी!"

"बिल्कुल! इनसान का आत्मसम्मान भी कुछ होता है या नहीं! मम्मी सँभाल तो रही हैं।"

पारिवारिक विवाद तो सुने थे। भाई-भाई में, पिता-पुत्रों में। कानूनी लड़ाइयाँ भी सुनी थीं, पर पिता-पुत्री के दरम्यान व्यावसायिक विवाद मेरे पल्ले नहीं पड़ रहा था। प्रतिभा की आत्मीयता, विनम्रता, काम के प्रति समर्पण भाव मेरे लिए वहाँ जाने का कारण था, अन्यथा पुस्तकें तो कहीं से भी खरीदी जा सकती थीं। दूसरी तरफ गई तो देखा ऊँची-सी कुरसी

पर उसकी माँ विराजमान थीं। चौथा भरा हुआ चेहरा। ऊँचा माथा। बड़ी सी बिंदी। सीधा पल्लू। तनाव से खिंचा गोरा चेहरा, कसी हुई चूड़ियाँ और अँगूठियों से भरी उँगलियों में थमी कलम, जो बार-बार इधर-उधर गिर जाती थी। ग्राहक किताबों के बारे में पूछते तो वह लड़के पर हुकुम चला देती या स्वयं देख लेने का आग्रह करती। लड़का किताबें लाकर देता, फिर वह बिल बनाती, जिसमें कमीशन का हिसाब गड़बड़ा जाता। ग्राहक उन्हें खुद समझाता···हिसाब बनवाता, फिर वह लॉक वाली टेबल की ड्रॉर खोलती। आराम से पैसे निकालती, रखती या वापस करती, इतनी देर में ग्राहक ऊबकर 'समय बरबाद हो गया' सोचकर दस बार इधर-उधर देखता, 'जल्दी करिए' कहता हुआ झुँझलाता।

"गुप्ताजी कहाँ हैं ?" मैंने अस्त-व्यस्त, बिखरी किताबों की तरफ क्षोभ भरी निगाहें फेंकते हुए पूछा।

"बीमार हैं।"

"क्या हो गया ?"

"बस, ऐसे ही बुखार···कमजोरी! रात-दिन काम में लगे रहते हैं। आँखों में भी कुछ तकलीफ है।"

"प्रतिभा सँभाल लेती थी तो आप लोगों को आराम था।" मेरी इस बात से वह एकदम सतर्क हो गईं। फिर कुछ रुककर बोलीं, "अब तो उसे अपना-अपना दिखता है। सयानी हो गई है। ससुराल वाले सगे हो गए हैं। माँ-बाप का क्या, मरें या जिएँ।" वह क्षोभ तथा वेदना से भरकर जोर-जोर से खिसियाकर बोले जा रही थी। समझ में नहीं आ रहा था कि माँ का हृदय अपनी उपेक्षा से दुःखी था या प्रतिभा द्वारा अपने ससुराल वालों का सपोर्ट करने से।

"वह तो अच्छी बात है कि वह ससुराल वालों को पटाकर चल रही है। बचपन से लेकर बड़े होने तक लड़कियों को यही सिखाया जाता है कि ससुराल जाना है। उनसे पटाकर चलना है, माँ-बाप का घर तो पराया होता है। 'बेटी को पराए घर की लड़की' कहा ही गया है, इस परंपरागत पराएपन को अपनाने में इतनी तकलीफ क्यों ?"

"लेकिन इसका मतलब यह तो नहीं कि माँ-बाप को ही ठिकाने लगा दो। उनके मरने के पहले ही उनकी अरथी तैयार कर दो। पुराने जमाने में लोग इसीलिए तो लड़कियों को हिस्सेदार नहीं बनाते थे और चार गाँव दूर ब्याहते थे। लड़के तो मरने तक इंतजार करते हैं, लेकिन लड़कियाँ तो जीते-जी मार डालने में भी संकोच नहीं करतीं।" वह कटाक्ष पर कटाक्ष किए जा रही थीं। उनकी बातों में कसैलापन तो था ही, आवाज में भी विक्षोभ भरा था।

"सारी लड़कियों को एक जैसा नहीं माना जा सकता है। लगता है, आप प्रतिभा से नाराज हैं।"

"नाराज नहीं, दु:खी हूँ। बदनसीब हूँ। दुनिया में कोई ऐसी लड़की होगी, जो ससुराल वालों से अपने बाप को पिटवाए। मेरा सुहाग छीनने की कोशिश की है उसने, मैडमजी!"

"क्या ? प्रतिभा ऐसा नहीं कर सकती। मैं नहीं मानती।"

"तो क्या मैं झूठ बोल रही हूँ, वैसे आप क्या कोई भी नहीं मानेगा ?"

"वह ऐसी नहीं है। जरूर कोई और बात होगी।"

"मैं अपनी लड़की को अच्छे से जानती हूँ या आप ?" उन्होंने तीखी आवाज में कहा।

"आखिर बात इतनी कैसे बढ़ गई ?" आखिर मुझे पूछना ही पड़ा।

'इसी दुकान के कारण। वह बैठी तो है, आप पूछ लें। जैन मंदिर पर ऐसा तमाशा हुआ कि…।" कहकर वह अपनी आँखें पोंछने लगीं। फिर स्वयं को सँभालकर बोलीं, "इसके सास-ससुर ने पहले तो पुलिस में झूठी रिपोर्ट लिखवा दी। गुप्ताजी से कुछ कहा-सुनी हो गई तो दामाद और समधी ने मिलकर उन्हें बुरी तरह से पीट दिया। गुप्ताजी इस सदमे और अपमान को सहन नहीं कर पाए। तभी से अस्पताल में पड़े हैं।" बार-बार अपना पल्लू सँभालती और आँचल से आँसू पोंछती मिसेज गुप्ता बेहद विचलित दिखाई दे रही थीं। अपमान का घाव रिस रहा था।

"यह तो बहुत बुरा हुआ। गुप्ताजी जैसा सीधा-सज्जन आदमी, जो कभी किसी से जोर से न बोलता हो, फिर घर का मामला सड़क पर आ जाए। घटिया स्तर पर उठाकर इस तरह तमाशा करना। पुलिस और कोर्ट तक पहुँचना।" मैं हतप्रभ थी।

"अरे, हमारे मरने का इंतजार तो किया होता। हम तो देते ही, कोई हमारा लड़का तो है नहीं, और इनसान छाती पर रखकर तो ले नहीं जाता, पर अभी से हमें तुम निष्कासित कर दो तो हम लोग कहाँ जाएँगे, क्या करेंगे, हमें भी तो जिंदा रहना है, छोटी लड़की की शादी करनी है।" उनका क्षोभ-व्यथा में डूबी आँखें प्रतिभा का निश्छल चेहरा, उनकी सफेद पड़ती आँखें, उसका निष्कलुष व्यवहार, उसकी निष्कपट हँसी, मेरा मन मानने को तैयार न था कि प्रतिभा ऐसा निर्दय कदम उठा सकती है या ऐसी ओछी हरकतें करवा सकती है। जिस लड़की ने अपनी पढ़ाई इस व्यवसाय के लिए छोड़ दी हो, जो शादी के बाद भी अपनी खुशियों तथा जिम्मेदारियों को दरकिनार कर पिता का भार हल्का करने लिए आती-जाती रही हो, जिसने पिता की खातिर अपने ससुराल वालों को घर तथा शहर छोड़ने के लिए राजी किया हो, वह ऐसा करेगी ? क्या ससुराल वालों के कहने पर प्रतिभा ऐसा कर रही है ? उसका दिमाग तो नहीं फिर गया ? बहकाव में तो नहीं आ गई ? कहीं वे लोग तो पैसे की माँग नहीं करते। मेरा मन कड़वा हो गया था और व्यथित भी। लोग कहेंगे, लड़कियाँ ऐसी ही होती हैं, जैसी प्रतिभा। लड़कियों के साथ ही ऐसा क्यों होता

है, पौराणिक काल से लेकर आज तक, सदियों से लेकर अब तक, महाभारत में द्रौपदी को अपमानित होना पड़ा था, पुरुषों की महत्त्वाकांक्षाओं, सत्ता-शक्ति, मान-अपमान-अभिमान के कारण पतियों द्वारा जुए में हारकर भरी सभा में निर्वसन द्रौपदी होती है, तो उधर रावण द्वारा हरण की गई सीता को राम ने निर्वासित कर दिया···तो अहल्या को पत्थर बनना पड़ा। लड़कियाँ ही बनती हैं कारण। शिकार! समय, समाज और व्यवस्थाओं के बीच फँसी ये लड़कियाँ! और आज मैं प्रतिभा को देख रही थी, जो अपने पिता के दुःख और अपमान का कारण मानी जा रही थी, जबकि असली कर्ता उसके पिता थे, उसने तो कठपुतली बनने से इनकार कर दिया था और यही दुःख का कारण था।

फिर भी मेरे मन में संदेह और जिज्ञासा थी। सच्चाई की तह तक पहुँचने की चाह थी। दूसरा मन कहता, मैं कौन होती हूँ उनके बीच में पड़नेवाली। मुझसे तो दोनों ही अच्छी तरह से मिलती हैं। बात करती हैं। मुझे किसी को लेकर परेशान होने या बुरा मानने की क्या जरूरत है?

करीब दो माह पश्चात् फिर अपने काम के सिलसिले में वहाँ से निकलना हुआ तो दुकान की तरफ मेरे कदम अनायास ही बढ़ते चले गए। दुकान बंद थी। ताला लगा था। सील बंद। शटर पर एक कागज चिपका था, जिस पर लिखा था—कृपया ग्राहक नए पते पर संपर्क करें।

"क्या हो गया?"

"कोर्ट ने ताला लगा दिया है।"

"क्यों?"

"बेटी ने मुकदमा जो ठोक दिया है अपने हिस्से के लिए।" बगल वाले दुकानदार ने किंचित् हँसते हुए कहा। आसपास खड़े तीन-चार आदमी भी उसकी हाँ में हाँ मिलाने लगे।

"अपने अधिकार के लिए आजकल पढ़ी-लिखी लड़कियाँ कोर्ट तक जाने लगी हैं।" दुकानदार ने कुटिलता से कहा। लगा, वह प्रतिभा के बहाने सारी लड़की जाति पर कटाक्ष कर रहा था।

"पिता का भी तो दोष रहा होगा।" मेरे मुँह से अनायास निकल पड़ा।

"पिता जीते-जी अपनी संपत्ति कैसे दे देते!" वह वाक्य को खींचते हुए बोला। समझ गई। पिता का पक्ष मजबूत था। समर्थन भी पिता को मिला हुआ था और सहानुभूति भी। दोषी लड़की थी। घृणा लड़की के प्रति थी। व्यंग्य लड़की के लिए था।···पारिवारिक लड़ाई का मजाक सार्वजनिक रूप से उड़ाया जा रहा था।

सत्य जानने की प्रबल उत्सुकता लिये मैं लिखे हुए पते पर जा पहुँची। और किसी का मामला होता तो शायद मैं वहीं से लौट पड़ती। चूँकि प्रतिभा का मामला था और

उसके लिए यह सब सुनना जैसे मेरे अस्तित्व पर ही सवालिया निशान लगा रहा था। पता नहीं उस दुकानदार की बातें मुझे अपने ऊपर चुभती क्यों लग रही थीं। शहर भर में चर्चा रही। कोर्ट-कचहरी तक मामला पहुँचा और मैं अनजान रही।

जब हम दिए गए पते पर पहुँचे तो दोपहर के तीन बज रहे थे। धूप तीखी थी। गरमी के कारण पसीना-पसीना हो रहे थे। बाहर बड़ा सा पेड़ लगा था और उसी पर दुकान के नाम का कागज चिपका हुआ था। बैठक में बड़े-बड़े रैक रखे थे बेतरतीब से! कहीं किताबों का ढेर था तो कहीं पत्रिकाओं का। किताबें न हों गोया कचराघर हो।

"यह सब…!"

"क्या बताएँ साहब!" मैंने देखा, गुप्ताजी सूखकर आधे रह गए थे। दाढ़ी बढ़ी हुई। आँखें अंदर धँसी। मुँह से आवाज नहीं निकल रही थी। चिंता और अपमान आदमी को इस तरह जला देता है, जैसे आग की लपटों से झुलसा हुआ हरा-भरा वृक्ष।

"आखिर यह सब क्यों हुआ?"

"क्या बताएँ! औलादें जो न करवाएँ!" गुप्ताजी कराहती हुई आवाज में वितृष्णा से बोले।

"सिर्फ औलादें ही दोषी होती हैं?" शैलेष ने पलटवार किया।

"ऐसी लड़की होगी दुनिया में, जिसने संपत्ति के लिए अपने ही पिता को कोर्ट में खड़ा कर दिया!"

"संपत्ति के लिए नहीं, अपने हक के लिए, अपने हिस्से के लिए। आप क्या चाहते थे? ईमानदारी से सोचकर बताएँ! क्या उसे अपने पति तथा परिवार को छोड़ देना चाहिए? अपने परिवार की जिम्मेदारी वह कैसे निभाए? वह दुबारा किसके कहने पर और क्यों लौटी? मान लीजिए, वह सबको छोड़कर आ भी जाती तो क्या आप उस पर विश्वास करते? आप उसके काम से खुश रहते। संदेह का कीड़ा आपके भीतर है गुप्ताजी! आपकी नीयत में खोट है। आपको बेटी का दर्द नहीं दिख रहा है। आपने उसे एक प्रतिस्पर्धा की तरह देखना शुरू कर दिया है। आप चाहते हैं कि वह पहले की तरह सिर्फ आपके लिए कमाए। काम करे।" शैलेष गुप्ताजी के भीतर झाँकने की कोशिश कर रहे थे।

गुप्ताजी ने एक लंबी साँस भरी और खामोशी से इधर-उधर देखने लगे।

"इस लड़ाई में लाखों रुपए का नुकसान हो गया। कोर्ट ने ताला लगा दिया है। हाथ पर हाथ धरे कब तक बैठे रहते। जिंदा तो रहना है, इसलिए जैसा भी बन पड़ा है, यहीं से काम शुरू कर दिया। बिक्री तो ठप्प है। गोदाम में जो किताबें पड़ी थीं, उन्हीं से काम चला रहे हैं। हमारा ही निर्णय हमारे पाँव पर कुल्हाड़ी का वार कर बैठा।"

"यही सब आपका लड़का करता, तब क्या करते आप? आजकल लड़के भी तो

माँ–बाप को लात मारकर निकाल देते हैं। चूँकि प्रतिभा लड़की है, इसलिए आपने सारी बातों को दिल पर ले लिया है। क्यों नहीं आपने एक लड़के की तरह उसको सैटिल किया, उसका हिस्सा दिया ?"

"दे तो दिया था ?"

"क्या ?"

"शादी में खर्च किया था। नकदी दी थी, जेवर दिए थे ?"

"यह सब क्या लड़के की शादी में खर्च नहीं होता ? बहू को जेवर नहीं चढ़ाते आप ?"

"बहू का जेवर तो अपने ही घर में लौटकर आता है !" गुप्ताजी नजरें चुराकर बोले।

"वाह गुप्ताजी, वाह ! यहीं आकर आपकी सोच और संकीर्ण दृष्टि का पता चलता है। प्रतिभा के अंदर आपने कभी असुरक्षा का भाव देखने की कोशिश की ? उसकी मेहनत का हिसाब लगाया ? उसके उन वर्षों को गिना, जो उसने इस दुकान में लगाए थे ?"

"उसे इतना बारीकी से क्यों सोचना था, आखिर में तो इन्हीं सबको मिलना था यह सब।"

"कब ? जब आप मरते तब न और अभी आपको तीस साल तक कुछ नहीं होना है। तब तक वह आपके यहाँ नौकरों की तरह काम करती रहे। ससुराल वालों के ताने सुनती रहे !" शैलेष रोष में बोले।

"लेकिन यह सब बदनामी हुई सो··· । पैसा बरबाद हुआ, कब कोर्ट फैसला सुनाएगा और कब, दुकान खुलेगी ?"

"आप ही जिम्मेदार हैं इसके लिए। कभी आपने पहल की अपनी तरफ से ?"

"हमारे मन से वह निकल चुकी है। इससे अच्छा तो हम बेऔलाद होते।' श्रीमती गुप्ता ने तड़पते हुए कहा।

प्रतिभा चारों तरफ से कठघरे में खड़ी थी। वह पत्थर की तरह कठोर थी। बेईमान थी, धोखेबाज थी, अपने पिता की दुश्मन थी, विरोधी थी, परिवार का सर्वनाश चाहती थी, पूरा समाज उसे इन्हीं विशेषणों से अलंकृत कर रहा था। उसे चारों तरफ से कुचला तथा दुत्कारा जा रहा था, गिराया जा रहा था। खड़े होने के पहले ही उसकी रीढ़ की हड्डी पर चोट की जा रही थी, ताकि वह जीवन भर खड़ी न हो सके और आत्मग्लानि में डूबकर भाग जाए या आत्महत्या कर ले।

"ये किताबें आपके पास कहाँ से आईं ?"

"गोदाम में पड़ी थीं।"

"और प्रतिभा के हिस्से की।"

"दुकान में बंद हैं ?"

"तो वह क्या कर रही है?"

"हमें क्या पता?"

"आपको नहीं पता?"

"भाड़ में जाए या चूल्हे में। हम जीते-जी उसका चेहरा नहीं देखना चाहते हैं। उसके लिए हम मर गए और हमारे लिए वह!" मिसेज गुप्ता ने घृणा से मुँह बनाते हुए कहा। क्या ये वही माँ-बाप हैं, जिन्हें मैंने पहले देखा था। इनकी सज्जनता के भीतर इतनी कालिख और कठोरता! गुप्ताजी और उनकी पत्नी अपने को सही सिद्ध करने में तर्क-पर-तर्क दिए जा रहे थे। फिर महीनों तक मेरा जाना नहीं हो पाया। एक आदर्श, प्रतिष्ठित, धार्मिक परिवार का ऐसा पतित रूप देखकर मन क्षोभ से भर गया था। प्रतिभा के प्रति उनका कठोर रवैया भी मुझे उद्वेलित करता रहा।

लेकिन आज प्रतिभा फिर मेरे सामने थी। उसी तरह हँसते हुए उसने स्वागत किया था। मगर वक्त ने उसे परिपक्व बना दिया था। उसके चेहरे पर बीती जिंदगी की छाप थी। उदासी थी। उद्विग्नता थी। माथे में चिंता की लकीरें थीं। इनसान बाहर वालों से हार भी जाए तो इतना नहीं टूटता, जितना कि अपनों से जीतकर।

"पापा-मम्मी से मिली थीं आप?"

"बहुत पहले।"

"क्या कह रहे थे?"

"क्या कहेंगे?"

पता नहीं कितनी देर तक हमारे बीच बेचैन खामोशी पसरी रही। हम लोग इधर-उधर देख रहे थे, बात करने का बहाना ढूँढ़ रहे थे। ऊपरी तौर पर सतही लगने वाली लड़ाई गंभीर मुद्दे छुपाए हुए थी, जिन्हें सिर्फ पारिवारिक या व्यक्तिगत कहकर नहीं छोड़ा जा सकता था।

"मैडम, आप यकीन कर सकती हैं कि माँ-बाप भी इतने कठोर हो सकते हैं?" प्रतिभा ने मेरे चेहरे पर निगाहें गड़ाकर कहा। संभवतः वह अपनी स्थिति साफ करना चाहती थी। "मेरी गोद में साढ़े तीन माह की बच्ची थी। इस बच्ची का खयाल किए बगैर मुझे घर से निकाल दिया था। बाकायदा धक्के देकर। मेरे नाम जितना पैसा जमा था। सैलरी के नाम पर वह भी ले लिया था। यह कहकर कि तुम्हारे लिए दुकान खरीद देंगे, मेरी खातिर इनका परिवार भी यहीं आ गया था। किराए का मकान लेना पड़ा। फिर इनकी भी नौकरी छूट गई, जब दुकान का बँटवारा हुआ तो हम लोगों ने सोचा कि दोनों मिलकर इसी बिजनेस को आगे बढ़ाएँगे। राजेश मैनेजमेंट का काम देखते थे। मैंने पापा से कहा कि राजेश को जितनी सैलरी कंपनी देती थी, उतनी तो मिलनी चाहिए। उसके लिए भी तैयार न हुए, फिर तो छोटी-बड़ी बातें बढ़ती गईं। कहने को तो बहुत मामूली और टुच्ची बात

लगती है, लेकिन पापा ही मेरा हक छीन रहे थे। उनमें प्रतिस्पर्धा की भावना आ गई कि कहीं हम लोग उनसे आगे न निकल जाएँ। मुझसे कहते कि मैं अपने ससुराल वालों को बहका रही हूँ, कभी कहते, तेरे ससुराल वाले तेरा दिमाग खराब कर रहे हैं। इन्हीं बातों पर विवाद बढ़ता गया तो उन्होंने इतनी गिरी हुई हरकत की कि मुझे बताने में भी शर्म आती है।" वह कुछ क्षण के लिए रुकी फिर बोली, "पापा का वह रूप देखकर मैं शर्म से गड़ गई थी! इतना बड़ा आदमी और ऐसा झूठ! राजेश और उनके मम्मी-पापा की शिकायत कर दी कि वे दहेज माँग रहे हैं, मुझे तंग कर रहे हैं। मैंने इन लोगों के खिलाफ बयान नहीं दिया तो नाराज हो गए। आखिर मैं झूठ क्यों बोलती! उन्हें लगता रहा कि मैं उनकी लड़की हूँ तो हर हाल में उन्हीं का साथ दूँगी, लेकिन जब मैं नहीं मानी तो धक्का देकर निकाल दिया था। तब ये लोग मेरे बचाव में आए। मैडम, हम लोगों के जीवन-मरण का सवाल था। हम लोग सड़क पर आ गए थे। एकदम बेकार! जब सारी स्थितियाँ हाथ से निकल गईं, तब मुझे ही आगे बढ़कर अपने लिए लड़ना जरूरी लगा। मेरे साथ चार लोगों का जीवन है। सभी का भविष्य जुड़ा है। कहाँ जाते? क्या करते? उन्हें तो चौबीस घंटे का फ्री का आदमी चाहिए था मेरे रूप में, जो तीन आदमियों का काम एक साथ करता था। इसके बाद भी वे शांत नहीं रहे, बल्कि इन्होंने तो वहाँ भी चालाकी से काम लिया। चुपचाप रातोरात गोदाम में से किताबें निकाल लीं। आपने देखा वहाँ जाकर।" उसकी बच्ची उसके पीछे लगातार उसे खींच रही थी, गरमी के कारण वह बेचैन थी। शायद प्यासी भी।

"किसी तरह हम लोगों ने यह दुकान खरीदी और इसी को जमाने की कोशिश कर रहे हैं। मैडम, चाहे कितने भी कानून बन जाएँ। लड़कियों के लिए माता-पिता की संपत्ति में हिस्सेदारी का कुछ नहीं मिलने वाला। सदियों से चला आ रहा यह समाज है न इन कानूनों को भी ताक पर रख देता है, हर युग में मनु जिंदा रहते हैं—चाहे वह पिता के रूप में हो या अन्य रूप में।" प्रतिभा आँसू पोंछते हुए बोली।

सचमुच सबकुछ सूना-सूना लग रहा था। खाली दुकान। बिखरा सामान! प्रतिभा का यों खड़े-खड़े रोना, उसे इस रूप में मायूस और हताश देखना। माता-पिता का ऐसा निर्मम व्यवहार।

और इधर व्यवसायी पिता ने मैजनीन फ्लोर पर (जिस पर कोर्ट ने ताला लगाया हुआ था, उसी के ऊपर) एक शानदार खूबसूरत दुकान बनवाकर अपने व्यापार को दुगुना बढ़ा लिया था। कंप्यूटर लिस्ट बनाई जा रही थी। जब कोई प्रतिभा के बारे में पूछता तो वह अपनी लड़की द्वारा किए कोर्ट केस को बताना नहीं भूलते। वह यह भी न भूलते कि उनकी लड़की अपने ससुराल वालों के साथ मिलकर अब मकान पर हक माँग रही है। देखा जाए तो इस बूढ़े होते पिता को तात्कालिक सहानुभूति तो मिल ही जाती थी और

जानते हुए भी कि यह समाज, रिश्तेदार, परिवार प्रतिभा का कदाचित् साथ नहीं देगा, फिर भी वह अपने अस्तित्व के लिए संघर्ष करती रहेगी—"मैं हार नहीं मानूँगी।" प्रतिभा कह रही थी—"अपनों द्वारा किसी आदमी का कॅरियर बरबाद होते देख दिल जलता है। मैडम, मैं धोखेबाज नहीं हूँ, न मम्मी-पापा की विरोधी। फिर भी मैं अपने अस्तित्व और आत्मसम्मान के लिए अंतिम समय तक लड़ूँगी। यह मेरा अपना सत्य है, मेरा संघर्ष है, मेरी लड़ाई है, उसका अंत क्या होगा, हार या जीत?"

लौटते हुए मुझे प्रतिभा की आँखों में आँसू दिख रहे थे, पर उसका आत्मविश्वास भी ढाढ़स बँधा रहा था। आकाश में बादल उमड़ आए थे। तेज हवाओं के साथ बूँदाबाँदी होने लगी थी, उसके भीतर चलने वाली तेज हवाओं का शोर शायद बाहर की हवाओं में खो गया था।

□

उसका अपना रास्ता

"तो तुम फैशन शो में भाग लोगी?"

"हाँ, क्यों? कोई एतराज? फिर एतराज भी क्यों?"

"पापा से पूछा? परमीशन ली?"

"मतलब? इतनी सी बात के लिए परमीशन लूँ! मेरी अपनी कोई हैसियत है या नहीं? मेरी इच्छा भी तो मायने रखती है। मैं कोई शहर के बाहर तो जा नहीं रही हूँ, जो पूछूँ। आपने ही उनको खुदा की जगह पर बैठा रखा है बात-बात में पूछकर।"

"फिर भी, बाहर से लोग तो आ रहे हैं?"

"तो इसमें पापा कहाँ से आ गए? इतनी सी बात के लिए क्या पूछना-बताना? उन्हें सरप्राइज ही देंगे।"

"पढ़ाई पर कितना असर पड़ेगा, जानती हो?"

"पढ़ लूँगी। पूरा साल रखा है।" वृंदा ने अपनी देह को लंबे शीशे में निहारते हुए पोज बनाया। अँगड़ाई लेकर देह को लचकाया। फिर कैटवॉक करते हुए बोली, "और अब आ रही हैं हुस्न की मलिका, चाँदनी बिखेरती हुई⋯कंटेस्टेंड नंबर⋯टिक्⋯टिक्⋯ ठक⋯ठक⋯" पूरा चक्कर, फिर काल्पनिक ऑडिएंस के सामने मुसकान बिखेरकर, पलकें झपकाकर उसने मुसकान की चाँदनी बिखेर दी और अनुराधा से कहा, "तेज संगीत पर तीन राउंड⋯ऐंड⋯गुड ईवनिंग लेडीज ऐंड⋯कैसा रहा?" जोर का ठहाका। फिर खिलखिलाहट, फिर हँसी!

अनुराधा हतप्रभ। अवाक्।

वृंदा जोर से ठहाका लगाकर बोली, "अच्छा बताओ, यह रंग कैसा लग रहा है? लाइट में इसका शेड ठीक पड़ेगा चेहरे पर या नहीं?" फिर उसने बालों की लटों को हेयरपिन से दबाते हुए पूछा, "मेरी वॉक इंप्रूव हुई?"

"ठीक-ठाक है। पर सोच लो, वह दुनिया इस घर के संस्कारों की हमारी दुनिया से एकदम अलग है। वहाँ तरह-तरह के लोग आते हैं। फब्तियाँ कसते हैं। सीटियाँ बजाते

हैं। कॉलेज की बात अलग थी। कॉलेज के लिए परमीशन मिल गई, तो तुम स्वतंत्र हो गईं? तुमने पूरे दिन, महीने बरबाद कर डाले। कितने फोन आते हैं तुम्हारे नाम के। कुछ लोग तो पीछा करते हुए यहाँ तक आ जाते हैं। उस छोर के मकान पर घंटों खड़े रहते हैं। याद है, वर्मा अंकल ने पापा से शिकायत की थी?" अनुराधा लगातार बोले जा रही थी। उसका चेहरा गुस्से से तमतमा रहा था।

वृंदा भी उत्तेजित हो गई, "वर्मा अंकल कौन होते हैं शिकायत करनेवाले? मिडिल क्लास मेंटेलिटी में जीने वाले वर्मा अंकल! और ये कस्बाई छापवाले लड़के! आने दो दीवानों को। देखें तो इन्हें भी। जब अति हो जाएगी, तो उनका सिर होगा और मेरा पाँव। अरे, अनु दी, डरना क्या? वे अपनी लड़की को छिपाकर रख लें, उसे न देख लें लड़के। जिससे हम जूते लेते हैं, वह भी तो पाँव पकड़कर बैठ जाता है—हाय, आपके पाँव तो दुनिया के सबसे खूबसूरत पाँव हैं! अब उसका क्या करें? पिटाई! नहीं न? ऐसे लोगों की परवाह ही नहीं करनी चाहिए। नो, अनु दी, टेंशन मत लो। प्लीज, आप भी जरा बोल्ड बनो।" कहकर उसने अनुराधा का गाल खींच दिया। फिर अपनी भौंहों को तराशा। पलकों की मालिश की। जिम से आने के बाद लगातार रिहर्सल करने के कारण थकान उतर आई थी उसके चंदन से चिकने चेहरे पर, सो ठंडे पानी के छींटे मारे। टाइट जीन्स पहनने के लिए अपनी लंबी सुडौल पतली टाँगों को फैलाकर बैठ गई, "देखो, अनु दी, यह जीन्स ठीक लगेगी?"

"देखो वृंदा हमारे जीवन का लक्ष्य तो पढ़ाई, मेरिट और अच्छी सर्विस करना है। फिर पापा का जो नजरिया है, उसमें ये बातें, ये काम फिट नहीं बैठते। जब तुम शाम को लेट आती हो, तो पापा पच्चीस बार पूछते हैं। मेरा मन नहीं लगता। टेंशन के मारे पढ़ाई नहीं हो पाती। आखिर कब तक चलेगा यह सब?" अनुराधा ने उसके बालों को समेटते हुए पूछा।

"पापा! पापा! हर वक्त पापा! आपके ऊपर पापा के नाम का भूत छा गया है। उन्हें यह बुरा लगेगा, वह बुरा लगेगा—इस डर ने कुछ करने दिया आपको? नहीं न? मैंने कह दिया न कि मुझे पापा का डर नहीं है।" कहकर उसने अपना बैग बंद किया, पीछे कंधों पर टाँगा और स्कार्फ बाँधकर लहराती, बलखाती सीढ़ियाँ उतर गई। खट्-खट् पेंसिल हील बोल रही थी। क्षण भर रुककर नीचे से ही मुसकराकर 'बाय' कहा और फिर उतनी ही तेजी के साथ वापस ऊपर आई। अपनी गोरी गुलाबी उँगलियों को लहराकर और अनुराधा के गले में हाथ डालकर उसका गाल चूमती हुई बोली, "टेंशन मत लेना, समझीं। अपना मन जो कहता है, वह तो करना ही चाहिए। मन···" उसने अपनी छाती के बीच उँगली रखकर कहा, "एक छोटी सी जिंदगी मिलती है, उसी में इतने बंधन!" कहकर वह फिर तितली की तरह उड़कर नीचे जा पहुँची।

अनुराधा सोचने लगी—डर, लिहाज, पापा का आतंक वृंदा के लिए कोई मायने नहीं रखता और एक मैं हूँ कि पापा जोर से बोल दें, तो रूह काँपने लगती है। तुरंत आँसू टपकने लगते हैं। ऐसा क्यों है? क्यों मैंने स्वयं को इतना दबा लिया है? हर बात में पीछे हटती गई। खोखले आदर्शों का चिथड़ा चिपकाए हुए सिर्फ एक छाया मात्र बनकर रह गई। क्या स्वतंत्र पहचान है मेरी? उधर वृंदा स्कूल के दिनों से ही स्वयं को, स्वयं के व्यक्तित्व और देह को लेकर सजग थी। वह उसकी लचीली, कमनीय, चुंबकीय आकर्षणवाली तरंगित भाषा को समझने लगी थी। राह चलते लोगों, सहपाठियों तथा परिचितों की लालायित और प्रशंसा भरी निगाहें उसे अहसास करवाती थीं कि वह क्या है! कितनी विशिष्ट है! किन मायनों में अनूठी है! सुंदर, लंबी छरहरी देह, जो उसकी अपनी और सबसे मूल्यवान संपत्ति है। लंबाई भी ऐसी कि आँखें न हटें और उस पर मांसलता का ऐसा कटाव-भराव! कमर में पड़ी गहराई और वहीं से उत्तरोत्तर चौड़ी होती हुई वक्षस्थली। ऐसा यौवन फिल्मों की नायिकाओं में होता है। एक बार क्लास टीचर ने उसे टोक दिया था कि तुम शमीज नहीं, ब्रा पहनकर आया करो। गोल-गोल कंधे। लंबी गोल गरदन। हल्के से बाहर निकले दाँत। और जब वह हँसती है, तो उसकी आँखें मुँद जाती हैं। गालों में डिंपल चमकने लगते हैं। हल्के घुँघराले बालों का रंग भी कुदरत ने सुनहरा कर दिया है। नितंबों की गोलाई जीन्स में ज्यादा उभरकर दिखती है। पंजों की गुलाबी चमक तक आकर्षक लगती है।

वृंदा तरह-तरह के उबटनों और तेलों से घंटों मालिश करके स्वयं को तरोताजा रखती। घर के हर शीशे पर, बाथरूम में, हर जगह देशी-विदेशी मॉडलों के पोस्टर चिपके हुए थे। एक शीशे पर तो दुनिया भर की सुंदरियों, मॉडलों और अभिनेत्रियों के केवल होंठ ही होंठ चिपके थे। होंठों को गोल-गोल घुमाकर बोलने का विशेष स्टाइल उसने अपना लिया था। उसकी आदर्श उसकी टीचर नहीं थी, माँ नहीं थी, इंदिरा गांधी या मदर टेरेसा नहीं थीं, बल्कि दुनिया की टॉप मॉडल्स, हॉलीवुड-बॉलीवुड की अभिनेत्रियाँ ही उसका आदर्श थीं। किसी की आँखें, किसी की नाक, किसी के बाल, किसी का फिगर। किसी के बोलने की स्टाइल, किसी की चाल, किसी की मुसकराने की अदा, किसी के खिलखिलाने का अंदाज उसने एक पत्रिका में किसी विशेषज्ञ की राय पढ़ी थी कि किसी लड़की का कद लंबा भर हो, बाकी काम तो प्लास्टिक सर्जन तथा अन्य विशेषज्ञ कर देते हैं। उसके पास कद तो है ही, रंग, बाल, दाँत और आकर्षक फिगर भी है।

वह अनुराधा से चिढ़ती थी—अनु दी पता नहीं किस दुनिया में जीती हैं! न जाने किन बातों को लेकर भयभीत रहती हैं! कितने तरह के संदेह उन्हें घेरे रहते हैं! कितने बंधन उनकी चेतना को जकड़े रहते हैं! ऊर्ध्वमुखी चेतना को अधोमुखी कैसे बनाया जा सकता है, यह कोई अनु दी से पूछे। पी.एम.टी. में एपीयर होना, डॉक्टर बनना उसका सपना

था, अब भी है। पर अदिति गोवत्रीकर ने डॉक्टरी पेशा छोड़कर क्यों मॉडलिंग का रास्ता चुना ? मिसेज वर्ल्ड बनी या नहीं ? कैसे समझाए वह अनु दी को कि प्राइमरी हेल्थ सेंटर पर धूल-धुआँ खाकर, गाँव में मैले-कुचैले, काले-पीले लोगों के बीच रहकर वह इलाज नहीं कर सकती। पापा की आदर्श बेटी तो वही होगी, जो पापा के पुश्तैनी गाँव में जाकर प्रैक्टिस या नौकरी करे। ओ नो! नेवर! इन दो सपनों के अलावा क्या कोई तीसरा सपना पापा और अनु दी का नहीं हो सकता ? इतनी बड़ी दुनिया, यह ब्रह्मांड, यह पृथ्वी···ये रंग, इसका खूबसूरत रूप! यह सौंदर्यदग्ध जीवन! आह, अनु दी, पहचानो इसे। जियो इसे। महसूस करो! आपको लगता है कि वृंदा अस्थिर विचारोंवाली इंपल्सिव लड़की है। हाँ है। एक ही लकीर पर न चलनेवाले लोग बाद में पछता सकते हैं, पर कुछ इसलिए न किया जाए कि पछताना पड़ेगा ? सपनों को जन्म देकर उनको बड़ा करने में क्या बुराई है ?

इसी सोच के कारण वृंदा की टेबल और पलंग पर कोर्स की किताबों की जगह कॉस्मेटिक्स, फैशन डिजाइनिंग और फिल्मों की पत्रिकाएँ होती थीं। सादा ड्रेस की जगह लेटेस्ट मॉडल की पहनी हुई ड्रेस होती थीं।

"तू कितनी सुंदर है! माधुरी जैसी! नहीं, सोनाली बेंद्रे जैसी। नहीं, 'टाइटेनिक' की नायिका केट विंस्लेट जैसी। तेरे लिए यहाँ, इस शहर में कोई स्कोप नहीं। यहीं पड़ी रही, तो तू अपनी सुंदरता और बुद्धि को बरबाद कर देगी।" उसके साथी लड़के-लड़कियाँ उसे आसमान पर बिठा देते।

वृंदा के मन को भी वही बातें भाती थीं। मिस यूनिवर्स, मिस वर्ल्ड और मिस एशिया पैसेफिक में चुनी जानेवाली लड़कियों की जीवन-शैली का वह बारीकी से अध्ययन करती। उनके बारे में सोचना ही उसके सपनों का मुख्य लक्ष्य था। शहर में होनेवाली फैशन प्रतियोगिताओं में भाग लेना उसकी प्राथमिकता बन गई थी। लहँगा, जीन्स, टॉप, साड़ियाँ, मैकअप का सामान कहाँ से आएगा, यही चिंता प्रमुख थी। जितना जेबखर्च वृंदा को मिलता था, उसमें तो एक हर्बल लिपस्टिक तक नहीं आती थी।

"कितनी महँगी आती हैं ये सारी चीजें! पापा की कमाई में से इतना खर्च करोगी, फैशन शो के लिए, तो कैसे काम चलेगा ? नहीं, वृंदा नहीं। उनके ऊपर हम सबकी जिम्मेदारी है। उन्होंने हमें अपना लड़का माना है और सारा जीवन हम दोनों को कुछ-न-कुछ बनाने की उम्मीद में लगाया है। हमारी पढ़ाई से ही उनको ऊर्जा मिलती है।" अनुराधा गुरु गंभीर अंदाज में उसे समझा रही थी। और वृंदा को लग रहा था कि जैसे अनु दी नहीं, पापा बोल रहे हैं।

"मैं कुछ नहीं भूली, पर मैं पार्टिसिपेट तो करूँगी। यह मौका बार-बार नहीं आएगा। तमाम मॉडलिंग एजेंसीज आ रही हैं। उनमें से किसी एक को भी मैं पसंद आ गई, तो सोचो, मेरी हैसियत क्या से क्या हो जाएगी!" वृंदा अपनी उमंगों की तरंगों में बहने लगी।

हमारे स्वप्नों के संसार की गहराई हमारे अंतस में उठते भावों और विचारों के घनत्व को ही प्रदर्शित करती है।

वैसे भी जब से बरेली जैसे कस्बानुमा शहर से विश्वसुंदरी चुनकर आई है, तब से हर कस्बे की लड़कियों का सौंदर्य से भरा मन फैशन शो में जाकर ही रमता है। हर कस्बे में प्रतियोगिताएँ होने लगी हैं और लोगों को भी भरपूर आनंद प्राप्त होता है। वृंदा ने अपनी सहेलियों की बहनों और भाभियों से अपने लिए आवश्यक सामान तथा कपड़ों की व्यवस्था कर ली।

"माँगे हुए कपड़े पहनोगी? पापा देखेंगे तो कितने नाराज होंगे!" अनुराधा ने कपड़ों तथा कॉस्मेटिक्स के ढेर को वितृष्णा से देखते हुए कहा। वह घर में भी किसी से कुछ नहीं माँगती थी।

"उन्हें पता चलेगा, तब न! आप या मम्मी बता दें, तो अलग बात है। आखिर आप उनकी आज्ञाकारी पुत्री और वे आज्ञाकारी पत्नी जो हैं! आप अपने पिता से और वे अपने पति से असत्य बोलना, कोई बात छिपाना पाप समझती हैं।" वृंदा हो-हो करके हँस दी।

वह हँसी भी सहज नहीं, एक स्टाइल का हिस्सा थी। हल्के-फुल्के मजाक करना, चुटकुले सुनाना और ठहाका मारकर हँसना उसे उन दिनों अच्छा लगता था, उसके विचार से यह सेंस ऑफ ह्यूमर का हिस्सा था, जो व्यक्तित्व के विकास के लिए अत्यंत आवश्यक था।

वृंदा रात-दिन कमरा बंद करके कैटवॉक करती। धुनों पर पाँव थिरकाती। शुरू में उसे पेंसिल-हील पर चलते असहजता महसूस होती थी, पर बाद में उसने अपने पाँवों को पूरी तरह संतुलित कर लिया था। एक बार गिर पड़ी थी, जिससे कभी-कभी कमर में दर्द की लहक बिजली-सी उठती। पर ये तो मामूली-सी बाधाएँ थीं। बड़ा सपना भविष्य के गर्भ में पड़ा था। गर्भवती माँ को गर्भस्थ शिशु के लिए जो सावधानियाँ बरतनी पड़ती हैं, उसी तरह वे सब सावधानियाँ तथा सलाहें मानकर वह चल रही थी।

"अनु दी, यह दुनिया बहुत बड़ी है। सबकुछ यहाँ भरा पड़ा है—पैसा, ग्लैमर, नाम, शोहरत! अगर मैं मिस सिटी बन गई, तो मेरा नाम भी चर्चा में आ जाएगा। फिर मिस इंडिया तक पहुँचने का रास्ता साफ हो जाएगा। ढेर सारा पैसा, विज्ञापन और उसके बाद...मैं सबकुछ बदल डालूँगी, अनु दी, सबकुछ! यह छोटा सा मकान, ये मामूली-से सस्ते कपड़े...छिह-छिह! मन मारकर पहनने पड़ते हैं। यह जंग लगी अलमारी, यह पुराना हुआ शीशा, जिसमें आधा चेहरा लंबा और आधा चौड़ा दिखता है।" कहकर वह फिर ठहाका मारकर हँस पड़ी। पूरे कमरे में उसकी शैलीबद्ध कृत्रिम हँसी गूँज रही थी।

अनुराधा ने महसूस किया कि उसकी निश्छल हँसी गायब हो चुकी है। उसकी जगह ले ली है 'जबड़ा फाड़ बत्तीसी दिखा' हँसीने, यानी प्लास्टिक की गुड़िया की हँसी ने,

जिसमें ऊपर तक की दाढ़ें दिखें। गरदन ऊपर उठाकर, नाक सिकोड़कर ईश्वर के प्रति आस्था व्यक्त करना। पलकों को झपकाकर मुसकाना। कंधे उचकाकर बात करना और बात करते-करते अकस्मात् चुप हो जाना। अनुराधा देखती, उसकी आँखों में तितलियाँ उड़ रही हैं। हजारों रंगों की तितलियाँ, जो एक नजर में मोहित कर लेती हैं, मगर छूते ही उनका रंग हाथों में लग जाता है या पंख टूटकर गिर जाते हैं।

वृंदा आजकल पी.एम.टी. की कोचिंग की जगह इंग्लिश स्पीकिंग कोर्स में जाती है, यह बात पापा को पता चली, तो सवाल-जवाब शुरू हो गए। पापा नौकरीपेशा आदमी थे। उन्हें समय, नौकरी और अपने तनावों के बीच किसी बात का तारतम्य टूटने की संभावना नजर नहीं आती थी। और जब नजर आती, तो वे इसे सहन नहीं कर पाते थे।

"वृंदा कोचिंग नहीं जा रही?" उन्होंने पूछताछ शुरू कर दी।

"उसने कोचिंग छोड़ दी है। वह पी.एम.टी. नहीं देना चाहती।" अनुराधा ने डरते-डरते कहा।

"क्यों? क्यों नहीं देना चाहती? पूरा पैसा जमा किया जा चुका है। आखिर क्या करेगी वह? फिर उसका पूरा दिन कहाँ बीतता है, क्या करती रहती है, कोई बताएगा?"

अनुराधा कैसे बताए? बताएगी, तो बात किस रूप में आएगी। कोहराम मचा देगी वृंदा कि अनु दी जिस काम से चिढ़ती हैं, उसे होने नहीं देतीं। पापा को जान-बूझकर बताया होगा। पापा क्या जानें कि उसका लक्ष्य बदल चुका है। चुपके से आकर एक चंचल मोहिनी कामना ने उसके जीवन को परिवर्तित कर दिया है। इन दिनों वह बाजार में पुस्तकें नहीं, आर्टिफिशियल ज्यूलरी खरीदने जाती है। कोचिंग न जाकर फैशन इंस्टीट्यूट की खुली छत पर रिहर्सल करती है। इन दिनों उसे बाजार और चीजें लुभाती हैं। वह उन चीजों को पलट-पलटकर देखती है और मन मसोसकर रह जाती है। जो चीजें उसकी देह की मदमाती सुंदरता को निखारें, लुभाएँ, उनको पाने की चाह उसके मन को बेचैन किए रहती है। पृथ्वी पर इतनी चीजें हैं, मगर वह नहीं खरीद सकती। आसमान खुला है, अनंत है, मगर वह उड़ नहीं सकती। जबसे भारतीय सौंदर्य को अंतरराष्ट्रीय मंच मिला है, तबसे वह आसमान को देखती रहती है। उसकी आँखों के सामने वही रंगीन भव्य चमचमाता स्टेज तथा उस पर हँसती, मुसकराती अपनी अप्रतिम सुंदरता और सुंदरियाँ दिखाई देती हैं। उस स्टेज की रंगीन चकाचौंध ने उसे पागल बना दिया है। कभी वह सुभद्रा कुमारी चौहान, प्रसाद, पंत और निराला की कविताएँ याद करती थीं, लेकिन अब याद करती है ब्यूटी के टिप्स। दिल थामकर सुनती है, उनके अवास्तविक लुभावने स्टेटमेंट्स और उसे वे बातें लुभाती हैं, जिनमें आकर्षण है—दुनिया की परिक्रमा, सांस्कृतिक दूत, कई देशों की विशिष्ट अतिथि, राष्ट्रपति-प्रधानमंत्री से मिलने का गौरव, ढेरों इनाम और अपार धनराशि।

"दूसरी लड़कियाँ बन सकती हैं, तो मैं क्यों नहीं?" शीशे के सामने जाकर खड़ी हो स्वयं से पूछती वृंदा। सोचती जाती और अपने अंगों को गौर से निहारती रहती। विभिन्न मॉडलों की नकल करते हुए कई बार सिर्फ बिकिनी या देशी-विदेशी पैंटी-ब्रा में खड़ी हो जाती—"क्यों नहीं बन सकती?" शीशा उसे विश्वास दिलाता और मुसकरा देता—"जरूर बन सकती हो।"

"कहाँ से आ रही हो?" शाम को अंततः पापा से सामना हो ही गया।

पिछली बार कुछ ही नंबरों से पी.एम.टी. में रह गई थी, इसलिए इस बार पापा ने अलग-अलग विषयों की सबसे अच्छी मानी जानेवाली कोचिंग दिलवाई थी, बल्कि पापा तो चाहते थे कि वह ड्रॉप ले ले। मगर वृंदा ने कह दिया था, "नहीं पापा, उसकी जरूरत नहीं है।" वह कॉलेज की रेगुलर स्टूडेंट बनी रहना चाहती है।

"हमने सुना है कि तुमने कोचिंग जाना बंद कर दिया है। क्या वहाँ पढ़ाई ठीक नहीं होती?" वृंदा जानती थी, पापा कभी सीधे सवाल नहीं पूछते।

"मुझे नहीं बनना डॉक्टर। क्या फायदा? उस तरह का जीवन मैं कभी नहीं जी सकती, पापा!"

"जानती हो, कितना पैसा जमा किया है? मेरे पास रुपए बनाने की मशीन नहीं है।"

"जितना पैसा आपने जमा किया है, उतने में तो मेरी कुछ ड्रेसें आ जातीं। इतना लंबा इंतजार मैं नहीं कर सकती। मैं जल्द-से-जल्द कुछ करना चाहती हूँ, पापा!"

"क्या करना चाहती हो? कहाँ भटक रही हो?" अब पापा की आवाज में सख्ती और तल्खी आने लगी थी। उनका पिता वाला रूप अब शासक पिता वाला रूप धारण करता जा रहा था। वृंदा क्षणांश में सोच गई कि पापा के इसी रूप से अनु दी थरथर काँपती हैं। लेकिन वह इस रौद्र रूप को अपने ऊपर हावी नहीं होने देना चाहती थी।

"कॉलेज की कल्चरल एक्टिविटीज में भाग लिया है। एक फैशन शो है। उसमें मॉडलिंग करनी है।" उसने पहली बार पापा के सामने किसी डर, शर्म या संकोच के बिना अपनी महत्त्वाकांक्षा प्रकट कर दी। साथ ही पहला झूठ भी बोल दिया। मखमली झूठ!

"इससे कॅरियर बन जाएगा?" पापा ने अपना बैग टेबल पर रखते हुए कहा। अब वे पूरी तरह से बात करने के मूड में थे, "सोचा था, ये लड़कियाँ अपने पाँवों पर खड़ी हो जाएँ, ताकि समाज में लड़के ढूँढ़ने में दिक्कत न हो। कितना जरूरी है नौकरी करना।"

"पर मैं डॉक्टर नहीं बनना चाहती।"

"अब इनको डॉक्टर बनना बुरा लगने लगा है!" माँ ने उनका गुस्से भरा चेहरा देखकर वृंदा का बचाव करते हुए कहा, "कुछ-न-कुछ तो करेगी ही।"

"देखो तो, क्या कपड़े पहने हुए है!" दादी ने मौका देखा और अपनी भड़ास निकालने लगीं। उसकी तंग जीन्स और स्लीवलेस टॉप के बीच उसकी नाभि स्पष्ट दिख

रही थी। टॉप इतना छोटा कि ऊपर हाथ उठाने पर वक्ष के नीचे का हिस्सा दिख जाए। इधर इस उम्र की लड़कियों ने ब्रा पहननी बंद कर दी थीं। दूधिया रंग की देह गहरे रंग में और ज्यादा चमक रही थी। पापा ने चेहरा दूसरी तरफ कर लिया और उठकर अंदर चले गए। माँ को बुलाया और चिल्लाते हुए बोले, "तुमने लड़की को बिगाड़कर रख दिया। पहले भी बिना दुपट्टे के सूट पहनती थी। तुम इसे रोकती-टोकती क्यों नहीं हो? कहो उससे कि यह सब पहनना बंद करे और आम लड़कियों की तरह रहे। मुझे उसके ढंग ठीक नहीं लग रहे हैं। देख लेना, यह हमारी बेइज्जती करवाएगी।"

वह सीढ़ी के पास खड़ी पापा की बातें सुन रही थी।

"छोड़ो भी, अभी तो बच्ची है वह। पहनने से क्या होता है?" माँ पापा को कन्विंस करने की कोशिश कर रही थीं।

पिता प्राय: ऊपर बेटियों के कमरे में जाते नहीं थे, मगर उस दिन जाकर देखा तो आश्चर्य में पड़ गए। यह क्या! यहाँ इंदिरा गांधी, स्टेफी ग्राफ और विवेकानंद की तसवीरें लगा करती थीं, लेकिन वे सब नदारद थीं। उनकी जगह देशी-विदेशी मॉडलों की तसवीरें देखकर उन्होंने "यह सब क्या है?" से शुरू करके एक छोटा-मोटा भाषण दे डाला, जो "तुम्हीं रोओगी, फिर मत कहना।" पर खत्म हुआ।

वे नीचे चले गए, तो भड़की हुई वृंदा ने अनुराधा से कहा, "पता नहीं किस युग में जीते हैं ये लोग! क्या मानसिकता है इनकी! कोई आधुनिक बौद्धिक समझ तो है नहीं। कूपमंडूक! हर बात इनकी मर्जी से होनी चाहिए। हे भगवान्! कब निकलूँगी मैं इस घर से! कपड़ों पर ऐतराज करते हैं। कपड़े पहनने से किसी का चरित्र बिगड़ता या बनता है? पुरानी टुच्ची मानसिकता!"

अनुराधा कुछ नहीं बोली, तो उसने अपना मन हल्का करने के लिए कैसेट लगाया और ऐरोबिक करने लगी। फिर अपनी टेबल के पास खड़ी होकर सोचने लगी—पापा, दादी और अनु दी उसे इस टेबल पर झुकाकर भारी-भरकम किताबों में उलझा देना चाहते हैं। आँखों के नीचे काली झाँइयाँ और पिचके गाल देखना चाहते हैं। वह चेहरा, जो हर वक्त चिंताओं से पुता दिखाई दे।

उसने कॉलेज की किताबें तथा फाइलें उठाकर नीचे रख दीं और अन्य पत्रिकाएँ जमाकर रख लीं—अब तो कॉलेज तथा मिस सिटी की प्रतियोगिताओं में भी मिस वर्ल्ड का पैटर्न ही अपनाया जाता है। बुद्धि और सौंदर्य का मिश्रण! दिमाग और देह का संगम! दिमाग की तत्परता, तेजस्विता और देह की चपलता, चमक, लोच, उभार, उतार-चढ़ाव की उद्दाम लहरें···आँखों की चमक और सबसे बड़ी खूबी हँसी! सभी का जादुई प्रभाव पड़ना चाहिए।

"अनु दी, प्लीज इन प्रश्नों के उत्तर ढूँढ़ दो, मैं याद कर लूँगी। न्यू रिलीज्ड म्यूजिक

कैसेट्स, फिल्मों के नाम, ऑस्कर विजेता निर्देशकों के नाम, संगीतकारों और नायकों के नाम। और भी ऐसे प्रश्न, जो पूछे जा सकते हैं, याद करवा दो, अनु दी!" उसने अनुराधा की चिरौरी करते हुए कहा।

अनुराधा चिढ़ गई, "अब तुम्हें यही सब याद करना है! याद नहीं करना है तो महान् लोगों के बारे में! देशों और भाषाओं के बारे में! युद्धों और सैनिकों के बारे में! अपनी पढ़ाई और भविष्य को बनानेवाले विषयों के बारे में! इंद्रधनुषी दैहिक रंगों में इनकी जगह कहाँ! निस्तेज पड़ती स्मृतियों के साथ ये चीजें क्यों चलेंगी?"

"क्या रखा है आपके इतिहास में? बताओ, है कोई याद रखनेवाली बात? अपने मुँह मियाँ मिट्ठू बने फिरते हैं। पाखंडी लोग! झूठे!" वृंदा ने कहा और अपने प्रश्नों के उत्तर लिखवाने के लिए डायरी अनुराधा के सामने रखकर ड्रेस पर प्रेस करते हुए सोचने लगी—कितने कम दिन रह गए हैं। जज भी बड़ी-बड़ी हस्तियाँ हैं। सुनीति से उसकी खासी प्रतिस्पर्धा है। वह किस बात में आगे निकल सकती है? जी.के. में, ड्रेसों में, कैटवॉक या फिगर में? नहीं, वह मेरे सामने नहीं टिक पाएगी। यह खिताब मेरा ही होगा। लेकिन वह बाजी मार ले गई तो? इतने लोगों के बीच पार्शिएलिटी नहीं हो सकती। अनु दी से बात करो, तो वे डिप्रेस्ड कर देती हैं। वे मानती है कि मेरे भीतर प्रतिस्पर्धा नहीं, ईर्ष्या है। मैं ईर्ष्या क्यों न रखूँ? मैं क्या कोई अहिंसावादी या संन्यासिनी हूँ कि रास्ता चलते किनारे खड़ी हो जाऊँ कि लीजिए, महाशय, पहले आप निकलिए। जिस दिन कॉलेज में सौंदर्य प्रतियोगिता हुई थी, हमेशा की तरह तिल रखने की जगह न थी। लड़कियाँ टीचर्स तक को धक्का मारकर बैठ गई थीं, जबकि कॉलेज के दूसरे कार्यक्रमों में लड़कियों को पकड़-पकड़कर और डाँटकर बिठाना पड़ता है।

विद्वानों के व्याख्यान सुनकर वृंदा व्यंग्य किया करती, "सुनाओ घिसी-पिटी बातें। झूठी उपलब्धियों को कोई नहीं सुनेगा। कहो मेरा भारत महान्। कहो, हम उस देश के वासी हैं, जिस देश में···" वह तथा उसका ग्रुप खूब हूटिंग करता, "अरे, उड़ने दो चिड़ियों को! खोल दो हृदय, दिमाग और मन के द्वार! दबी हुई चेतना को उभरने दो। ये पुराणपंथी लोग पीछे ले जाएँगे। सतयुग लाएँगे? ऊपर से लगाएँगे तिलक और तिरछी निगाहों से देखेंगे लड़कियों के उभारों को! पूछो इनसे कि क्या रखा है पीछे उस अंधकार से भरे समय में, जो खून और युद्धों से भरा है। जो षड्यंत्रों और छल-कपट से भरा है। धार्मिक रूढ़ियों ने तुम्हें अंधा बना दिया! नया युग, नई चीजें, नई सोच, नया आसमान, नया··· नया···सबकुछ नया बनने दो···"

इतिहास की छात्रा की आत्मा उसके भीतर आकर बैठ जाती, "मेरे कपड़ों को देखकर पापा डाँटते हैं। वे कंचुकी बालाएँ इसी धरती की थीं न! ओ मृतात्माओं के मुरीदो, उनकी सड़ी-गली परंपराओं के नाम पर मातम मनाकर अपनी सुंदर कन्याओं

को बेवक्त मत मारो। मत कर दो उनको बेवक्त बूढ़ा!" घंटों निकल जाते इसी तरह की बातों-बहसों में।

प्रतियोगिता का समय नजदीक आने के कारण उत्तेजना तथा तनाव बढ़ना स्वाभाविक ही था। रात-रातभर प्रश्नोत्तर याद करना, कैटवॉक करना, इसी से कमर में दर्द रहने लगा था। भरपूर पैसा न होने के कारण मन में टीस भी उठती थी कि वह मनमाफिक चीजें न ले सकेगी। कई बातों और स्थितियों को लेकर अपराध-बोध और कुंठा डंक मारती रहती···आम लड़कियों का जीवन सिर्फ तरसने, घुटने और समझौते करने में निकल जाता है। बस इसी एक पॉइंट पर कुछ लड़कियाँ उससे आगे निकल जाएँगी। यह विचार उसे उद्विग्न कर देता। मगर जुनून कम न होता था। इन मनोग्रंथियों को निकालने के लिए वह जोर-जोर से पाँव पटकती, जोर से चीखती और सब पर गुस्सा उतारने लगी।

"किसने कहा था कि तुम पार्टिसिपेट करो?" एक दिन अनुराधा अपनी पुरानी धुन में नाराज होने लगी, "तुम्हारा अपना किया धरा है सब। दूसरों को दोष क्यों देना चाहती हो?"

"सब मुझे पार्टिसिपेट करने के लिए प्रोत्साहित करते हैं और घर के लोग? आप, अनु दी, आप भी सिवा डिसकरेज करने के क्या करती हैं?" वृंदा रुआँसी हो उठी, "मेरी सुंदरता, मेरी प्रतिभा! एक बार ट्राई करने में ऐसा क्या गजब हो जाएगा?"

"तुम्हारा खर्च कहाँ से उठाया जाए? मेरे जितने पैसे जमा थे, वे सब दे चुकी हूँ तुम्हें। और तुम सुंदर हो, तो क्या उसका प्रदर्शन करना ही चाहिए? स्टेज और मार्केट की चीज बना लिया है तुमने अपनी सुंदरता को! और जीवन में पाखंड वैसा ही, जैसे विश्व सुंदरी बनने से पहले हर हिंदुस्तानी लड़की को मदर टेरेसा विश्व की सबसे खूबसूरत औरत लगती है। और वायदे! समाज-सेवा को पहला धर्म बताती है। कितनी खोखली लगती हैं उनके मुँह से ये बातें। वहाँ बैठे जज भी उनके उत्तर सुनकर मुग्ध हो तालियाँ बजाते हैं। लेकिन बाद में इन सुंदरियों द्वारा किया गया सेवा का संकल्प न जाने कहाँ हवा हो जाता है। बाद में फिल्मों और मॉडलिंग से ही फुर्सत नहीं मिलती। सेवा तो दूर, जिनकी सेवा करनी चाहिए, उनकी ओर देखना तक पसंद नहीं करतीं तुम्हारी ये विश्व सुंदरियाँ। वे हैं तुम्हारी आदर्श और उनके रास्ते पर चलने के लिए तुम इतनी उतावली हुई जा रही हो। विकलांग बच्चों और वृद्धों के बीच मुसकराकर फोटो खिंचवा लेना, बस! बाद में कोई पूछता है तो साफ मुकर जाती हैं। विकलांगता क्या होती है, तुम समझ सकती हो? उनकी विकलांगता के बीच जाकर कोई इस तरह की हरकतें करता है, तो मुझसे बरदाश्त नहीं होता है, वृंदा! कहाँ खो गए तुम्हारे आदर्श? डॉक्टर बनकर जनसेवा करने का वह सपना? असली सेवा वही है···वही···समझी।"

"अनु दी, अपने पर्सनल फ्रस्ट्रेशन मत निकालो। आपको कुछ चीजें पसंद नहीं हैं, तो इसका मतलब यह नहीं है कि वे मुझे भी पसंद न हों। आप चाहे ताने मारो या खिल्ली

उड़ाओ, मेरा मन और इरादा नहीं बदल सकतीं। मैं खुद ही अपना रास्ता बना लूँगी।" वृंदा आँखों में आँसू लिये निकल गई। इस दृढ निश्चय के साथ कि उसे भविष्य में सौंदर्य की देवी बनना है, धन-दौलत और शानो-शौकत जिसके पाँवों में पड़ी होगी। इसके लिए उसे अपनी ही मूर्ति को तराशना है। अपनी मुसकराहट, अपनी वाक्पटुता तथा अपनी परफॉर्मेंस से दुनिया के सौंदर्य विशेषज्ञों को मोहित करना है। सारी दुनिया उसके इंतजार में खड़ी है। उसे इन दीवारों को फाँदकर उड़ जाना है। और अनु दी···बेवकूफ कहीं की! कभी आगे की सोच ही नहीं सकतीं!

दरअसल उस दिन जिस खबर ने उसे विचलित कर दिया था, वह यह थी कि शहर की सबसे अच्छी ब्यूटीशियन को सुनीति ने बुक कर लिया था। अब उसे किसी दूसरी ब्यूटीशियन या अनुराधा पर निर्भर रहना था। अनुराधा ने ब्यूटीशियन का कोर्स किया था। उसका मन उदास हो गया। आत्मविश्वास भी डगमगाने लगा। मगर उसने अपने मन को मजबूत किया—नहीं, यही वह संघर्ष है, जो भविष्य में उन तमाम अभावों को दूर करके उसके लक्ष्य की पहली सीढ़ी बनेगा।

"अनु दी, आपने सारे प्रश्न लिख दिए थे? जगजीत सिंह के और तमाम नए कैसेट्स के नाम लिख दिए?"

"तुम्हारी आदर्श कौन है? क्या कहना चाहोगी? बनावटी उत्तर मत देना। लोग हँसते हैं उस तरह की बातें सुनकर, समझी?" अनुराधा ने फिर कटाक्ष किया।

"तो सत्य बोलूँ! सच की पुतली! वास्तविकता कौन देखना और सुनना चाहता है? इस दिखावटी दुनिया में सब बनावटी हैं, समझीं, अनु दी! आपसे ज्यादा ईमानदार तो मैं हूँ कि जो मन में है, वह करना चाहती हूँ। आप तो अपनी इच्छाओं तक को कुचलती रहती हैं और झूठा नाटक करती हैं! पापा और परिवार की खातिर, है न?" फिर वह अपनी उत्तेजना पर काबू पाकर एकदम नरम पड़कर बोली, "अच्छा, सॉरी, अनु दी; प्लीज, बुरा मत मानना। मैं इस समय बहुत टेंशन में हूँ। माफ कर दो। प्लीज, आप मुझे सपोर्ट करो!"

□

हाल खचाखच भरा है। भीड़ की ठेलाठेली···आवाजें···आवाजों की बारिश। उत्सुक चेहरे। उत्तेजित निगाहें। वृंदा के दिल की धड़कन बढ़ती जा रही है। लगता है, गाल तपने लगे हैं और कान के नीचे से गरम हवाएँ निकल रही हैं। पाँवों में अजीब-सी थिरकन और आँखों में अंदर से छलकती कामनाओं की दीप्ति। चौड़ी होती मुसकान। धड़कता दिल। मचलता मन···पल-पल बढ़ती बेचैनी···बेचैनियों की तपिश···कशिश!

अब वह फर्स्ट टेन में है। वह अनुराधा की तरफ देखती है। अनुराधा जरा भी नहीं मुसकराती, पर उसकी ड्रेस तथा मैकअप सँभालती रहती है। वृंदा ने शुरू के राउंड पार कर लिये हैं।

अब वह फर्स्ट फाइव में है।

बढ़ता आत्मविश्वास उसके चेहरे पर साफ झलक रहा है। लहरें नर्तन कर रही हैं अंदर! रोम-रोम खड़ा हो गया है आवेश और उत्तेजना से, रोमांच से! संभावित सफलता से!

प्रश्न पूछे जा रहे हैं। उत्तर देते समय आत्मविश्वास। आवाज में खनक। उतार-चढ़ाव। उच्चारण में शुद्धता। शब्दों के अनुरूप भावों का प्रदर्शन। थैंक गॉड, पूछे गए सवाल बहुत ज्यादा कठिन नहीं थे। मजेदार ही थे।

अब वह फर्स्ट थ्री में है! उत्तेजना हर सरकते क्षण के साथ बढ़ रही है। हे ईश्वर! वह मन-ही-मन सारे देवताओं को याद करती है। लॉकेट के अंदर गणेश की मूर्ति को माथे पर लगाती है। इस समय वह किसी की तरफ देखना भी नहीं चाहती। केवल खूबसूरत छलछलाता भविष्य देखना चाहती है। अनुराधा की तरफ भी नहीं। यही वह क्षण है, जो उसे उस दुनिया की ओर ले जाएगा, जहाँ उसके भाग्य का दरवाजा खुलेगा। जीवन का प्रथम लक्ष्य! सफलता का पहला पड़ाव। पहली उपलब्धि। पूरी देह में कंपन चल रहा है।

एक प्रश्न का उत्तर तीनों से लिखवाया जा रहा है—"नारी के व्यक्तित्व में क्या विशेषताएँ होनी चाहिए?" वह लिख रही है। नहीं, हिंदी में नहीं, अंग्रेजी में। यहाँ अंग्रेजी का ही वर्चस्व रहता है। इतनी प्रैक्टिस तो उसने कर ही ली है।

सेकेंड रनरअप मिस···फर्स्ट रनरअप मिस···और मिस···मिस वृंदा! कानों को विश्वास नहीं! आँखों के सामने पूरा ऑडिटोरियम धुँधला दिखाई दे रहा है। आँसू जो छलक आए हैं। तीनों सुंदरियाँ एक-दूसरे को चूम रही हैं। माहौल एकदम मिस इंडिया कॉण्टेस्ट जैसा है। जिन्होंने स्पान्सर किया था, वे गिफ्ट्स दे रहे हैं। कमिश्नर ताज पहना रही हैं। अनुराधा भीड़ के पीछे गुम हो गई है। वृंदा की आँखें उसे ढूँढ़ रही हैं, मगर प्रेस से आए छायाकारों, टी.वी. कैमरों ने उसको और पीछे कर दिया है। पता नहीं कितनी देर तक फोटो निकालते रहेंगे ये···आखिर कैमरों की भीड़ छँट रही है, अनुराधा उसकी ओर आ रही है···"अनु दी!" वह उसके गले से लिपट जाती है, "मैंने कहा था न कि मैं कर दिखाऊँगी!"

"फोटो ज्यादा मत निकलवाओ। कहीं पैसे अपने को देने पड़े तो?" अनुराधा कान में फुसफुसाकर कहती है। वृंदा का चेहरा क्षणभर के लिए आश्चर्य से भर जाता है। लेकिन वह पूर्ववत् मुसकराती रहती है। कोई कह रहा है—इस वक्त आकाश खाली है। उसके पंख दूर-दूर तक कहीं नहीं टकराने वाले। पहले दूसरे शहर··फिर सात समुंदर पार दूर देश में कोई बुला रहा है। उसे जाना ही होगा, जाना ही होगा!

कई घंटे हो गए थे। बधाइयाँ और प्रशंसाएँ बटोरते हुए जब दोनों बहनें घर लौटीं,

तो रात के दो बज रहे थे। मम्मी-पापा खिड़की के पास बैठे थे। बेचैन निगाहों से देख रहे थे। चिंता के मारे जान निकली जा रही थी।

"कहाँ देर हो गई ?" आते ही प्रश्नों की झड़ी लग गई।

"हम सब लोग डिनर पार्टी के लिए रुक गए थे।"

उस समय किसी ने कुछ न कहा, पर सबके मुँह फूले हुए थे।

लेकिन सुबह अखबार आने पर स्थिति बदल गई। स्थानीय अखबारों में कॉलेज की मिस हो या शहर की, उसका फोटो मुखपृष्ठ पर छापा जाता था। उसी तरह, जिस तरह मिस इंडिया के फोटो दिल्ली या मुंबई के पेपर्स और मैगजीन्स छापते हैं। पापा ने गौर से देखा, क्या यह उनकी ही बेटी है ? वृंदा! पहचान में नहीं आ रही थी। इतनी खूबसूरत! मुक्त हँसती हुई। आसमान में आधे उठे हाथ, फ्लाइंग किस करते! अलग-अलग अखबारों में अलग-अलग पोज! फोन की घंटी लगातार बज रही थी बधाई, प्रशंसा। पापा की समझ में नहीं आ रहा था कि सौंदर्य प्रतियोगिता में जीतने पर इतनी बधाइयाँ क्यों दी जा रही हैं और क्या जरूरत है। पहले तो यू.पी.एस.सी, पी.एम.टी. या पी.एस.सी. में सिलेक्ट होने पर क्या घरवाले, क्या पड़ोसी, क्या गाँववाले, क्या शहरवाले, सभी को गर्व महसूस होता था। मिठाई बाँटी जाती थी। लेकिन आज! उन्हें हल्की सी झेंप महसूस हुई कि लोग उन्हें इसलिए बधाई दे रहे हैं कि उनकी बेटी खूबसूरत है। खूबसूरती की प्रतियोगिता में प्रथम आई है। आज भी बाप अपनी जवान होती लड़की को देखकर चिंता के मारे निश्चिंत सो नहीं पाते और मैं···जवान होती लड़की के सौंदर्य के प्रचार को देख रहा हूँ। समझ में नहीं आया कि वे खुश हों या नाराज। अखबारवालों के लगातार फोन आ रहे थे। टी.वी. चैनल भी कहाँ पीछे रहनेवाले थे। ताजा खिले चेहरे को कौन नहीं दिखाना चाहता ? चैनलों के बीच प्रतिस्पर्धा थी कि कौन पहले क्या दिखा सकता है। चेहरा तो खिताबी हो ही गया था। वृंदा की चाल-ढाल तक में नजाकत-नफासत उतर आई थी। वह स्वयं को ही हसरत भरी निगाहों से देखती और विशिष्ट होने का प्रदर्शन करती।

सचमुच कितने दिनों बाद वृंदा स्वयं को तनावमुक्त महसूस कर रही थी। एक-एक पल सामने से गुजर रहा था। अब भी विश्वास नहीं हो रहा था। लग रहा था, सपना देखकर उठी है। मन करता, घर के लोगों से घंटों बैठकर बातें करे। खिलखिलाए। चीखे। खूब खाए-पिए। पता नहीं, कितने दिनों से भूखी थी। फिगर मेंटेन करने के चक्कर में गिन-गिनकर चीजें खाती थी।

लेकिन वह किसी के भी फोन या ऑफर को नेगलेक्ट नहीं करना चाहती थी, इसलिए सबकुछ भूलकर फोन के पास ही बैठी रही। और सिर्फ उसी दिन नहीं, आगे भी। सोचती रही—अपना नेटवर्क फैलाने के लिए कुछ तो करना ही पड़ेगा। काश, यह काम भी अनु दी करतीं।

□

कुछ दिन बीत जाने पर दादी ने अनुराधा और वृंदा के कमरे में आकर वृंदा से कहा, "अब तो पढ़ लो। आज अपनी जिस सुंदरता को लेकर तुम फूली नहीं समा रही हो, उतनी सुंदरता तो घर-घर में छिपी रहती थी, पर मजाल कि कोई ताक-झाक कर ले। और एक तुम हो कि प्रदर्शन के लिए खड़ी हो—आओ, देखो, मेरे सुंदर होंठों को, मेरे सुंदर पाँवों को, मेरे सुंदर पेट को, मेरी सुंदर टाँगों को…"

"दादी, आप अपने समय की बातें जाने दीजिए। आपका समय आपको प्यारा होगा। हमें तो वितृष्णा है। सिवा पाखंड के आप लोग कुछ नहीं करते थे। आज भी यही करते हैं।"

दादी ने देखा, कमरे में नए पोस्टर लगा दिए गए हैं, जो कम-से-कम वस्त्रों वाले हैं। लंबी-लंबी नंगी टाँगें, सामने से उभरे उरोज…उत्तेजक अदाएँ, उत्तेजक होंठ, आँखों वाले। वे समझ गईं कि यहाँ परिवार की, खानदान की विरासत तो क्या, उसके चिह्न भी नहीं हैं। वर्तमान का छायालोक पसरा हुआ था, बाहर से भीतर तक। दिमाग से लेकर दिल तक।

दादी हताश होकर चली गईं। उनकी आँखों में आँसू थे।

एक दिन वृंदा ने अनुराधा से कहा, "अनु दी, इंटरसिटी मिस कॉण्टेस्ट हमारे शहर में ही होनेवाला है। वे लोग चाहते हैं कि मैं उसमें पार्टिसिपेट करूँ। स्पॉन्सर्स पूरा खर्च उठाने के लिए तैयार हैं।"

"अब उसमें भी भाग लोगी?"

"क्यों? क्या बुराई है? कौन नहीं आता उसमें! ऐक्टर, समाजसेवी, पत्रकार, बिजनेसमैन, साहित्यकार, मॉडल्स। सोचकर देखो, अनु दी, अपनी जेब से क्या जाएगा? कुछ भी तो नहीं। और चांस मिल गया, तो अच्छी मॉडलिंग की शुरुआत हो जाएगी। फिर जो पैसा और शोहरत मिलेगी, उससे मेरा सपना भी पूरा हो जाएगा।"

"मैं कुछ नहीं जानती। पापा से परमीशन ले लो।"

"आप ऐन वक्त पर मुकर जाती हैं। मैं तो भाग लूँगी ही, चाहे जो भी स्थिति हो। पापा को भी मना लूँगी।"

पापा तक बात पहुँची ही नहीं। माँ को मना लिया वृंदा ने। पर दादी पापा की तरफ से दीवार बनकर खड़ी हो गईं।

"लोग क्या-क्या नहीं कहते! किस नजर से देखते हैं, हमारे समाज में!"

"आजकल किसी का कोई समाज नहीं रहा, दादी! सब बदल चुका है। मैं कोई छुई-मुई नहीं हूँ। किसी की बुरी नजर से मैं मुरझा नहीं जाऊँगी। मुझे अच्छे प्रोग्राम मिलने लगे हैं या नहीं? मैं अपना और अनु दी का सारा खर्च निकाल लूँगी।"

"बात खर्च की नहीं है। क्या तुम्हारा बाप तुम्हारे लिए कुछ नहीं कर रहा है?"

"दादी, यह मौका फिर नहीं मिलेगा। अगले साल तक कौन याद रखेगा? नई मिस आ जाएगी। लोग उसके पीछे लग जाएँगे।"

"फिर मिस इंडिया के लिए जाओगी?"

"जाओगी से क्या मतलब? उसमें शामिल होना लाइफ की सबसे बड़ी अचीवमेंट होगी। सबसे बड़ा सपना! डॉक्टर बनाकर आप मुझे आत्मनिर्भर बनाना चाहती हैं, तो इस फील्ड में भी पैसा कमाकर आत्मनिर्भर हो जाऊँगी।" वह हर तरह से दादी को समझा रही थी, मना रही थी।

"चार दिन की चाँदनी, फिर अँधेरी रात। सितारों को डूबते वक्त नहीं लगता, बेटी!" दादी का चेहरा सख्त-से-सख्त होता जा रहा था। इस लड़की से बात करना बेकार है। हर बात में बहस करती है। मुँह नोंचती है। अपने बड़ों को तो चकरी की तरह नचाती है। बरामदे में आकर बैठी ही थीं कि फोन की घंटी बजने लगी। "कितने फोन आने लगे हैं!" उन्होंने व्यंग्यात्मक लहजे में कहा।

"तो क्या हो गया? लड़के ही तो हैं, कोई अपराधी तो नहीं! दादी, आजकल जेंडर मायने नहीं रखता। सब एक हो गए हैं। एक जगह बैठकर, बाहर साथ जाकर काम करते हैं। हास्यास्पद लगती हैं ये बातें कि लड़कों से अलग रहकर काम करूँ।"

"इज्जत से रहने दोगी या नहीं?" दादी आवाज ऊँची करके चिल्लाईं, ताकि पूरे घर में पता चल जाए कि वृंदा क्या कर रही है, क्या करने जा रही है।

"कैसी नॉनसेंस बातें करती हैं आप! और कोई होता तो कितना प्रमोट करता! जो लड़कियाँ साधारण रूप-रंग की होती हैं, वे भी भाग लेती हैं, क्योंकि उनके पेरेंट्स इंस्पायर करते हैं। पापा भी मुँह फुलाकर बात करते हैं। क्या मेरे ऊपर इन बातों का असर नहीं पड़ता?" गुस्से से वृंदा का चेहरा लाल हो गया।

"लड़की का चरित्र शीशे की तरह होता है। जरा सी चोट से दरारें पड़ जाती हैं।"

"चरित्र! चरित्र! चरित्र न हो गया, मोम हो गया! क्या होता है चरित्र? क्या लड़कों के साथ खड़े हो गए या हँसकर बात कर ली या उनके साथ काम कर लिया, तो चरित्र बिगड़ गया? फैशनेबल कपड़े पहन लिए, किसी कॉण्टेस्ट में भाग ले लिया, तो चरित्र बिगड़ गया? आपकी अपनी कोई सोच है या नहीं? लांछन पर लांछन लगाती जा रही हैं!" वह गुस्से से काँप रही थी।

"ये पवन और हरीश कौन हैं?" अब दादी असल बात पर आईं।

"क्यों बताऊँ कि पवन कौन है, हरीश कौन है, गुरप्रीत कौन है! सब दोस्त हैं! ईमानदार हितैषी दोस्त। एड एजेंसी चलाते हैं। इसके बाद मुझसे कोई नहीं पूछेगा और न ही मैं बताऊँगी। यहाँ भी कम कॉम्पिटीशन है क्या? सैकड़ों लड़कियाँ इस शो बिजनेस

का हिस्सा बनने के लिए लाइन लगाकर खड़ी हैं।" कहकर उसने कमरे का दरवाजा जोर से बंद किया और फूट-फूटकर रोने लगी। आज वह स्वयं को निपट अकेला महसूस कर रही थी।

□

फिर वही ब्यूटी और ब्रेन से पार पाने की कड़ी स्पर्धा। वृंदा रात-दिन एक कर रही थी। सुबह जिम जाती, तो शाम को योग। हफ्ते में दो दिन स्विमिंग। ब्यूटी पार्लर में त्वचा का ट्रीटमेंट चल रहा था। डाइट चार्ट कमरे में लगा था। घड़ी की सुइयों ने उसकी दिनचर्या को बाँध दिया था। एड एजेंसी से उसने अनुबंध कर लिया था और वह एजेंसी उसको बनाने-तराशने-सँवारने में लगी हुई थी। उन लोगों का भविष्य उसके साथ जुड़ा हुआ था। पवन और हरीश उसके लिए चक्कर पर चक्कर लगाते। वे अपनी छोटी सी एड एजेंसी को बड़ी कंपनी बनाने की चाह में वृंदा को प्रमोट कर रहे थे। शहर में दो-तीन फैशन शो आयोजित कर चुके थे, मगर इस बार बड़े मॉडलों की स्वीकृति की वजह से उनका उत्साह बढ़ा हुआ था। उन्हें मालूम था कि वृंदा उनकी महत्त्वाकांक्षाओं की कसौटी पर खरी उतरेगी। अभावग्रस्त आदमी स्वप्नों और महत्त्वाकांक्षाओं की पूँछ भी जल्दी पकड़ लेता है।

एक शाम अनुराधा कॉलेज से लौटी, तो देखा, के कमरे में अँधेरा है और वृंदा खिड़की के पास उदास खड़ी है।

"क्या बात है?" अनुराधा ने प्यार से पूछा, "तबीयत तो ठीक है? किसी ने कुछ कह दिया?"

"अनु दी, पवन ने कुछ ऐसी कोशिश की है कि मुझे अच्छा नहीं लग रहा है। वह कुछ ज्यादा ही फ्री होना चाहता है, लेकिन मैं उसे इस समय नाराज नहीं करना चाहती हूँ। वही एक व्यक्ति है मेरे पास, जिसके कॉण्ट्रेक्ट्स इस फील्ड में बहुत अच्छे लोगों से हैं। वही मेरी जिंदगी को मंजिल तक ले जा सकता है। वह मॉडलिंग की दुनिया का प्रथम सोपान है। यहाँ से कुछ पैसा मिलेगा, तो मैं मिस इंडिया के लिए फ्री माइंड होकर तैयारी कर सकूँगी।"

"किसी भी कीमत पर! फिर किसी भी बात का बुरा क्यों लगता है?" अनुराधा ने व्यंग्य से कहा, "फिर कह रही हूँ, वृंदा मान जाओ। जैसे-जैसे आगे बढ़ोगी, चैलेंज आएँगे। इस देह के प्रदर्शन में तुम कुछ ऐसा मत कर बैठना कि जिंदगी भर पछताना पड़े।"

"अनु दी, वहाँ इन बातों का कोई मतलब नहीं होता है। सबकुछ फ्री है। मेरी मिडिल क्लास सोच मेरे आड़े आ जाती है। मेरे संस्कार केंचुली की तरह मन को जकड़े रहते हैं। इस दुविधा से मुझे स्वयं ही निकलना होगा। किसी के छू लेने या गले लग जाने या चिपककर पकड़ लेने में कोई बुराई नजर नहीं आती। मगर अपने परिवार में यह सब

कितनी घटिया नजर से देखा जाएगा, मुझे यह अहसास वहाँ भी जकड़े रहता है। लेकिन अनु दी, वहाँ लुक-छिपकर कुछ नहीं किया जाता है।"

"तुमने पहले कभी नहीं बताया।"

"तब मुझे डर लगता था, अनु दी! हम मिडिल क्लास की लड़कियाँ इसी कुंठा में पड़ी रहती हैं। अनु दी, मेरे भीतर की यह कुंठा भीख माँगती-रिरियाते बच्चे की तरह झलकने लगती है। कैमरे की आँख सब पकड़ लेती है। कैमरामैन कहता है कि मुसकराते हुए भी मेरे चेहरे पर दयनीयता और याचना का भाव झलक आता है। यानी अंदर से आप में आत्मविश्वास नहीं है। तब अनु दी, स्वयं पर गुस्सा आने लगता है। यह गिड़गिड़ाहट का भाव कब तक मेरी आँखों में आता रहेगा? क्यों आता है मेरी आँखों में यह भाव? इसलिए कि वास्तव में मैं अंदर से वही हूँ। मुझमें काम के लिए गहरी चाह है, वह मुझे याचक बना देती है कि कहीं यह चीज छूट न जाए हाथ से। मन तो पाने के लिए उतावला है। याद है, अनु दी, भुवन से हाथ मिलाने पर पापा ने आपको चाँटा मारा था? वही हाथ मिलाना, एक-दूसरे को चूम लेना, वहाँ मैनर्स में आता है। आज मैं दसों लोगों से हाथ मिलाती हूँ, लेकिन इतना-सा बदलाव भी मेरे भीतर वह आत्मविश्वास नहीं ला पाया, जो मेरी मुसकराहट और आँखों को चमका दे।"

अनुराधा गौर से उसका चेहरा देख रही थी। कमनीय चेहरे पर भीतर से उठी सघन उदासी और बेचैनी ने तनाव के साये खड़े कर दिए थे। एक भोली-सी निष्कपट बच्ची। फुदक-फुदककर चलनेवाली मासूम बहन कहाँ-कहाँ की बातें सोचने लगी है! उसने देह की नश्वरता और सभ्यताओं के संघर्ष को इतना बड़ा रूप दे डाला! संस्कार-चरित्र सब उसकी भाषा में शामिल हो गए हैं। एक महत्त्वाकांक्षा ने उसे एकाएक सोच के स्तर पर प्रौढ़ बना दिया है।

"हमें आत्मविश्वास और स्वाभिमान के साथ रहना चाहिए। औरों के पास दौलत होगी, पर किसके पास है ऐसा नैसर्गिक मंत्रमुग्ध करनेवाला व्यक्तित्व? लेकिन एक बात ध्यान रखना वृंदा, हड़बड़ाहट में कोई ऐसा कदम मत उठा लेना, जिसको लेकर सबको और तुम्हें स्वयं शर्मिंदगी उठानी पड़े।"

"परिवार को तो बात-बात में शर्मिंदा होने की आदत पड़ी हुई है। कब तक इन बातों का टेंशन रहेगा कि परिवार में यह नहीं चलेगा, वह नहीं चलेगा, यह मर्यादा रखो, यह नैतिकता है! दुनिया कहाँ जा रही है और आप! आपको लेकर मुझे दुःख होता है, अनु दी!"

वृंदा को पसंद नहीं था कि हरेक के सामने वह सफाई दे, हर बात को तर्क के साथ प्रस्तुत करे। सोचती—यही काम रह गया है मेरा? आज मेरी रिकॉर्डिंग थी, उसके बाद रिहर्सल। पवन के साथ आगे शूटिंग की प्लानिंग करनी थी। घर लौटने में देर तो होनी

ही थी। अब इन लोगों को क्या-क्या बताऊँ? कैसे समझाऊँ? मैं तो वैसे ही परेशान हूँ।

वह सचमुच बहुत परेशान थी। उसे बहुत सी चीजों की जरूरत थी और हर चीज महँगी थी। बाजार का महँगापन उसे उदास कर देता। बाजार का मायावी रूप उसे अहसास करा देता कि इसमें घुसने के लिए तुम्हारा पर्स कितना भारी होना चाहिए। तब बाजार ही जैसे उसके लिए प्रेरणा का काम करता कि तुम्हें हर हाल में आगे बढ़ना है। हर जगह पापा का पैसा खर्च नहीं किया जा सकता। पापा ज्यादा बोलते नहीं। उनकी खामोशी ही उनका अस्त्र है। वह स्वयं को आत्मकेंद्रित करना चाहती। सोचती—हर आदमी अलग है, अलग वजूदवाला। फिर भी रिश्तों के होने या टूटने का भय अचेतन मन में क्यों छाया रहता है? मैं वर्जनाहीन मन लेकर काम करना चाहती हूँ, मगर परिवार का प्रेम, परिवार के प्रति लगाव बेड़ी की तरह काम करता है। पापा से लगातार अबोला बँधा रहता है। सामने पड़ते हैं, तब भी कुछ नहीं पूछते। इसे मैं क्या मानूँ? उनकी मौन स्वीकृति या विरोध का मौन रूप? पापा भी तो एक ढर्रे की लाइफ जीते आ रहे हैं। वही खटारा स्कूटर! वही दोयम दर्जे की चीजें! मैं सबकुछ बदल देना चाहती हूँ। कायाकल्प कर देना चाहती हूँ...

□

शो के दो दिन रह गए थे। रिहर्सल चलती रहती घंटों तक। बीच-बीच में हँसी-मजाक, छेड़छाड़। जो मॉडल आ रहे थे, वे सभी थ्री स्टार होटल में रुकने वाले थे। और उन सब लोगों से उसे जाकर मिलना था। पवन मिलने पर जोर दे रहा था। उसने अपने सबसे अच्छे जीन्स और टॉप पहने। साथ ही हल्की ज्यूलरी।

"उनके सामने ठीक तो लगूँगी?" वही मानसिकता उसे फिर जकड़ने लगी।

जब वे लोग होटल पहुँचे, तो पाँचों लोग बाहर निकलने वाले थे। उसके बाद उनकी प्रेस कॉन्फ्रेंस थी। लंबे, छरहरे, एकदम तराशे बदनवाले खूबसूरत युवक। पुराने जमाने जैसी भव्यता। देवपुरुष-सा चुंबकीय आकर्षण! और लड़कियाँ! उनकी ड्रेस और ज्यूलरी तो क्या, चप्पलें तक देखकर वृंदा हतप्रभ रह गई। बात करने का प्रभावी स्टाइल। मुसकराने का निराला अंदाज। उन सबके साथ ही होटल की चमक-दमक और भव्यता ने उसे चमत्कृत कर दिया।

"अनु दी, यह होता है जीवन! ऐसा शानदार! देखो तो दुनिया में कितनी खूबसूरती है, कितनी संपन्नता है...कितनी बेमिसाल चीजें! और, अनु दी, एक हम लोग हैं कि अपने अभावों को गले लगाकर गर्व महसूस करते हैं। घुट-घुटकर मर जाते हैं। यह सोचकर कि यह नहीं करना, वह नहीं करना। हमारी सारी वर्जनाएँ और ये लोग...ये लोग भी तो किसी परिवार में रहते होंगे। इनके भी माँ-बाप होंगे।" लौटते हुए वह आत्महीनता और दयनीयता से घिरी हुई थी और अनुराधा को परोक्ष रूप से तैयार कर रही थी। तरह-तरह से समझा रही थी।

नींद में, ख्वाबों में, हर क्षण वह उन्हीं लोगों के बारे में सोचती रहती। उनके अलावा कोई भी बात उसकी अंतरात्मा तक न पहुँच जाती। दिमाग वहीं जाकर खड़ा हो जाता—हर महत्त्वाकांक्षा इनकी गुलाम! हर चीज इनके पास! लोग इनके आगे-पीछे घूमते हैं। एक झलक पा लेना चाहते हैं। बस, यही है वह राह, जिस पर मुझे चलना है और पवन है वह व्यक्ति, जो मुझे वहाँ तक पहुँचाएगा।

वह नए जोश-खरोश के साथ अपने काम में दिन-रात जुटी रहती। दिनभर व्यस्त रहने पर भी रात को उसे नींद न आती। रात की नीरवता और मादकता अपनी द्युति के साथ उसके भीतर उतरने लगती। चाँद-तारे, जुन्हैया जैसे सब उससे यही कह रहे होते—कुछ भी नामुमकिन नहीं है। सबकुछ अपने हाथ में है। भाग्य, मेहनत, आत्मविश्वास, बुद्धि और सौंदर्य को संचालित करने की कला में पारंगत होना है, बस। डुबो देना है स्वयं को उस काम के नशे में। तैयार करना है स्वयं को उस मंच के लिए। वो जादुई मंच…जो जीवन को बदल देता है।

शो के एक दिन पहले की रात जब वृंदा लौटकर आई, तो ग्यारह बज चुके थे। थकान से उसका जोड़-जोड़ दुःख रहा था। चेहरा मुरझा गया था। आँखें बंद हुई जा रही थीं। गालों पर लालिमा उतर आई थी। आँखों में अरुणाभ मादकता थी।

"वृंदा!" अनुराधा उसकी लड़खड़ाती चाल देखकर समझ गई कि उसकी तबीयत ठीक नहीं है।

"तुम ठीक तो हो? इस शो के पीछे तुम अपने को बरबाद किए ले रही हो।"

"ऐसा कुछ नहीं है, अनु दी! पोर-पोर दुःख रहा है। चक्कर जैसा आ रहा है।"

"यह क्या, तुम शराब पीकर आई हो?" अनुराधा ने उसका मुँह सूँघते हुए कहा।

"थोड़ी सी बियर पी थी। शराब नहीं, अभी मैं शराब के लायक नहीं हुई अनु दी। उन लोगों ने बहुत ज्यादा आग्रह किया। हम लोग बहुत ज्यादा थक गए थे। बहुत टेंशन है हम लोगों को। यह शो सक्सेसफुल जाना ही चाहिए, वरना एजेंसी भी बैठ जाएगी। मैंने तो बहुत मना किया था, मगर…"

तड़ाक…तड़ाक! चाँटे पड़े उसके गाल पर। वृंदा स्तब्ध रह गई। उसके मुँह से लंबी आह निकली। वह जहाँ खड़ी थी, वहीं खड़ी रह गई। जड़वत्! अनुराधा गुस्से से काँपती हुई दाँत पीस रही थी। टप्-टप् आँसू टपक रहे थे। उसका चश्मा नाक पर खिसक आया था।

"क्या बात है? काहे की आवाज आई?" माँ दौड़कर आईं।

"कुछ नहीं।" अनुराधा ने बात टाल दी। "सो जाओ। जाओ! कहती हूँ टाइम से घर लौट आया करो। थक गई है।" अनुराधा इशारा कर रही थी कि वृंदा को रजाई के भीतर छिप जाना चाहिए, वरना दादी या पापा के आने पर तूफान खड़ा हो जाएगा। वृंदा ने रजाई

के भीतर मुँह छिपा लिया, मगर उसकी सिसकियाँ रजाई के ऊपर तक दिखाई दे रही थीं। पूरी देह रुलाई के कारण हिल रही थी। अनुराधा ने गुस्से में ही खाने की थाली टेबल पर रखी और जोर से बोली, "परसों शो है। खाना नहीं खाओगी, तो चेहरा मुरझा जाएगा।"

अनुराधा दुःखी थी और वृंदा के लिए चिंतित भी। उसने वृंदा को कितना समझाया था कि कोई ऐसा काम मत करना, जिससे उसके रास्ते में काँटे बिछ जाएँ और पापा तथा दादी को कहने को हो जाए कि जरा-सी आजादी मिली, तो यह सब करने लगी। अनुराधा जानती थी, वृंदा एक बार किसी के साथ जुड़ गई, तो उसे उस व्यक्ति से अलग करना असंभव होगा। इसीलिए वह चिंतित थी—वृंदा अगर किसी गलत व्यक्ति के साथ जुड़ गई तो? एक खूबसूरत जीवन बुरे सपने में न बदल जाए।

वृंदा की सिसकियाँ अब तक सुनाई दे रही थीं। अनुराधा का मन कर रहा था, उसको गोदी में उठाकर पुचकार ले। मगर यही वक्त है, जब उसकी गलत बातों का विरोध करके उसे सही रास्ता दिखा सकती है, वरना शराब, सिगरेट, ड्रग्स और दोस्तों के चक्कर में पड़कर बरबाद हो जाएगी। अनुराधा रातभर इसी चिंता में सो न सकी।

उसे बुरा भी लग रहा था—ठीक है, अपने मन की करो। अब हरीश और पवन तुम्हारे ज्यादा करीब हैं। शुभचिंतक हैं। करो उन पर विश्वास। मैं जिन बातों पर रोकती, टोकती और डाँटती हूँ, वे लोग निश्चय ही उन्हीं बातों पर तुम्हें फुसलाते होंगे, ललचाते होंगे। तुम नहीं जानती कि वे लोग अपनी महत्त्वाकांक्षाएँ तुम्हारे माध्यम से पूरी करना चाहते हैं।

शो के दिन वृंदा ने कहा, "अनु दी, आज तुम मेरे साथ पूरे समय रहोगी। रहोगी न! सॉरी!" कहते-कहते वृंदा की आँखें छलक आईं, "मैं अधर में खड़ी हूँ। अनु दी, समझ रही हो न!"

अनुराधा क्षुब्ध थी। बहुत कुछ कहना चाहती थी। लेकिन संयत होकर बोली, "तुमने तो इस प्रतिस्पर्धा को ऐसे बना लिया है, जैसे इसकी असफलता जीवन के सारे रास्ते बंद कर देगी। सोचो, कितनी लड़कियाँ ऐसे जीवन का सपना देखती हैं। बाकी लोगों का जीवन क्या जीवन नहीं होता? इसे जीवन-मरण का प्रश्न मत बनाओ। भाग लेना ही है, तो खेल भावना की तरह लो।"

"मेरे जीवन की सीमा रेखा तो यही है, अनु दी! आखिर मैंने ऐसा किया क्या है कि आप सब मुझे शक और धिक्कार की निगाहों से देखो! क्या शराब, सिगरेट पीने से आदमी आदमी नहीं रहता? उसकी अच्छाइयाँ, उसका टेलेंट कोई मायने नहीं रखता?"

"कोई नहीं देखता शक की निगाहों से। लेकिन किसी की बातों में आकर बहकना नहीं है। कल बियर पिलाई थी, आज शराब पिलाएँगे। किसी के व्यक्तित्व या बात को इतना डॉमिनेंट मत होने दो कि तुम्हारी स्वयं की आइडेंटिटी खो जाए। तुम्हें अपना कॅरियर बनाना है या नहीं? तुम कुछ पाना चाहती हो, तो यह तभी संभव है, जब तुम

आत्मानुशासन का महत्त्व समझो! आत्मविश्वास और नशे की चमक में अंतर होता है, वृंदा! जीवन का पथ दलदल में बदल जाए, ऐसा काम क्यों करना?" अनुराधा उसके बालों में उँगलियाँ फेरते हुए धीमे-धीमे बोल रही थी और वृंदा सोच रही थी—पता नहीं इतने भावुक और खूबसूरत शब्दों की अनुभूति मुझे क्यों नहीं होती! कहने और जीने में फर्क होता है, क्या इसलिए? अनु दी की बातों में मुझे सच्चाई क्यों नजर नहीं आती? क्यों लगता है कि ये सारी बातें अनु दी मुझे बहकाने के लिए कह रही हैं? मुझे यहाँ से बाहर निकालने के लिए उनके पास कितने तर्क हैं। कितनी बातें हैं, पर मुझे अप्रतीति का बोध क्यों होता है?

वह तैयार हो रही थी कि दादी के कमरे में अजीब-सी आवाजें सुनाई दीं। जाकर देखा तो पाया, दादी जमीन पर लुढ़की पड़ी हैं। "पापा! पापा!" वह वहीं से चिल्लाई, "दादी को कुछ हो गया है?"

घर में अफरा-तफरी मच गई, फोन...डॉक्टर...एंबुलेंस...

एंबुलेंस में पापा की गोद में लेटी दादी का चेहरा नीला दिख रहा था। होंठ सिकुड़े हुए।

अस्पताल वाले दादी को तुरंत आई.सी.यू. में ले गए।

बाहर खड़ी वृंदा ने अनुराधा से कातर स्वर में कहा, "ओ गॉड, आज ही यह होना था?...अब?" वृंदा को अपने पावों के नीचे से जमीन खिसकती लग रही थी, "अब नहीं जा पाऊँगी मैं।" बेसाख्ता उसके मुँह से रुलाई फूट पड़ी। अनुराधा ने उसके कंधों को थपथपाया, "कुछ नहीं होगा। तुम जाओ, मैं बाद में आ जाऊँगी।"

"पापा क्या सोचेंगे?"

"मैं सँभाल लूँगी।"

"पहले दादी के बारे में न्यूज मिल जाए।" उसने आँसुओं को पोंछा। कंधे पर थैला लटकाए घूम रही थी। तड़पती हुई। लेकिन उसका मन दादी में था। दादी का चेहरा सामने था। निस्तेज पड़ता चेहरा। भीतर धँसी आँखें। दर्द की तड़प। होंठों-ही-होंठों में बड़बड़ा रही थीं।

पापा ने बाहर आकर बताया, दादी को हार्ट अटैक आया है। दोनों बहनें दादी को देखने आई.सी.यू. में गईं। निर्जीव-सी पड़ी दादी को इस हालत में देखकर वृंदा ने मन-ही-मन कहा, "सॉरी, दादी!" टप-टप आँसू टपक पड़े। उनके सिकुड़े हाथों को थामे वह थोड़ी देर बैठी रही। एक पूरी उम्र इन झुर्रियों में सिमट आई थी। एक दिन वह भी बूढ़ी हो जाएगी, इसी तरह!

फोन पर सूचना पाकर पवन और हरीश भी अस्पताल चले आए थे और बाहर बैठे थे। वे वृंदा को छोड़ना नहीं चाहते थे, पर उसके मन में सहानुभूति भी बनाए रखना

चाहते थे। वृंदा सोच रही थी—एक जीवन अस्ताचल की ओर जा रहा है और दूसरा सूर्योदय की ओर। लेकिन दादी को छोड़कर जाऊँगी, तो परिवार के सब लोग क्या सोचेंगे? पर आजवाला कॉण्टेस्ट दोबारा नहीं मिलेगा। महीनों की मेहनत और पैसा सब बरबाद हो जाएगा।

तब पापा ने ही स्थिति को समझा और सँभाला। अनुराधा से बोले, "अनु, वृंदा को ले जाओ, यहाँ हम सँभाल लेंगे।"

□

इंद्रधुनषी रोशनियों के बीच वह खड़ी थी, परदे के पीछे। तीसरा राउंड चल रहा था, तब पड़ोस का एक लड़का दौड़ा-दौड़ा आया। अनुराधा को पूछ रहा था। "दादी नहीं रही।" अनुराधा ने खबर सुनकर अपनी रुलाई रोकी। वृंदा को खबर देना ठीक न था। वह अंतिम पाँच में थी। उसने अनुराधा को रोते हुए देख लिया तो अपसेट हो जाएगी। उसकी सारी मेहनत पर पानी फिर जाएगा। अनुराधा स्वयं को जब्त किए रही।

"हम वृंदा को लेकर पहुँच जाएँगे। तुम चाहो तो चली जाओ।" पवन ने कहा।

"नहीं, मैं उसे छोड़कर नहीं जाऊँगी।"

अंतिम दौर चल रहा था। वृंदा की धड़कनें देह की संगमरमरी चिलमनों को पाटकर बाहर आ जाना चाहती थीं। कितने प्रश्न! कितने उत्तर! कितने चेहरे! उनकी उद्दीप्त निगाहें! और…उस तूफान के शोर में उसने सुना…मिस वृंदा! मिस इंटरसिटी! उधर अनुराधा ने फिर अपने आँसू पोंछे। अस्पताल से दादी का शव घर ले जाया जा रहा होगा। अंतिम क्षणों में दादी ने अपनी अधमुँदी आँखों से उन दोनों को तलाशा होगा। अनु और वृंदा वहाँ नहीं थीं। क्या सोचा होगा दादी ने?

वृंदा को याद नहीं कि वह किस तरह मुसकरा रही थी! अनुराधा का रुआँसा चेहरा वह एक झलक मात्र देख पाई थी। पवन उसकी कमर में हाथ डालकर उसे पत्रकारों, कैमरामेन और फोटोग्राफरों से बचाता हुआ अंदर ला रहा था। उसने वृंदा का हाथ चूमा और अपने आगोश में समेट लिया। लौटते हुए अनुराधा खामोश थी, बावजूद गले लगाने के।

"अनु दी, आप पवन की हरकत से नाराज हैं? वह दिल का बुरा नहीं है। इमोशनल ज्यादा है। स्वयं को रोक नहीं पाता है। इस शो के लिए उसने सारी जमा पूँजी लगा दी थी।" वृंदा अपनी ही रौ में बोले जा रही थी, "अब हम लोगों को डिनर में पहुँचना है।"

"डिनर में नहीं चल पाएँगे हम लोग। हमें जल्द-से-जल्द घर पहुँचना है।"

"बाहर से आए सारे मेहमान बुरा मान जाएँगे। वहाँ तो जाना ही पड़ेगा।"

"हमें घर पहुँचना है।" अनुराधा ने अपने आँसुओं को पीते हुए कहा, "वैसे भी काफी देर हो चुकी है।"

"एक दिन लेट हो जाएँगे, तो कौन सा कहर ढा जाएगा!"

"कहर ही ढा जाएगा, वृंदा! दादी शाम को ही हमें छोड़कर चली गईं, मैं तो..." कहकर अनुराधा फफककर रो पड़ी, "कितना याद किया होगा उन्होंने हम दोनों को! क्या सोचती होंगी?"

वृंदा एकदम सकते में आ गई। पूरी देह में जैसे करंट लग गया हो। बोली, "अनु दी, पवन को पता है?"

"हाँ।"

जब वे दोनों घर पहुँचीं, तो दादी का शव जमीन पर रखा हुआ था। दीपक जल रहा था। चारों तरफ आटे से रेखा खींच दी गई थी। अगरबत्ती जल रही थी। माँ-पापा दोनों बैठे थे। उन्होंने निगाहें उठाकर देखा तक नहीं। वृंदा चुपचाप दादी के सिरहाने जाकर बैठ गई। रास्ते में मैकअप पोंछ लिया था, पर लिपस्टिक का रंग और आँखों में आर्टिफिशियल आईलैशेज अब भी लगी हुई थीं।

"सॉरी पापा!" अनुराधा ने पापा के कंधों को पकड़कर कहा।

"कम-से-कम तुम तो बेटा..." वृंदा ने पापा के डूबते स्वर को सुना। तो क्या मेरे आने की उम्मीद नहीं कर रहे थे पापा? मैं शो कर रही थी, तो क्या मैं दादी को प्यार नहीं करती? हमारे कामों से, हमारे पहनावे से, उसके परिणामों से किसी भी व्यक्ति के प्रति प्रेम और आत्मीयता को क्यों देखा जाता? विरोध करती थीं दादी। मैं बात भी नहीं मानती थी उनकी, पर इसका मतलब यह तो नहीं है कि मैं दादी को प्यार नहीं करती थी। वह मन-ही-मन क्षोभ से भरी जा रही थी। अपने तईं मिल रही उपेक्षा उससे सहन नहीं हो रही थी।

"पापा, मैंने जान-बूझकर ऐसा नहीं किया। जैसे ही खबर लगी, हम लोग..." अनुराधा सफाई दे रही थी। पर अब इन बातों का कोई अर्थ नहीं रह गया था।

उस रात वृंदा को अपनी कामयाबी पर खुश होना चाहिए था, मगर मातम छा गया था। बाहर से लेकर भीतर तक। उसे लगा, उसकी देह रबड़ की तरह खिंच रही है।

"जाकर मुँह धो लो।" माँ ने धीमी आवाज में कहा।

उसने शीशे के सामने जाकर चेहरा साफ किया...पर यह क्या! वहाँ दादी का नीला चेहरा दिखाई दे रहा था। उसने शीशे को रगड़कर साफ किया। उस पर तरह-तरह के दाग-धब्बे लगे थे। लेकिन जैसे-जैसे वह पोंछती जा रही थी, शीशे का रंग फीका पड़ता जा रहा था। बिस्तर पर औंधी पड़ी, तो सबकुछ घूमता हुआ दिखाई दिया। स्टेज, रोशनी, भीड़, हँसी, तालियाँ! सुनसान रोड पर उन दोनों की खामोशी। घर में दादी का शव! शव! शव! उसने ठंडे पानी के छींटे मारे चेहरे पर, सिर पर। पता नहीं कितनी देर तक ठंडे पानी की धार बहाती रही।

जब वह नीचे पहुँची, सुबह के चार बज रहे थे। सघन खामोशी छाई थी घर में।

थके-रोए और व्यथित माँ-पापा अर्धनिद्रा में जमीन पर पड़े थे और बीच में दादी चिरनिद्रा में लीन पड़ी थीं। उसने कसकर दुपट्टे से सिर बाँधा। लग रहा था, पीछे से कुछ धसकता जा रहा है।

मृत्यु के बाद का जीवन अपनी गति से प्रारंभ हो चुका था। सभी लोग जीवन की मुख्य धारा से जुड़कर अपने जीवनकर्म में वापस लौटना चाह रहे थे। समय गुजरता जा रहा था और मिस इंडिया कॉण्टेस्ट को कुछ ही महीने शेष बचे थे। कॉलेज छूट गया था वृंदा का। उपस्थिति कम थी, इसलिए प्राइवेट परीक्षा देने का विचार बना लिया था। पवन और हरीश का कहना था कि उसे दिल्ली में रहकर कोई डिप्लोमा करते हुए अपनी तैयारी करनी चाहिए। मॉडलिंग का पैसा आएगा, तो खर्च चल जाएगा।

"रहोगी कहाँ दिल्ली में?" अनुराधा ने पूछा।

"वर्किंग गर्ल्स हॉस्टल में या कहीं पेइंग गेस्ट बनकर। वहाँ पवन के कई दोस्त हैं। वह कोई-न-कोई व्यवस्था करवा ही देगा।"

"लेकिन क्या गारंटी है कि जाते ही एड या मॉडलिंग का काम मिल जाएगा?"

"कोई पार्ट टाइम जॉब कर लूँगी। पहचान होने के बाद काम मिलने में आसानी होती है। महानगरीय जीवन देखने-समझने को मिलेगा। अनु दी, एक बार तो इस कॉण्टेस्ट में भाग लेना ही है। इसमें फर्स्ट तीन में आ गई, तब भी काम पाने के कई रास्ते खुल जाते हैं।"

"एक ऐसी जगह, जहाँ हमारा अपना कोई नहीं है, परिवार की असहमति के बाद भी तुम जाओगी?"

"यही एक मौका है, अनु दी!"

"अभी दादी को गुजरे दो माह भी नहीं हुए हैं।"

"अनु दी, मैं समझती हूँ। क्या वे मेरी दादी नहीं थीं? मुझे दुःख नहीं है, लेकिन क्या उनकी मृत्यु से मेरे जीवन की गति रुक जानी चाहिए? काम भले ही रुक जाए, मगर लाइफ तो चलती रहती है। जीवन नदी की तरह बहता है! क्या पापा ने अपना काम बंद किया? नहीं न!"

"पापा से पूछ लो।"

"पूछना क्या है! मैं यहाँ करूँगी भी क्या? मेरे कॅरियर के लिए क्या रह गया है यहाँ? पहले तो दादी मना करती थीं, तो सबको बहाना मिल जाता था। लेकिन अब? घुट-घुटकर जीने से अच्छा है, अपने को छोड़ देना। जब ईश्वर ने बुद्धि और सुंदरता दी है, तो क्यों न उसका उपयोग किया जाए? कुछ दिन बाद यही शरीर अपना लावण्य खो देगा, तब? दादी की खूबसूरती का अवसान देखा? एक जमाने में दादी की खूबसूरती के चर्चे हुआ करते थे। उन्हें देखने के लिए लोग कोने पर खड़े हो जाते थे। लेकिन बुढ़ापे

में, उफ! मैं एकदम प्रैक्टिकल हूँ, अनु दी!"

"अभी तुमने देखा क्या है, जो ऐसी बातें करने लगी हो? बड़े लोगों की-सी बातें…"

"हमने कुछ नहीं देखा, यह सच है, पर जब तक बाहर नहीं निकलेंगे, तब तक क्या जानेंगे? इन दीवारों के बाहर का संसार देखना चाहिए। सोचकर, तरसकर रह जाने से कुछ नहीं मिलेगा। सच बताऊँ, ज्यादातर लड़कियाँ सिर्फ भय और दबाव के कारण कुछ नहीं कर पाती हैं। मुझे तो हँसी आती है कि लोग समाज के नाम पर पूरी तरह से कुचले हुए प्राणी होने का रोना रोते रहते हैं। असल चीज है, सपने देखना और उन्हें साकार करने का हौसला। चाहे किसी भी स्थिति में।"

अनुराधा समझ गई, वृंदा की उड़ान अब रुकनेवाली नहीं। वह बड़ों की नकली भाषा बोलने लगी है। ठहरेगी तो घुट जाएगी। आकाश की ऊँचाइयों को छूना चाहती है। अब यह घर और शहर उसके लिए पिंजरा है।

पापा ने उदास और कुछ-कुछ गुस्से में उसे आशीर्वाद दिया, सफलता के लिए शुभकामनाएँ भी दीं, लेकिन वृंदा को विदा करने के लिए स्टेशन जाने से इनकार कर दिया। वृंदा जब स्टेशन पर पहुँची, तो हाथ में एयरबैग, पानी की बोतल और आँखों में उत्साह की चमक थी। माँ की आँखों से बहते आँसुओं को देखकर वह मुसकरा रही थी। उन्हें हँसा रही थी। उन्हें समझा रही थी। अनुराधा ने रुलाई रोकने के लिए होंठ दबा रखे थे। आसपास खड़े लोग वृंदा को उत्सुकता से देख रहे थे। टी.वी. पर मुसकराता चेहरा, पेपरों में छपा चेहरा उनके सामने था। लोगों की निगाहों ने उसे रोमांचित कर दिया। उसे लगा, सचमुच वह विशिष्ट है। कितने लोगों की निगाहें उस पर टिकी हैं। विदा लेते समय उसकी आँखों में एक क्षण के लिए भय था, संदेह भी था, अपनों से बिछुड़ने की टीस भी थी, पर उससे ज्यादा खुशी थी। हाथ हिलाते वक्त हृदय की धड़कन थोड़ी सी बढ़ी। आँखें भी छलछलाईं। पर अगले ही क्षणों में जीवन एक नई दिशा की ओर भाग रहा था।

आगे की कहानी अनुराधा के नाम लिखे गए वृंदा के पत्रों की जबानी—

पहला पत्र

अनु दी, पहुँचने की खबर तो फोन पर दे ही दी थी, पर आपने पत्र लिखने को कहा था, सो लिख रही हूँ। स्टेशन छोड़ते वक्त हृदय को धक्का लगा। ट्रेन की स्पीड के साथ ही मेरे हृदय की धड़कनें भी बढ़ती जा रही थीं। आखिर सबको पहली बार छोड़कर अनजानी दुनिया में जा रही थी। रात में भी सोते-जागते लगता रहा कि जैसे मैं किसी सुरंग के भीतर से गुजर रही हूँ और धरती में धँसती जा रही हूँ। अंतहीन अंधकार था। सारी पृथ्वी या मेरी देह, आत्मा…या चेतना स्पंदनहीन पड़ी थी। या मेरे भीतर उसे महसूस करने की क्षमता ही समाप्त हो गई थी।

अनु दी, आपका चेहरा क्यों नहीं हटता है मेरी आँखों के सामने से? दादी का इस तरह चले जाना और पापा का स्टेशन न आना रह-रहकर अखरता रहा। मन ने कहा, लौट चलूँ। जहाँ जा रही हूँ, वहाँ मेरा अपना कौन है? क्यों जा रही हूँ मैं? लेकिन यह खयाल क्षण भर के लिए ही आया। फिर लगा कि एक व्यक्ति अपनी योग्यता और देह की पूँजी से कितना कुछ पा सकता है। आज जो सफल है, वही महान् है। महान् लोगों का अतीत देखो, तो वे क्या थे? लेकिन संघर्ष किया। महान् बने। आज सफलता पाने के लिए, अपनी जरूरतों को पूरा करने के लिए, यदि थोड़े से कष्ट उठाने पड़ें या थोड़ा अकेलापन झेलना पड़े, तो क्या हुआ?

पवन आ गया था। उसने पहले से ही इंतजाम कर दिया था। रहने की जगह अच्छी है। बहुत जल्द मनपसंद काम मिल जाएगा। यहीं से मेरे जीवन की एक नई पारी शुरू होगी। कोई-न-कोई पढ़ाई तो करनी ही थी, सो कर रही हूँ। फैशन डिजाइनिंग का कोर्स ज्वॉइन कर लिया है। मैं तुम्हारी बातों का पूरा-पूरा ध्यान रखूँगी। सफलता मेरा पर्याय बने, मेरे सपनों को मूर्त रूप मिले, इसके लिए अपने भगवान् से प्रार्थना करना, अनु दी!

दूसरा पत्र

अनु दी, दिल्ली बहुत बड़ा शहर है। भीड़! गाड़ियाँ! धुआँ! मैं तो चकित रह गई थी। जिस छोटे से घर को हम शानदार और सुंदर मानते हैं, जिसे हम स्वतंत्रता कहते हैं, जिन छोटी-छोटी बातों में हम उलझे रहते हैं और जिनका तनाव झेलते रहते हैं, यहाँ उनका कोई महत्त्व ही नहीं है। और फिर, मैं एडवर्टाइजिंग की जिस चकाचौंधवाली दुनिया में आ गई हूँ, उसमें तो हमारे कस्बाई मूल्यों और उनसे जुड़ी नैतिकता की बातों का कोई मतलब ही नहीं है। यहाँ के एक फाइव स्टार होटल में मुझे एप्रेण्टिस के रूप में काम मिल गया है। मॉडलिंग के लिए भी प्रयास जारी है। यहाँ की लड़कियाँ कितनी बोल्ड हैं! आत्मविश्वास से भरी और निर्भीक! मैं उनके सामने कितनी दब्बू नजर आती हूँ! लेकिन पवन का मानना है कि मेरी जैसी संपूर्ण सुंदरता किसी-किसी में ही होती है। अनु दी, आपको क्या लगता है? वह सच बोल रहा है? उसने मुझे टी.वी. प्रोड्यूसरों से भी मिलवाया है। बहुत मेहनत कर रहा है वह मेरे लिए। यहाँ खर्चे बहुत ज्यादा हैं। अनु दी, वहाँ पापा को महीना भर खटने पर जितना पैसा मिलता है, और जिससे पूरे घर का खर्च चलता है, उतना पैसा तो यहाँ एक दिन में दी जानेवाली पार्टी में खर्च हो जाता है। सच, अनु दी, यहाँ का जीवन निराला है! मिस इंडिया कॉण्टेस्ट की तैयारी चल रही है। देखिए, क्या होता है!

तीसरा पत्र

अनु दी, बहुत ज्यादा व्यस्त हो गई हूँ। मेरे बारे में कहा जा रहा है कि मैं मिस इंडिया

की सबसे प्रबल दावेदार हूँ और आनेवाला समय मेरे लिए बहुत शानदार होगा। यहाँ सौंदर्य प्रतियोगिता से संबंधित तमाम बारीकियाँ सिखाई जाती हैं। खाना-पीना, चाल-ढाल, बात करने की स्टाइल, आँखों का भाव-विलास, पोर-पोर से टपकती नजाकत, त्वचा को चमकाने के तरीके, ब्यूटी पार्लर एक नए रूप में खड़े कर देता है, जैसे मशीन हो रूप-रंग बदलने की। पवन हर जगह साये की तरह मेरे साथ लगा रहता है। हमें जगह-जगह जाना पड़ता है। इस प्रतियोगिता के विभिन्न पड़ावों के बारे में बाद में लिखूँगी। मैं फिलहाल एक एड में काम कर रही हूँ। कूरियर से अपना फोटो एलबम भेज रही हूँ। अगले पत्र में कोई विशेष खबर दूँगी।

चौथा पत्र

अनु दी, हफ्तों बाद पत्र लिख रही हूँ। आप मुझसे नाराज हैं। फोन पर बात करने से लगा कि सब लोग मेरी तरफ से लापरवाह और निराश हो चुके हैं। यहाँ हर मिनट की कीमत होती है। समय को अपने हाथों में पकड़कर रखना पड़ता है। मॉडलिंग के लिए जगह-जगह जाना पड़ता है। देर-देर तक काम करना पड़ता है। ऊपर से तरह-तरह की चिंताएँ और तनाव। ईश्वर से प्रार्थना करना कि मैं सफल हो जाऊँ।

हरीश ने वहाँ जाकर मेरे बारे में आप लोगों से जाने क्या-क्या कहा है। हाँ, यह सच है कि मैं पवन के साथ रह रही हूँ। लेकिन आपको इन बातों से अपना मन मलिन नहीं करना चाहिए। यहाँ ये सब सामान्य बातें हैं। हाँ, मैंने वह एड किया, तो क्या हुआ? कौन पहचानता है मुझे? तब मेरे पास सोचने का वक्त नहीं था और पैसों की भी जरूरत थी। मैं हरीश के नखरे नहीं उठा सकती और पवन को नाराज नहीं कर सकती। हरीश अधिकार जताता था। उन दोनों के बीच की तकरार मुझे झेलनी पड़ती थी। मैं दोनों के बीच खड़ी थी। किसी एक को तो मुझे चुनना ही था। मैंने पवन को चुन लिया। इसीलिए हरीश वहाँ जाकर ये सब बातें फैला रहा होगा। अनु दी, मैं सच कह रही हूँ, आधी बातें उनमें से झूठी हैं। अब तो एक-एक दिन मुश्किल से कट रहा है। लगता है, समय कम है और काम ज्यादा...

पाँचवाँ पत्र

अनु दी, मिस इंडिया कॉण्टेस्ट का आँखों देखा हाल आपने टी.वी. पर देख लिया होगा। मेरे सपनों का रेशा-रेशा बिखरा गया...मैं हर मुकाबले में आगे थी, पर स्टेज पर आते ही पहले ही राउंड में बाहर हो गई। अनु दी, मैंने तो बेहिसाब मेहनत की थी, सवाल-जवाब, डांस, स्विमिंग। पता नहीं, मुझसे कहाँ चूक हो गई। काश, आप होतीं तो देख पातीं कि मैं कहाँ गलती कर रही हूँ।

मैं अपनी इस असफलता से बुरी तरह टूट गई हूँ, अनु दी! अधिक दिनों तक इस तनाव को नहीं झेल पाऊँगी। मैं पागल हो जाऊँगी। आप वहाँ एक रात मेरे बियर पीकर आने पर रातभर सो नहीं पाई थीं। और यहाँ मैं उस रात शराब के नशे में पूरी तरह धुत्त होकर भी नहीं सो पाई। रोती रही। पवन भी रोया। लेकिन जब वह मुझे सांत्वना देने के लिए प्यार करने लगा, तो लगा, बलात्कार कर रहा है।

आपको मुझसे नफरत हो गई होगी। लेकिन यहाँ बहुत से लोग इसी तरह रहते हैं। शादी किए बिना साथ रहना, शारीरिक संबंध रखना यहाँ घृणित तो क्या आपत्तिजनक भी नहीं माना जाता। मानती हूँ, आप सबको यह सब जानकर मानसिक यातना से गुजरना पड़ा होगा। लेकिन मुझे पूरा विश्वास है कि पवन मेरे साथ सच्ची दोस्ती निभाएगा। अभी तक निभाता ही रहा है। उसके कारण मेरे पास पैसे की कमी नहीं है। खर्च करते समय गिनना नहीं पड़ता है। लेकिन जिंदगी बिना कीमत चुकाए कुछ नहीं देती है। आजकल मैं मानसिक शांति के लिए ध्यान लगाने की कोशिश करती हूँ। मगर ध्यान लगता ही नहीं। चित्त अस्थिर है। अशांत है। मेरा सबकुछ बिखर गया है...खो गया है...मैं त्रिशंकु हो गई हूँ...आप तक आना चाहती हूँ, आपकी गोद में सिर रखकर रो लेना चाहती हूँ, अनु दी, आप मुझसे कितनी दूर चली गईं।

छठा पत्र

अनु दी, आज आपको वह बात लिखने जा रही हूँ, उससे आपको दुःख होगा, मुझसे नफरत होगी और मुझ पर गुस्सा भी आएगा। लेकिन मैं अपने मन की बात आपसे नहीं, तो और किससे कहूँ? पवन से मेरा झगड़ा हो गया है। कुछ दिनों से मैं देख रही थी कि वह मुझसे उखड़ा-उखड़ा रहता है। उस कॉण्टेस्ट से मेरे अलग होते ही वह मेरी तरफ से निराश हो गया था। कुछ ज्यादा ही शराब पीने लगा था। जजों को गालियाँ देता। मुझमें कमियाँ निकालता। एक रात नशे की हालत में उसके मुँह से निकल ही गया कि उसने मेरे ऊपर कितने अहसान किए हैं और उसका मुझ पर जो खर्च हुआ है, उसकी भरपाई मुझे करनी ही पड़ेगी। कुछ दिन पहले हम एक पार्टी में गए थे। उस पार्टी में उसने मुझे एक ऐसे व्यक्ति से मिलवाया, जो अंग्रेजी में एक पोर्नोग्राफिक मैगजीन निकालता है। उस व्यक्ति ने मेरी नंगी तसवीरें छापने का प्रस्ताव किया, तो मुझे बहुत बुरा लगा। लेकिन पवन को इस बात में कोई बुराई नजर नहीं आई कि उसकी मैगजीन में मेरी कुछ तसवीरें दे दी जाएँ। बस, इसी बात पर पार्टी से लौटते समय मेरा उससे झगड़ा हो गया।

अनु दी, मैं पवन का पैसा लौटाना चाहती हूँ। मैं उसका आधिपत्य सहन नहीं कर सकती। मैं उसकी खरीदी हुई गुलाम तो नहीं हूँ कि वह कहीं भी मुझे दाँव पर लगा दे। देह की भी एक सीमा होती है। कितनी बार, कितनी तरह से उसका इस्तेमाल किया जाए?

मैंने पवन से कह दिया कि मैं कोई नौकरी कर लूँगी और उसका पैसा लौटा दूँगी।

इसके बाद वह दो-चार दिन का गैप देकर आने लगा। मैं उसके न आने पर परेशान हो जाती। जगह-जगह फोन लगाती। एक बार तो वह पाँच दिन बाद आया। लेकिन इस बार वह अकेला नहीं था। एक लड़की उसके साथ थी। मैं समझ गई कि वह उसको आगे लाना चाहता है। उसे लेकर मुंबई जा रहा था। वह भी अकेली थी। बहुत बड़ी त्रासदी की शिकार। उसका पूरा परिवार आतंकवादियों द्वारा मारा जा चुका था। मैंने पवन से पूछा, "मैं क्या करूँ? कहाँ जाऊँ?" और उसने जवाब दिया, "अब तुम अपना रास्ता खुद तलाशो। यहाँ तक पहुँचा दिया, यही क्या कम है?" हाँ, अनु दी, रेस में हारी हुई घोड़ी को कौन पूछता है? वह मुझे नीचा दिखाने लगा, "क्या है तुममें? तुम्हारी जरा-सी प्रतिभा और जरा-सी खूबसूरती तुम्हारे कस्बे के लिए काफी होगी। जितना बड़ा शहर, उतना बड़ा कैनवास। स्वयं को इस बड़े कैनवास पर फैला सकती हो?" मैं ठगी-सी देखती रह गई। अवसन्न। मेरी आँखों के सामन अँधेरा छा गया।

अवसाद और पराजय के बोध में डूबी मैं दस-बारह दिन तक कमरे में बंद पड़ी रही। पीती रही। उल्टियाँ करती रही। मौत की काली छाया मेरे आस-पास मँडरा रही थी। मकान मालकिन मुझे डॉक्टर के पास ले गई, तो पता चला कि मैं प्रेग्नेंट हूँ। मुझे धक्का लगा। लौटकर मैं दीवार से सिर पीटते हुए सोचने लगी—अब क्या होगा? यह मैंने क्या किया? फिर सोचा कि पवन यह खबर सुनकर शायद वापस आ जाए। लेकिन वह नहीं आया। मैं उसे खोजती हुई मुंबई गई। लेकिन वहाँ उसने जो बातें सुनाईं, उन्हें सुनकर... मैं जीवित हूँ, बस, यही काफी है। उसने कहा, "मेरे पास इन बातों के लिए वक्त नहीं होता है। मैं तो शादी के बाद भी बच्चा पैदा करने के बारे में दस बार सोचूँगा। यह तुम्हारी प्रॉब्लम है। मिडिल क्लास मेंटेलिटी की कस्बाई लड़कियाँ प्रेम, स्थायित्व, मातृत्व आदि की भावनाओं में बह जाती हैं और साथी को भी फँसाने की कोशिश करती हैं। खुद का ठिकाना नहीं, बच्चा और पैदा कर लो! इस उम्र में सेक्स एन्जॉय करने के लिए होता है या बच्चा पैदा करने के लिए? अब आँसू बहाओ या माँ बनो या अबॉर्शन कराओ, मेरे पास इस बारे में बात करने के लिए फिर कभी मत आना।"

मैं समझ गई कि अब मैं पवन के लिए उपयोगी नहीं हूँ। लेकिन अनु दी, क्या प्रेम, लगाव या कोमल भावनाओं का कोई मूल्य नहीं होता? फिर हम किसकी कद्र करें? किसके लिए करें? बस, भागते रहें? सजीव चीजों के छोड़कर निर्जीव चीजों की ओर? यही सत्य है? मैं कहाँ जाने के लिए निकली थी और कहाँ आ गई! सोचती हूँ, क्यों मैंने उस पर भरोसा किया, तो स्वयं पर शर्म आती है। मैं अपनी बुद्धि से, अपने सौंदर्य से सबकुछ पा लेना चाहती थी। मगर क्या मिला? मुंबई से लौटकर आने पर मेरे लिए क्या बचा?

आपने लिखा है कि जो हो गया सो हो गया, घर लौट आओ। लेकिन अनु दी, घर में भी अब मेरे लिए क्या बचा है? घर लौटना अब संभव नहीं है। मुझे आगे ही जाना है। कहाँ? कैसे? यह अभी सूझ नहीं रहा है। जब सूझेगा, आपको बताऊँगी। तब तक आप इतना भरोसा मुझ पर कर सकती हैं कि अब गिरूँगी नहीं और मरूँगी भी नहीं।

सातवाँ पत्र

अनु दी, क्षमा करना, बहुत समय बाद पत्र लिख रही हूँ। इस बीच मैंने ठिकाना बदल लिया था, लेकिन पुरानी मकान मालकिन से पता चलता रहा था कि आपके कई फोन आए और आपने मेरा पता-ठिकाना मालूम करने की कोशिश की। यह भी पता चला कि आपने किसी को भेजा था मुझे घर लौटा ले जाने के लिए। मैं जानती थी कि आप चिंतित हो जाएँगी और चाहेंगी कि मैं जिस भी हालत में होऊँ, घर लौट आऊँ। जानती थी, इसीलिए मैंने ठिकाना बदल लिया था, आपको बताया नहीं था और मकान मालकिन से भी कह दिया था कि मेरा पता-ठिकाना किसी को न बताए।

अनु दी, आप स्वयं सोचें, क्या मैं घर लौट सकती थी? हाँ, लौट सकती थी, अगर पापा कोई साधन-संपन्न 'बड़े' आदमी होते। उन लोगों में लड़कियों के ऐसे विचलनों को कोई बहुत बुरी बात नहीं माना जाता। अंदर माना भी जाता हो, पर बाहरी प्रतिष्ठा पर ज्यादा आँच नहीं आती। लड़की का अबॉर्शन करा दिया, धूमधाम से उसकी शादी कर दी, किस्सा खत्म। लेकिन हमारे जैसे मध्यवर्गीय कस्बाई परिवारों में··· ? लोग मेरा ही नहीं, आप लोगों का भी जीना मुहाल कर देते। बदनामी फैलती और न जाने क्या-क्या होता। मैं घर लौटकर अपना और आप सबका जीवन नरक नहीं बनाना चाहती थी। खासकर आपका।

फिर वहाँ आकर मैं करती भी क्या? माँ-पापा मुझे क्षमा कर भी देते, तो उससे क्या होता? वे जल्दी-से-जल्दी मेरी शादी करने की सोचते, लेकिन बदनाम लड़की को लेने के लिए शायद कोई दहेज-लोभी ही तैयार होता, जो दहेज के लालच में मुझे ले जाता और फिर या तो मुझे सता-सताकर और दहेज माँगता रहता या न मिलने पर मुझे मार डालता। क्या आजकल ऐसा ही नहीं होता है? अगर ऐसा होता, तो क्या वह मेरे लिए, आप सबके लिए उचित होता?

यही सब सोचकर मैंने फैसला किया कि घर नहीं लौटूँगी। आत्महत्या का विचार कई बार मन में आया। गर्भपात कराने की सलाह तो यहाँ भी कई लोगों ने दी। कहा कि अकेले अपने दम पर अपने पैरों पर खड़ा होना है, तो यह अत्यंत आवश्यक है। लेकिन दादी, माँ, पापा, आप और शेष सभी अच्छे लोगों से सुनती आई थी कि जीव को मारना पाप है, चाहे वह अपना हो या दूसरे का। यह हत्या है। जघन्य अपराध है। गर्भपात कराती

हूँ, तो मेरा बच्चा मरता है; मैं मरती हूँ, तो दोनों मरते हैं।

इस ऊहापोह में मुझे आप जैसे तमाम अच्छे लोगों की कुछ और भी 'अच्छी' बातें याद आईं। मसलन, आप कहा करती थीं—मेरी पहली सौंदर्य प्रतियोगिता के समय से ही कि देह से परे भी कुछ होता है। मन, आत्मा, हृदय, भावनाएँ। मन और आत्मा विराट्, व्यापक और बंधनरहित है, जबकि देह सीमित है, क्षुद्र है, बंधन है। और स्त्री की कैद तो उसकी देह में ही होती है। देह स्त्री से खेलती है और उसे तरह-तरह के खेल खिलाती है। लोग स्त्री की देह को ही छूते हैं। उसी को पाने के लिए तरसते हैं, गिड़गिड़ाते हैं, मूल्य चुकाकर खरीदते हैं। स्त्री भी इसीलिए देह को मूल्यवान् समझती है। उसे सजाती-सँवारती है। उस पर इतराती है। लेकिन यह ठीक नहीं है। आप मुझसे बार-बार कहती थीं कि देह नश्वर है और नाशवान चीजें कभी एकरूप और एकरंग नहीं रहतीं। आप मुझे दादी का उदाहरण दिया करती थीं कि दादी कितनी सुंदर थीं और अब देख लो, कैसी हो गई हैं। आपकी ये बातें मुझे कभी अच्छी नहीं लगी थीं। लेकिन जब मैं आत्महत्या के बारे में सोचती, तो आपकी यही बातें मुझे सच्ची, पवित्र और अच्छी लगतीं।

मैं इन बातों को याद करती और सोचती—देह का क्या? इसे तो एक दिन नष्ट होना ही है। तो अभी क्यों नहीं? लेकिन मेरे भीतर से कोई कहता—सच्ची और अच्छी बातें मनुष्य को मृत्यु की ओर ले जानेवाली होती हैं या जीवन में प्रवृत्त करनेवाली? हत्या और आत्महत्या के लिए प्रेरित करनेवाली या मनुष्य को इनसे विरत करके अपना और दूसरों का जीवन बचाने के लिए प्रेरित करनेवाली?

अनु दी, शायद मैं छोटे मुँह बड़ी बात कर रही हूँ, लेकिन मैंने अपने अनुभव से जाना है कि मन, आत्मा, हृदय और भावनाएँ देह से परे नहीं, देह में ही और देह से ही हैं। ऐसा न होता, तो शायद मैं आसानी से आत्महत्या कर लेती या कम-से-कम अबॉर्शन तो करा ही लेती। लेकिन मेरी आत्मा ने कहा—चुनना ही है तो मृत्यु को नहीं, जीवन को चुनो। अगर वह अच्छा नहीं है, तो उसे अच्छा बनाने के लिए ही जीवित रहो।

और मेरी आत्मा की इस आवाज को सही बताने वाली एक साथिन भी मुझे मिल गई। वह विवाहित नहीं है, पर एक बच्ची की माँ है। काम करती है और अपनी बच्ची को प्यार से पालती है। उसी ने मुझे जीवित रहने और अपने मातृत्व के लिए शर्मिंदा न होने की शक्ति और प्रेरणा दी। उसी ने मुझे सहारा दिया, मुझे अपने साथ रखा, मेरे लिए काम तलाशा और आत्मसम्मान के साथ मेहनत करते हुए जीने का रास्ता दिखाया। उसी ने मुझे यह भी बताया कि हर शहर और कस्बे में होनेवाली सौंदर्य प्रतियोगिता के पीछे का वैश्विक बाजार-तंत्र क्या है, उसका राजनीतिक अर्थशास्त्र क्या है, और हमारे समाज का वह नीतिशास्त्र क्या है, जो स्त्रियों के लिए एक तरह के और पुरुषों के लिए दूसरी तरह के नैतिक मानदंड बनाता है। उसी ने मुझे समझाया कि स्त्री की मुक्ति लाखों में एक

बनने में नहीं, बल्कि लाखों में से एक बनकर एक साथ सबकी मुक्ति का रास्ता खोजने में है, की बड़ी चिंतक है, निर्भीक है और अपनी बात को कहने में जरा भी नहीं झिझकती।

अनु दी, मैंने शराब और सिगरेट पीना बिल्कुल छोड़ दिया है। फाइव स्टार होटल का अप्रैंटिसशिप और फैशन डिजाइनिंग का कोर्स करना छोड़कर पत्रकारिता का कोर्स कर रही हूँ और पत्र-पत्रिकाओं में कुछ लिखकर अपने मन की बातें दूसरे से साझा करती हूँ। पत्र समाप्त करती हूँ। आपको बता दूँ कि आप जल्दी ही मौसी बनने वाली हैं। मैं स्वस्थ और प्रसन्न हूँ। कामना करती हूँ कि वहाँ घर में भी सब स्वस्थ और प्रसन्न होंगे।

□

निर्वासन

"ऐ भाई, चार पैसे दे दो। बूढ़ा भूखा है, खाना खाएगा। ऐ बाई साहब, पैसे दे दो, बूढ़ा खाना खाएगा, भूखा है। ऐ बहनजी, पैसा दे दो···।" शब्दों को फेंकती, शोर मचाती, सबका ध्यान आकर्षित करती आवाजों में से यही एक आवाज उसकी चेतना पर गहरी चोट कर रही है।

तमाम अनाथ, बेबस आवाजों के बीच यही एक आवाज क्यों उसके मस्तिष्क-तंतुओं को झकझोर रही है, निद्रा से जगा रही है, उसे कुछ भी समझ में नहीं आ रहा है।

क्या कोई रक्तसंबंध अणु-परमाणु से ध्वनि तरंगों में परिवर्तित होकर रक्तधारा को छूता है, स्पंदित करता है।

आत्मा की आवाज की तरंगें पुकारती हैं आत्मा को। तर्पण करते वक्त मुख से उच्चारित श्लोकों से उत्पन्न सूक्ष्म तरंगें पूर्वजों की आत्मा तक पहुँचकर आत्मा को खींचती हैं। ध्वनि तरंगों का यह अनंत विस्तार कहाँ जाकर अंतर्भूत हो जाता है। कौन है? कौन है यह? किसकी है यह आवाज?

बहुत दूर से, बहुत पीछे जाकर स्मरण करने की कोशिश कर रहा है वह, मगर स्मृतियाँ हैं कि बर्फ में दबी चीजों की तरह सर्द हो गई हैं। एकदम निस्पंद···शून्य!

नींद में मनुष्य की चेतना स्वतंत्र होती है और आत्म-स्वतंत्रता की यह उड़ान ब्रह्मांड के किसी भी कोने में पहुँच सकती है। उन पराबिंबों को, जो उसमें भ्रमण करते रहते हैं अनंत से अनंत तक; क्या मेरा आत्म-तत्त्व भी कहीं जाकर स्पर्श हो रहा है किसी को। सबकुछ लहरों में डूबते-उतरते हुए-सा लग रहा है, जैसे अतल गहराइयों के बीच का सफर हो।

मैं जाग नहीं रहा हूँ! स्वप्न देख रहा हूँ, तभी बच्चे की कोमल गिड़गिड़ाती आवाज सुनाई दी—"दो पैसे दे दो दीदी, खाना खाऊँगा।" फिर किसी औरत की घरघराती आवाज—कई-कई आवाजें, पेट की भूख की तड़प को उगलती आवाजें, कानों से टकराकर वापस लौट जाती हैं, गुम हो जाती हैं अपने से ज्यादा ताकतवर आवाजों के

समुंदर में। मगर आश्चर्य है कि उस बूढ़े की आवाज ही उसके प्राणों को खींच रही है। कस रही है किसी घायल परिंदे की तरह जाल में।

बूढ़ा भूखा है, लेकिन भूखे तो हजारों बूढ़े हैं। इतने भूखों में से इसी बूढ़े के लिए मेरे हृदय में वेदना क्यों? खिंचाव क्यों? यह बूढ़ा अनवरत नहीं, विराम देकर, विश्राम लेकर बोलता है। यह आवाज, यह टोन, यह गूँजता हुआ भारी अहसास। पुकारने के बाद यों ही थक जाती थी वह आवाज...जैसे मटका भर पानी उड़ेल दिया हो।

किसकी है यह आवाज? किसकी...किसकी? हे भगवान्! याद दिलाओ कि यह आवाज किसकी है?

याद आया...दादाजी जैसी आवाज है यह! वही भारीपन, वही दुःख में डूबी लय, वही कातरता, जो उस समय उनके शब्दों में टपकती थी। वही गिड़गिड़ाहट, जो वह अपने आत्म-सम्मान एवं इज्जत बचाने के लिए व्यक्त किया करते थे। अपनी बात समझाते वक्त वह ऐसे ही बोला करते थे। शब्द उनका साथ नहीं देते थे, पर वे शब्दों को जबरदस्ती पकड़ते थे लड़खड़ाती जबान से।

शब्दों के जाल में फँसाने वाली, चमत्कृत करनेवाली इस दुनिया में उनकी आवाज का विषाद बहुत हल्के से लिया जाता था। वह स्वयं की बात कहते-कहते एकदम खीझ जाते थे, नाराज हो जाते थे, गुस्से से चिल्लाने लगते थे, खाना छोड़ देते थे या बात ही नहीं करते थे। मौन का कवच धारण करके वह एकदम रहस्यमय लगने लगते थे।

वह स्वयं का अपमान होता देख, बस एक ही वाक्य बोलते थे कि 'तुम लोग नहीं समझोगे।' कितने वर्ष हो गए दादाजी को गए हुए। नहीं लौटे वह! लौटने नहीं दिया होगा उन्हें अपने ही घर की दीवारों के अजनबी साये ने!

रास्ता भूल गए वह या घर ने ही हमेशा के लिए लौटा दिया है उन्हें, इस विराट् जगत् के अंतहीन पथों के बीच! स्मृतियों का पूरा इतिहास छिपा है उसके हृदय-गह्वर में। उस गह्वर के मुख को भारी पत्थर ने मूँद दिया था। मगर इस एक आवाज ने उठा दिया है उस पत्थर को!

छिह-छिह! मैं भी क्या-क्या सोचने लगता हूँ! वह ऐसी हालत में क्यों होंगे! भूखे! बदहाल! भिखारी! खिड़की-खिड़की पर दो-दो चार-चार पैसे माँगते हुए। वह आत्मग्लानि तथा शर्म से व्यथित हो उठा।

हर कोई बुरे रूप की ही कल्पना क्यों करता है? नहीं मैं पापा की सोच अपने भीतर पल्लवित नहीं होने दूँगा...! उसने कानों को कंबल से ढका और पुनः सोने की चेष्टा करने लगा।

मगर क्षणों बाद फिर वही पुकार! न जाने क्यों यह पुकार सुनते ही उसके हृदय के तार स्पंदित होने लगते हैं। ऊपर वाली बर्थ से उतरकर नीचे आया। खिड़की का शीशा

उठाकर झाँककर देखा। ठंडी हवा का भारी झोंका बदन को सिहरा गया।

उस बूढ़े को देखने की ललक से स्वयं को न रोक सका। बूढ़े का आधा शरीर मटमैले कपड़ों से ढका दिखाई दिया। कुरता, धोती, पाँवों में फटे प्लास्टिक के जूते। लाइट पीछे से पड़ रही थी, इसलिए चेहरा साफ दिखाई नहीं दिया।

वही कद! वैसे ही झुके हुए कंधे! 'दादाजी!' उसके मुँह से मर्माहत करनेवाली आह निकली। लेकिन कद से क्या, कद तो सैकड़ों लोगों का एक जैसा होता है। और कंधे, वे तो यों भी बुढ़ापे तक आते-आते झुकने लगते हैं। जाकर देखूँ क्या! कोई और होगा··· उसने स्वयं को सांत्वना दी।

मगर कुछ पलों बाद वही टेर कानों से गुजरकर हृदय-तंत्रियों को झनझनाने लगी।

"यहाँ कितनी देर तक रुकती है गाड़ी?"

"पंद्रह-बीस मिनट।"

"मैं चाय पीकर आता हूँ। आप मेरा सामान देखेंगे, प्लीज!" वह उतरने की तैयारी कर ही रहा था कि ट्रेन ने जाने का संकेत दे दिया।

धीरे-धीरे स्टेशन छोड़ती ट्रेन अँधेरे में डूबी अंतहीन-सी पटरियों पर सरकती जा रही थी। निरंतर यात्रा पर चलनेवाला मुसाफिर पीछे मुड़कर कहाँ देखता है। वह गेट पर खड़ा बाहर झाँकता रहा।

वही बूढ़ा सामने की तरफ चेहरा करके खड़ा था, उदास···चुप···खाली हाथ! रोशनी उसके चेहरे पर पड़ रही थी। पिचके गालोंवाला धूप में रंगा ताँबई रँग का चेहरा! उम्र की ही तरह सिकुड़े होंठ और उन आँखों के खोलों से जाती हुई ट्रेन को देखती प्रतीक्षारत आँखें!

दादा! उसके पाँव नीचे जाते-जाते रुक गए, क्योंकि पीछे वाले यात्री ने उसके कंधों को जोर से पकड़ लिया था।

"क्या करते हो भाई! गिर जाओगे! देखते नहीं, ट्रेन ने स्पीड पकड़ ली है।"

"क्या?" वह बदहवास-सा सिर निकालकर आवाज दे रहा था। हाथ हिला रहा था—"दादा! दादा!" लेकिन उसकी बेचैन-बेबस आवाज धड़धड़ाती ट्रेन की बेसुरी आवाज में विलीन हो गई। उसका हाथ छाती पर जा लगा। वहाँ कुछ उठ रहा था—दर्द का समुंदर, भ्रम का बवंडर और वर्षों बाद दिखे दादा का पुनः बिछुड़ जाने का गहरा पछतावा।

अंधकार में डूबी समूची सृष्टि को चीरती-सी लगती ट्रेन उसके अपने शरीर पर से गुजरती महसूस हो रही थी। क्या ट्रेन को रोकूँ? चैन खींचने का खयाल उसके दिमाग में बिजली की तरह कौंधा, पर हाथ जाते-जाते रुक गया।

परसों सुबह उसे नौकरी ज्वॉइन करनी है। पता नहीं, किसकी क्या-क्या मजबूरियाँ होंगी! तो फिर मैं क्या करूँ?

बीच के किसी स्टेशन पर उतरकर पापा को फोन कर दूँगा। बता दूँगा कि भीख माँगने वाला कोई और नहीं, 'वह' है।

हर व्यक्ति की दुत्कार···हिकारत तथा दयादृष्टि झेलनेवाला कोई और नहीं, 'वह' है। दो-चार पैसे गद्दी पर फेंकनेवाला फेंककर कितनी घृणा और वितृष्णा से मुँह फेर लेता है या दान का पुण्यकर्म कर स्वयं को धर्मात्मा मानने लगता है। पुण्यात्मा समझने लगता है। ऐसे लोगों के सामने याचना भरी निगाहों से देखकर हाथ पसारने वाला कोई और नहीं, 'वह' हैं। वह हैं वह—आपके पिता! मेरे दादाजी! इस पृथ्वी पर जन्म देनेवाले! इस घर के पूज्य! बुजुर्ग! जिनको आप न जीवित मानते हैं, न मृत!

जिनके लिए न आपने क्रिया-कर्म करवाए, न पूजा-पाठ। धर्म-कर्म करवानेवाले आप लोगों ने कभी यह नहीं सोचा कि वह जीवित हैं भी या नहीं, या कभी लौटकर आएँगे भी या नहीं! क्या उनका कोई ठिकाना नहीं, कोई अवलंब नहीं है!

इस बदहाल गुमनाम जिंदगी को जीते उन्हें कितने नरक जीने पड़े होंगे! वह कहीं जाकर संन्यासी या वैरागी नहीं बने। किसी नदी-नाले या कुएँ में डूबकर नहीं मरे। जीवेष्णा उनके शरीर को जिंदा रखे हुए है।

वह जीवित हैं, जीवित! उसे लगा—उसके हृदय में छुपी अज्ञात सुरंग आलोकित हो गई है। वह बाँहें फैलाकर जोर से चीखे···वह जिंदा हैं, वह मिल गए हैं। लेकिन एक भिखारी के रूप में! उसका मन क्षणों बाद ही बेहिसाब अवसाद से भर गया।

हमारे परिवार का स्वामी यहाँ सदेह भटक रहा है और वहाँ वह विदेह हो चुके हैं। भिक्षा माँगना उनके लिए क्यों जरूरी हो गया क्यों? हर विकल्प, हर रास्ता बंद हो जाने के बाद ही उन्होंने वह निकृष्ट जीवनवृत्ति अपनाई होगी।

'भिक्षांदेहि···!' यह वाक्य उसने शादी में जनेऊ संस्कार के समय सुना था या सुना था कि भगवान् बुद्ध सहित कितने ही साधु-महात्मा, बाबा-बैरागी द्वार-द्वार जाकर भिक्षा माँगते थे, लेकिन दादाजी तो संन्यासी नहीं हैं या फिर वह मन से ही सच्चे संन्यासी हो चुके हैं!

क्यों उन्हें संकोच या शर्म का एहसास नहीं होता! उसे लगा, जैसे उसे तेज चक्कर आ रहे हों, वह गिर जाएगा!

उसको बाहर से ज्यादा सघन अंधकार अपने भीतर महसूस होने लगा। आशा-निराशा के बीच लड़खड़ाता हुआ, वह अपनी बर्थ पर आ बैठा।

सामने लाल रंग की चैन थी। हाथ बढ़ाकर एक पल में खींच सकता था! उतर सकता था! लेकिन क्या कहेगा सबको! कोई विश्वास करेगा! उसके हाथ-पाँव सुन्न हो गए। शरीर में ताकत न रही। भागती ट्रेन को सिर्फ इसी चैन से रोका जा सकता था। उसने वहाँ से निगाहें हटा लीं। कहीं हाथ चला गया तो! दोनों हाथों को दबाकर पल में आँखें

मूँदकर औंधा लेट गया। मन से ज्यादा हाथों को नियंत्रित करके रखना था।

उसका मन छटपटा रहा था। ट्रेन आगे जा रही थी और मन पीछे। ट्रेन गतिशील थी तो मन गतिहीन।

ट्रेन उसके शरीर को लिंए पेड़-पौधों, नदी-नालों को पार करती, छोड़ती भाग रही थी और मन स्टेशन पर रुक गया था—जिद्दी बच्चे की तरह, तपस्यारत ऋषि की तरह, प्रतीक्षाबद्ध पुरुषार्थी की तरह।

कंपार्टमेंट में सन्नाटा छा गया था। जो लोग उठे थे, वे पुनः जाकर लेट गए थे या खाने की तैयारी कर रहे थे। कुछ लोग गेट के पास खड़े होकर सिगरेट पी रहे थे।

दादाजी, यह तुम नहीं हो सकते! भिखारी! नहीं-नहीं, तुम भीख नहीं माँग सकते! तुम्हारे चेहरे से मिलता-जुलता चेहरा होगा किसी का, मगर वह उठी हुई नाक, चेहरे का वह आकार, जिसमें झुर्रियाँ आकर चिपक गई थीं।

उसका हाथ अनायास ही अपने चेहरे पर जा ठहरा—"क्या मैं उनकी प्रतिछाया नहीं लगता?" परछाइयाँ तो तभी उत्पन्न होती हैं, जब सशरीर उपस्थिति होती हैं। मेरी नाक, मेरे गालों की हड्डियाँ, मेरी आँखें, मेरे माथे की बनावट। जमकर रुलाई आना चाहती है, लेकिन गले के नीचे घिग्गी बँध गई। आवाज घुटकर रह गई। हृदय का खालीपन उसे अब अपने पेट में महसूस होने लगा।

भूख! हाँ, उसे भूख लग रही थी। रास्ते में कुछ भी नहीं खाया था। हालाँकि माँ ने बहुत सारी चीजें बनाकर रख दी थीं। उसने खाने का डिब्बा निकाला और खोला—पूरी, सब्जी, अचार, सलाद···उसके हाथ काँप रहे थे। उसने डिब्बा बंद कर दिया।

पीछे स्टेशन पर खड़ा बूढ़ा फिर सामने आकर बैठ गया। क्या खाते होंगे वह? कहाँ बैठकर खाते होंगे? जमीन पर! पेपर पर रखकर खाते होंगे जूठा-बासी भोजन! दूसरों का बचा भोजनांश! मन में आया, अपना डिब्बा उठाकर फेंक दे। शोक की उष्ण धारा रक्त को उत्तेजित करने लगी।

उस घटना को दस वर्ष से ज्यादा हो गए हैं, जब वह घर छोड़कर चले गए थे। वह आत्मनिर्वासन नहीं था, निकेत निर्वासन था। मोहभंग की अथाह वेदना रही होगी या उससे भी ज्यादा मन को पराजित करनेवाली यंत्रणा!

संपत्ति के बँटवारे, आदान-प्रदान तथा उनकी असफलता से पैदा हुई स्थितियों ने इस तरह का वैमनस्य भरा विवाद उत्पन्न कर दिया था कि अंततः सबकुछ त्यागकर जाना पड़ा था। जिस संपत्ति को उन्होंने तिल-तिल करके जोड़ा था, खरीदा था, वही संपत्ति उनके जीवन की फाँस बन गई थी।

बँटवारे के बाद वह परिवार को साथ लिये इस शहर में आए थे और एक दुकान पर नौकर हो गए। उन्होंने अपनी आँखों के सामने अपने भाई एवं सबसे बड़े बेटे को

कटते हुए देखा था। फिर किसी तरह जान बचाकर परिवार सहित भागे। सबकी परवरिश करनी थी, उन्हें पढ़ाना-लिखाना था। उजड़ा हुआ घर फिर से बसाना-बनाना था। स्वयं का व्यवसाय करने की आकांक्षा दिल में छुपी थी। सबसे पहले एक दुकान खरीदी। फिर बच्चों के बड़े होने पर दुकानें बढ़ती गईं। काम अच्छा चल निकला तो दो दुकानें और खरीद ली थीं। उस जमाने में बेहद सस्ते दामों पर जमीनें लेकर डाल ली थीं, जो बाद में लाखों-करोड़ों की हो गईं।

मकान बनवा लिया था। बड़ा आलीशान मकान! चारों बेटों के लिए! सबसे छोटा बेटा ही उच्च शिक्षा प्राप्त कर सका था। वह परिवार से अलग-थलग होकर अमेरिका में वहीं शादी करके सेटल हो गया। वह स्वयं बहुत कम पढ़े-लिखे थे, मगर दुनियादारी ने उन्हें बेहद अनुभवशील और परिपक्व बना दिया था।

मगर भाग्य अपना असली रूप दिखा ही देता है। कब, कौन सा रास्ता किससे, किस तरह से अलग हो जाता है कोई सोच भी नहीं सकता। बुद्धि भी तब उसी की अनुगामिनी बन जाती है।

एक बहुत बड़े सौदे में लाखों रुपए लगाकर वह एकाएक ही जमीन पर आ गए। सपना विराट् था, सुखद था, मगर एकाकी था। बिना आधार तथा सहमति का था, सो टूट गया।

वह सिर से पाँव तक कर्ज में डूबते चले गए थे। जितना मूल था, उतना ही ब्याज! महीनों क्या सालों तक अकेले अपने बूते पर संघर्ष करते रहे थे। किसी को कुछ नहीं बताते घर में। जब स्थिति अत्यंत विस्फोटक हो गई तो कोई सँभालने वाला नहीं था। जिनसे वह उम्मीद करके बैठे थे, वे गुस्से से भर गए थे। सब स्तब्ध रह गए थे। कोई जमीन छीनने की धमकी दे रहा था तो कोई प्लॉट, तो कोई मकान।

लड़कों ने इसी आशंका तथा भय से तमाम संपत्ति अपने नाम करवा ली थी। शेष बची संपत्ति भी उनके लिए मूल्यविहीन थी, क्योंकि वह बैंक के कब्जे में थी।

कर्ज चुकाने की जहाँ बात आती, वहीं तीनों बेटों तथा उनके बीच गहरे मतभेद पैदा हो जाते। परस्पर लाँछन तथा जिदों के चलते कोई रू-ब-रू बात न करता। लड़के अपनी सहूलियत के अनुसार दीर्घ समयावधि में कर्ज चुकाने के पक्ष में थे, जबकि वह इस समस्या से तत्काल छुटकारा चाहते थे। किसी भी कीमत पर, कुछ भी करके।

पर अब न उन्हें घर में रहने का अधिकार था, न उन जगहों पर खड़े होने की इजाजत। पैसा-प्रॉपर्टी हाथ से निकलते ही मान-सम्मान, विश्वास सब उनसे दूर होते गए—उनके अपने, रक्त-संबंधी, मित्र, रिश्तेदार!

उनसे कहा जाता कि वह घर में बैठें, बाहर न निकलें। किसी से पैसा न माँगें। किसी से बात न करें। उनकी नजरों में उनके जीवन का, कर्मों-इच्छाओं का सूर्यास्त हो चुका था

और अब उन्हें शांति से बिना हस्तक्षेप किए मौत का इंतजार करना चाहिए। मगर उनकी जिद थी कि वह अपना कर्ज स्वयं अपने हाथों से उतारें। सो दरवाजे-दरवाजे जाकर पैसा माँग रहे थे, सहायता माँग रहे थे। अपने लिए अपने सच्चे होने का समर्थन माँग रहे थे।

कितने लोगों से कैसे-कैसे बहाने बनाकर झूठ बोलकर पैसे माँगे! कितनी तरकीबें थीं उनके पास कर्जदारों को बहलाने-फुसलाने की! मगर रुपए वसूलते समय कोई किसी का अपना-पराया नहीं होता। लोग उनकी बात पर यकीन न करते, सो उनसे छुपने लगे थे। बात नहीं करते थे।

वह पुनः खड़ा होना चाहते थे। आँधी में गिरे पेड़ की तरह, गिर जाने के बावजूद खड़ा होना चाहते थे। वह अपनी प्रतिष्ठा की दीवारें खड़ी करना चाहते थे, मगर उन्हें नहीं मालूम था कि समय और भाग्य दोनों ही उनके सहयात्री न रहे थे। दीवारें खोखली होकर भरभराकर गिर रही थीं।

कोई और होता तो पागल हो जाता या आत्महत्या कर लेता। मगर नहीं, वह पूरी तरह सक्रिय थे, सजग थे, उनकी चेतना, उनकी बुद्धि, एकदम जाग्रत् थी।

उसे यह देखकर कितना दुःख होता था कि अथाह घृणा और बेइंतिहा क्रोध, अकेलेपन और निरंतर भटकाव से एक खूबसूरत ऊर्जावान जीवन बदहाल तथा बदरंग हो गया था। सिर्फ तीस-पैंतीस वर्षों के अंतराल में ही वह दुबारा आसमान से धरती पर आ गए थे।

अब वह बिना पंखों के थे। आसमान काला था। धरती काँटों भरी। पाँवों में छाले पड़ गए थे और हृदय में फफोले। दुर्दैव की ऐसी मार। उसके देखते-ही-देखते लोहा-लंगड़, सोना-चाँदी जो कुछ शेष था, सो बेच-बेचकर एक कोने में छुपे, डरे हुए बच्चे की तरह एकांत में बैठे रहने लगे थे।

गर्वोन्मत्त चमकती आँखें, वह शानदार दिपदिपाता आकर्षक व्यक्तित्व, रेशम के कुरते, वे सफारी सूट, वे महँगे बैग, वे बेशकीमती घड़ियाँ, हीरे की अँगूठी, सब सपनों की चीजें हो गई थीं, मृग-मरीचिका की तरह।

उन्होंने सिर्फ अपनों के लिए नहीं, दूसरों के लिए भी किया था। तब भी क्या कोई भी पुण्य भगवान् की कृपा उन्हें नहीं बचा पाई? नहीं, ये दादाजी नहीं हो सकते! उनके जैसा जीवट का इनसान, जिसने जीवन में महान् कष्टों को सहा था, वह यों पराजय स्वीकार करके नहीं रह सकता। तो फिर दादाजी कहाँ गए! छुप गए! संन्यासी हो गए! मर गए! ब्रह्मांड में लीन हो गई उनकी आत्मा।

किसने किया होगा उनका अंतिम संस्कार! क्या पता, उनका शरीर किसी के हाथों में आया भी होगा या नहीं! मगर वो जिंदा आवाज! वो रूप! वो भाव-भंगिमा!

वह उठकर बैठ गया। रोम-रोम जीवन-मरण की अनुभूतियों से सिहर उठा था। उसकी

आँखों में नींद की जगह दादाजी के चेहरे की एक ही छवि आकर ठहर गई। लाइट के खंभे के पास जाती हुई ट्रेन को देखती, वे सूनी भावशून्य आँखें। क्या-क्या नहीं आता होगा! उन आँखों के सामने! मानस-बिंबों में! स्मृतियों में! अतीत ने फिर से अपना घड़ा उसकी मस्तिष्क रेखाओं के बीच उड़ेल दिया था। वह अतीत और वर्तमान के दरम्यान खड़ा था। द्वंद्वग्रस्त! आत्म-संघर्ष की वेदना से आप्लावित! दो विपरीत छोरों को मिलाने की कल्पना मात्र से रोमांचित हो उठा, साथ ही भयभीत भी। कहीं वह चेहरा, वह आवाज किसी और की निकली तो! परिवार में सभी लोग चौंक जाएँगे। खुश हो जाएँगे! दौड़े-दौड़े जाएँगे उनको लेने के लिए। उसकी बुद्धिमत्ता तथा खोज पर गर्व करेंगे। पितृऋण से मुक्त होने का अवसर मिल जाएगा उन्हें। वरना क्या लिखेंगे वह अपने पूर्वजों के नाम कि पिता गुम हो गए थे, कि पिता की मृत्यु की कोई ज्ञात तिथि नहीं है, कि पिता घर छोड़कर चले गए थे, कि…

उस समय की बेपनाह नफरत और क्रोध अब तो शांत हो चुका है, इसलिए पापा तथा चाचा बाँहें पसारकर उनका स्वागत करेंगे!

उसने कलकत्ता स्टेशन पर उतरते ही सबसे पहले अपने पिता को फोन लगाया—"पापा, मैंने एक चमत्कार देखा है। यह सपना नहीं, स़च है। आपको सुनकर सुखद आश्चर्य होगा। आपकी खुशी का ठिकाना नहीं रहेगा। पापा दादाजी जिंदा हैं। मैंने अपनी आँखों से देखा है उन्हें।" और सारा वृत्तांत एक ही साँस में कह डाला।

"पागल हो गए हो क्या? कोई और होगा। उन जैसा महत्त्वाकांक्षी, अहंकारी आदमी भीख माँगेगा! तुम्हारे दिमाग का फितूर है यह। अपना भविष्य देखो! अतीत की मुरदा बातों को मत उखाड़ो!"

"पर पापा, वह दादाजी ही थे।"

"नौकरी ज्वॉइन करने गए थे या उन्हें ढूँढ़ने? तुम्हें मालूम है कि यही कंपनी तुम्हें यू.एस.ए. जाने का मौका देगी, यदि तुम्हें नौकरी ठीक से नहीं करनी है तो फैक्टरी पर बैठो। समझे!"

"पापा, वह दादाजी क्यों नहीं हो सकते? आप क्यों मानकर चल रहे हैं कि वह जीवित नहीं हैं!"

"बकवास बंद करो। मेरा ब्लड प्रेशर मत बढ़ाओ! मुझसे फिजूल की बातें मत करो।" पिता फोन पर ही उसे डाँट रहे थे। नसीहतें दे रहे थे। दादाजी से ज्यादा उन्हें उसकी सर्विस की चिंता थी।

वह सचमुच मूर्खता कर रहा था। चला था अपने भविष्य को सँवारने और उलझ गया खानदानी चक्रवातों में। संबंधों की कँटीली राहों में। जहाँ पत्ते ही पत्ते झड़ रहे थे। जहाँ जड़ ही जड़ को उखाड़ रही थी।

पापा की तरफ से निराश होने के बाद भी वह विस्मृत नहीं कर पा रहा था उस चेहरे

को। उस काया को, जिसे कड़कती सर्दी में सहारा देनेवाला कोई कंधा न था, जिन कंधों पर बूढ़े हाथ टिकते हैं, वे कंधे दूर होकर पराए हो गए थे। उस आवाज को नहीं बिसार पा रहा था, जिसके पीछे कोई भागने वाला नहीं था।

सोते-जागते वही आवाज उसके कानों में टकराती रहती—हर जगह, हर पल, धरती पर, आकाश में, सड़क पर चलते, कोलाहल में, चिड़ियों के कलरव में, पत्तों की सरसराहट में। उस आवाज ने उसे पागल बना दिया था। बेचैन और संतप्त कर दिया था।

अगर वह मेरे दादा हुए तो! मन कहता है, वह दादा ही थे, पापा पता नहीं क्यों विश्वास नहीं करना चाहते हैं। उन्हें छोड़ दूँ यों ही तन्हा। बचपन से मैं उनकी गोद में खेला हूँ। उन्होंने मेरे गालों को चूमा है, अपनी बाँहों में झुलाया है, मेरे डरने पर कैसे वह अपनी छाती से चिपकाकर सुलाया करते थे। उनका हाथ मेरे सिर पर रहता था।

जब मैं पेशाब कर दिया करता था तो वह चुपचाप बिस्तर तथा कपड़े बदल दिया करते थे। जब मैं पापा की डाँट खाकर बाहर अपना मुँह घुटनों में छुपाकर बैठ जाता था, तब वह चुपचाप आकर हाथ पकड़कर अपनी गोद में छुपा लेते थे। उनके शरीर से आनेवाली वह खुशबू…।

हालाँकि माँ-पापा और उनके बीच चलने वाले शीतयुद्ध के बीच वह कभी भी खुलकर उनके साथ नहीं रह पाया। न बाद के वर्षों में ठीक से खाना खा पाता था, न सो पाता था, न उन्हें पुकार पाता था।

वह दूसरी जगह रहने के लिए ढकेल दिए गए थे, इसलिए वहाँ जाने के लिए कभी मन करता भी तो माँ रोक लेती थीं। जबर्दस्ती जाता तो पता चलता, दादाजी अपना गुस्सा गालियों के रूप में निकाल रहे हैं। वह हतप्रभ-सा सुनता रहता था।

उसे समझ में नहीं आता था कि वे सब बात क्यों नहीं कर लेते हैं? क्यों नहीं एक-दूसरे की समस्याएँ सुनते हैं? क्यों नहीं उनके कष्ट समझते हैं? हर पल क्रोधावेश में डूबे वह बद्दुआएँ दिया करते थे। अजीब से रिश्ते थे! सड़े हुए फल की तरह! दीमक खाए हरे वृक्ष की तरह! तनाव और स्पर्धा से भरे! परस्पर इतनी घृणा, इतना तिरस्कार कि वह डर के मारे रोने लगता था चुपचाप।

कई लोग कहा करते थे कि किसी ने तांत्रिक से कुछ करवा दिया है। कोई कहता, उच्चाटन करवा दिया है, तो कोई कहता, उनके पूर्वज उनसे नाराज हैं। पापा तथा चाचा किसी के वश में नहीं हैं। फिर भी उसको लगता था कि पापा और चाचा चाहें तो उन्हें उबार सकते हैं। उनकी बेइज्जती होने से रोक सकते हैं, उनकी साख तथा ईमानदारी की रक्षा कर सकते हैं। इधर पापा और चाचा कहते हैं कि उनका ऋण चुकाने बैठ गए तो उनकी सारी प्रॉपर्टी बिक जाएगी, वे सभी उन्हीं की तरह सड़क पर आ जाएँगे। पूरा परिवार रसातल में चला जाएगा।

वे अपने हिसाब से सबकुछ करना चाहते थे, वह लोग इस स्थिति को भी फायदे के सौदे में बदल देना चाहते थे, लेकिन दादाजी शायद जल्दी में थे, एक साथ कर्जमुक्त होना चाहते थे।

जिस समय परिवार को उनके प्यार, संरक्षण और आशीर्वाद की जरूरत थी, उस समय तक वह उनके लिए ऐसा मोटा तथा दीर्घकाय जाल बुन चुके थे, जिससे बाहर निकलने में वर्षों लग जाते और लगे भी।

सबकुछ अनपेक्षित था, गलत था, क्रूरतापूर्ण होने के बावजूद क्या वह अपने नहीं रहे! इस घर के···परिवार के नहीं रहे! उन्हें दो वक्त भरपेट खाना नहीं मिलना चाहिए था! इस उम्र में उन्हें साथ चाहिए था, सुरक्षा चाहिए थी—आत्मिक और नैतिक साथ!

बुरे, दुर्जन और कठोर मनुष्य को भी तन्हाइयाँ तथा परायापन काटता है, अपनों की याद सताती है। ऐसा भी क्या मोह था दादाजी को! कितना धन चाहिए था? कितनी अचल संपत्ति चाहिए थी? कितनी उम्र तक लगे रहना चाहते थे?

वानप्रस्थ की अवस्था में परिवार के लिए वह युवाओं की तरह सपने देख रहे थे। भविष्य की संभावनाओं को फैला रहे थे। क्या यही उनकी भूल भी? खून के रिश्तों में इतना स्वार्थ! संबंधों की नींव लाभ और पैसे पर रखी जाती है! वह सोच-सोचकर परेशान हो उठता। समझ में नहीं आता था कि वह किसके लिए जिये।

उसका यह शरीर, यह बुद्धि, उसका यह अस्तित्व, उसकी यह आवाज क्या उन्हीं की दी हुई नहीं है! इस पृथ्वी पर जन्म देनेवाले वही तो हैं। उनका रक्त मेरी शिराओं में है, मेरे भीतर उनके प्राणांश हैं। उनके संस्कार···उनकी सोच···सबकुछ मेरे अंदर प्रवाहित हो रहा है।

तो फिर वह क्यों जिये यातना के नरक में। क्यों उस घर से निर्वासित रहें, जिसे स्वयं उन्होंने सिरजा था! मेरा सर्वांग ही मुझसे छूट पड़ा है उन गंदी सड़कों पर, जो मुझसे अमुक्त हैं! आह! यह अपराध हत्या से भी बड़ा अपराध है, जीते-जी मनुष्य को मृत मान लेना!

उसने छुट्टी ली और सामान लाने के बहाने लौट पड़ा। यद्यपि नई नौकरी में छुट्टी मिलना आसान न था।

वह उसी स्टेशन पर वापस लौट आया, जहाँ उन्हें खड़ा छोड़कर गया था। मझौला-सा स्टेशन। गंदगी तथा बदबू से भरा। मच्छरों से भिनभिनाता। पान की पीकों और कचरे से भरा पड़ा था। भिखारी, अपाहिज तथा कुत्ते अपनी-अपनी जगह पकड़कर औंधे-सीधे पड़े थे। इक्का-दुक्का चायवाले अभी भी आवाज लगा रहे थे। उसने चारों तरफ कौंधती दृष्टि से देखा—कोई भी बूढ़ा वहाँ नहीं था।

एक चायवाले से जाकर उसने पूछा, "यहाँ एक बूढ़ा आदमी भीख माँगने आता है।"

"यहाँ तो सैकड़ों भिखारी आते हैं।"

"उस ठेले वाले से पूछिए, वह यहीं ठेला लगाता है। हम अपना काम देखेंगे या भिखारियों को।"

"साहब, अभी तो सब पड़े होंगे इधर-उधर। रात को कौन भीख देगा? सुबह लाइन लग जाएगी।"

सुबह! हाँ, उनको देखने के लिए उसे सुबह तक इंतजार करना होगा। वह तो कितनी ही सुबहों तक उनका इंतजार कर सकता है। वह खाली पड़ी बेंच पर बैठ गया। सिर भारी हो रहा था। नींद आने का तो सवाल ही न था। किसी लॉज में जाकर रुक सकता था, मगर जाना नहीं चाहता था। पता नहीं, वह किस पल आकर चले जाएँ!

ठंड···बदबू तथा तेज-तीक्ष्ण हवाओं के कारण उसका शरीर ठिठुरने लगा। ठंड से तकलीफ होने लगी। उसने कानों पर मफलर लपेट लिया और कंबल निकालकर अच्छी तरह ढक लिया। जाकर देखूँ, यहीं आसपास तो नहीं सो रहे हैं। वह प्लेटफार्म के नीचे सीढ़ियों तक घूमकर आ गया।

बूढ़ी-बेसहारा, बेघर औरतें, बच्चे तथा अपंग आदमी नंगी ठंडी धूल भरी जमीन पर पड़े थे। फटे-पुराने कपड़े उनके आधे शरीर को ढके हुए थे। दरिद्रता तथा अकेलेपन की मार ने उन्हें यों ही छोड़ दिया था धरती, आकाश और हवाओं के भरोसे। वे चाहें तो जिंदा रखें या इस जिंदगी के अभिशाप से मुक्त कर दें। पूरे परिसर में भयानक दमघोंटू बदबू और ठंड व्याप्त थी।

"अब ट्रेन कब आएगी?"

"चार बजे।"

उसने पत्रिका निकाली और उतनी ही मद्धिम रोशनी में पढ़ने की कोशिश करने लगा। ग्यारह बजे से लेकर चार बजे तक। समय जैसे रेल की पटरियों के बीच फँसकर रह गया था। पत्रिका बंद करके वह पटरियों के उस पार निकल गया।

खुला सपाट मैदान था। झुग्गी-झोंपड़ियों की कतारें मिट्टी के ढूहों की तरह लग रही थीं। निर्मल शांत गगन के नीचे निर्बाध बहती हवा में आकर उसे अच्छा लग रहा था। उस मैदान में ढेर सारी पाटें रखी थीं, उन्हीं पर पाँव पसारकर बैग को सिरहाने रखकर लेट गया।

नक्षत्रों से भरे आकाश में अपूर्व शांति व्याप्त थी। आज पहली बार उसने आसमान का इतना विस्तृत और उन्मादक रूप देखा था, वरना छत पर पढ़ते वक्त कभी अपनी टेबल के आर-पार देखने की फुसरत ही न मिलती थी।

जब वह सातवीं कक्षा में पढ़ता था, तब दादाजी मुसीबतों के पहाड़ के नीचे आ गए थे, परेशानियों की श्रृंखला कहीं जाकर समाप्त ही नहीं होती थी। वह सबकी बातें सुनता रहता था। देखता रहता था, मगर बोलने की इजाजत उसे नहीं थी।

जब से उसने होश सँभाला था, तभी से उसने घर में अपार पैसा होने के बावजूद तनाव, तिरस्कार और बेअंत बहस सुनी थी। सबके चेहरे खिंचे रहते थे। सब एक-दूसरे को लांछित करते रहते थे। पूरा सिस्टम ही गड़बड़ था या संवादहीनता तथा माँ के वर्चस्व की प्रवृत्ति के कारण सबके आत्मसम्मान छलनी हो रहे थे। उसे याद नहीं आता कि अलग होने के बाद किसी भी अवसर पर दादाजी कभी आए हों, यहाँ तक कि बुआओं की शादियों तक में भी वह मेहमानों की तरह आते थे। कभी बाप के रूप में उनकी सख्त जरूरत होती या नए मेहमान पिता से ही मिलना चाहते थे, बात करना चाहते थे, तब भी दादाजी के लिए बहाने बना दिए जाते थे या दादाजी स्वयं चले जाते थे।

कई बार ऐसा होता था कि वह बिना बताए कहीं भी चले जाते थे ऐसा करके वह स्वयं को कष्ट दे रहे थे, तब वह इस मनोविज्ञान को पकड़ नहीं पाता था। उनके न आने पर सब सोच लेते थे कि आ ही जाएँगे। रात में कोई उन्हें देखने नहीं जाता था। न किसी को उनके खाने की परवाह रहती थी। इस तरह की घटनाएँ आम तथा प्रभावहीन हो गई थीं। फिर पता नहीं, वह कहाँ चले गए थे।

दो-तीन सप्ताह तक सबने इंतजार किया था। तमाम रिश्तेदारों तथा परिचितों को फोन लगाकर दरियाफ्त कर लिया था। एक-दो जगह लड़कों को भेजा जरूर था। मगर कितनी गालियाँ, कितने अपशब्द कहे जाते थे। बाद में यह सोचकर सब चुप हो गए थे कि सब जगह से परेशान होकर, निराश होकर, भूखों मरकर स्वतः वापस आ जाएँगे, उन्हें कोई नहीं रखनेवाला।

इंतजारविहीन इंतजार, दिनों, सप्ताहों, महीनों और सालों को पार करता हुआ भविष्य के अंधकार में डूब गया था, लेकिन दादाजी नहीं लौटे थे। न कोई चिट्ठी, न कोई खबर। इधर पापा और चाचा, उनके कर्ज को अपनी तरह से चुकाने में लगे थे, यद्यपि जितना कर्ज था, उससे चौगुनी कीमत की उनकी संपत्ति थी।

दादाजी ने उनको धोखा नहीं दिया था। धोखा दिया था तो अपने मित्रों को, अपने हितैषियों, अपने रिश्तेदारों को। यह उनका धृतराष्ट्र-सा प्रेम था या स्वयं के देखे सपनों की मौत! यहाँ आकर दादाजी के रहस्यमय व्यक्तित्व की थाह कोई नहीं पा सका। निश्चय ही उनके भीतर कोई अज्ञेय शक्ति थी।

जैसे-जैसे लोगों को पता चलता जा रहा था, उनके प्रति नफरत तथा क्षोभ की भावना बढ़ती गई। उनकी बदनामी, उनका पलायन...सारे रक्त-संबंधों को थक्कों में बदलता गया था। परिवार तथा समाज में दादाजी न याद रखनेवाली घृणित वस्तु में तब्दील हो गए थे। उनका नाम आते ही सबके चेहरे तमतमाने लगते थे। वह सबके दुश्मन बन गए थे। सबका जीवन उन्होंने नरकतुल्य बना दिया था।

वह केंद्रबिंदु थे, धुरी थे, पर इसी धुरी को उन्होंने खींच लिया था। वह पूर्वजन्म

की शत्रुता निभा रहे थे। अपनी पराजय को स्वीकार न कर पाने का संताप जहर की तरह फैलता गया था।

'वह हमारे दुश्मन हैं,' सबकी जुबान पर एक ही वाक्य रहता था। सब आशंकित रहते थे कि पता नहीं वह कैसे-कैसे विनाश के कुचक्र रच सकते हैं।

वह नहीं समझ पाता था कि कोई भी पिता या कोई भी बेटा एक-दूसरे का सर्वनाश कैसे कर सकता है। इतना निश्चित था कि तब दादाजी की उपादेयता समाप्त हो चुकी थी। लेकिन उन्होंने अपनी साख पर जो लाखों रुपए उधार लेकर अचल संपत्ति की महत्त्वाकांक्षी योजना बनाई थी, वह अपने भाई और बेटों के नाम कर दी थी।

शायद तब उनके दिल में अविश्वास न रहा होगा, अलगाव भी न रहा होगा, लेकिन अब सबकी नीयत बदल गई थी और शायद सभी चाहते थे कि दादाजी स्वयं को दिवालिया घोषित कर दें या मृतप्राय व्यक्ति के समान निष्क्रिय हो जाएँ तो कर्जदारों से मुक्ति मिल जाएगी, जबकि दादाजी की यही इच्छा रही होगी कि इस विपदा का सामना सब लोग मिलकर करें।

लेकिन जब उन्होंने सहयोग के लिए हाथ फैलाया तो स्वयं को ठगा-सा पाया। एकदम अलग-थलग! उपेक्षित! बेवकूफ! विनाशक! न जाने क्यों उसका मन कदापि यह मानने को तैयार न था कि दादाजी धोखेबाज या बेईमान इनसान थे, अगर होते तो वह मृत्यु के पहले ही क्यों तमाम अधिकार इन लोगों को सौंप देते! इसीलिए उसका मन चेतन-अचेतन रूप में हर पल दादाजी के साथ जुड़ा रहा।

उनके जाने के बाद वह एकाएक ही विषण्ण वेदना तथा निराशा से भरकर पढ़ाई में लग गया था। उसे आत्मग्लानि होती थी कि दादाजी के साथ नाइनसाफी हुई है। दादाजी का खोया सम्मान तथा जीवन बचाने के लिए जो कुछ भी बेचना पड़ता, वह बेच देता। जब इनसान ही न रहेगा तो क्या होगा उन मकानों का, उन जमीनों का! कौन बड़ा है! दादाजी या संपदा! दादाजी या मकान! उन्होंने बँटवारे के बाद जो मुफलिसी और कष्ट देखे थे, बाद में रात-दिन अथक परिश्रम किया था और जब आराम का वक्त आया तो…

समय तो चलायमान है। उसके साथ मनुष्य की जीवनधाराएँ प्रवाहित होती रहती हैं और बहता रहता है प्रेम तथा आत्मीयता का अक्षय स्रोत, पर दादाजी…।

सिग्नल हो गया था, अतः वह वापस प्लेटफार्म पर आ गया।

सितारों के शीतल निःशब्द आलोक की बनिस्बत यहाँ का प्रकाश फीका तथा ऊबाऊ लग रहा था। अभी तक कोई भी भिखारी नहीं दिखाई दिया। हाँ, ट्रेन के आते ही सारा माहौल जाग उठा। यात्रियों का उतरना-चढ़ना फेरीवालों, चायवालों का एक स्वर में चीखना, कुलियों का दौड़ना, लेकिन इन सबसे परे उसकी उनींदी आँखें उसी बूढ़े को ढूँढ़ रही थीं।

मन में यह शंका बार-बार उठ रही थी कि मुझे वास्तव में तो भ्रम ही नहीं हुआ। अंतश्चेतना में छपी तसवीर भी कई बार दूसरों की आकृति में प्रतिबिंबित होने लगती है या लगातार सपनों में आते दादाजी को यों देखना उसके सपने का ही असर हो सकता है।

ट्रेन के जाते ही फिर सन्नाटा छा गया और सन्नाटे में उसकी स्मृतियाँ फिर रुदन करने लगी थीं। करुणा का उद्वेग हृदय को भिगोने लगा था।

संशय तथा सत्य, यथार्थ और कल्पना के बीच वह झूल रहा था। आठ बजे वाली ट्रेन की प्रतीक्षा अब शेष थी। यदि वह नहीं मिलते हैं तो! तो उसे फोन करके बॉस से प्रार्थना करनी होगी कि वह उसकी छुट्टी बढ़ा दे। यदि उसके बाद भी वह नहीं मिले तो! तो उसके आने का क्या अर्थ हुआ? मन में वही काँटा चुभता रहेगा, वही दृश्य सामने खड़ा रहेगा। नहीं, वह चैन से नहीं रह पाएगा, इसलिए उनको देखे बिना जाना मुमकिन नहीं।

उसने वहीं नल पर हाथ-मुँह धोया, ब्रश किया और दैनिक अखबार लेकर चाय पीने लगा। रात्रि की थकावट तथा हताशा अब कुछ कम लगने लगी थी। चारों तरफ खोमचेवाले, चायवाले तथा अखबारवाले एकत्र होने लगे थे। सबकी सामूहिक आवाजों ने स्टेशन की नींद उड़ा दी थी। तभी उसकी निगाह गेट के एक कोने में पड़ी, जहाँ से भीख माँगनेवालों का झुंड चला आ रहा था।

रूखे, मैली-गुँथी लटों से भरे छितराए बालोंवाली, सिरवाली बूढ़ी औरतें, जिनके झुर्रियों से भरे चेहरों के पीछे एक पूरी उम्र का बासीपन तथा तिरस्कार छुपा हुआ था, जिनकी आँखों में उनकी तीन पीढ़ियों का इतिहास झाँक रहा था, भविष्य से अनभिज्ञ, मगर देह से आगे बढ़ती लड़कियाँ, बच्चे! ये लोग कब से नहीं नहाए होंगे? हो सकता है कि कपड़े ही न हों या जान-बूझकर न नहाते हों। भिखारियों का भी एक रूप-विन्यास होता है, जिसको देखकर लोगों का दिल पसीजता है। गाते-बजाते अंधे, कोढ़ियों के बीच भटकती उसकी निगाहें दु:ख से नम हो उठीं।

उसकी आत्मा बेचैन है! कोई तो तार है, जो उसके और उनके हृदय में जुड़ा हुआ है! मैं, मेरी आँखें उन्हें पहचानने में धोखा नहीं खा सकतीं! उसने इशारे से एक बच्चे को बुलाया—

"तुम रोज आते हो?"

"हाँ।"

"वो जो पीछे गठरी बाँधता है, वो जो कुरता पहनता है, वो जो…!"

भिखारी बच्चा विस्मय से आँखें फाड़कर उसकी तरफ देख रहा था। उसका काला दुबला-पतला हाथ उसकी तरफ बढ़ गया। चेहरे की भाव-भंगिमा बदल गई। आँखों में याचना उतर आई।

"दो पैसे दो न! कुछ खाऊँगा। बहुत भूख लगी है!" उसने दूसरा हाथ पेट पर रखकर कहा।

उसने सिक्का देकर उसे जाने को कहा और स्वयं उठकर एक औरत के पास जा पहुँचा। वह औरत माँगा हुआ खाना इकट्ठा करके खाने की तैयारी कर रही थी। "यहाँ एक बूढ़ा आता है।" उसके मुँह से भिखारी शब्द न निकल सका।

"कब्बी-कब्बी आता है।"

उसकी उत्सुकता बढ़ने लगी। ठहरी हुई प्रतीक्षा में आशा का संचार हो उठा।

"हमको नहीं मालूम! गरीब को कुछ देते जाओ साब!" उसने गिड़गिड़ाकर हाथ फैलाया।

मेरे दादाजी की तरह यह भी घर छोड़कर आई है। उसने दस रुपए का नोट निकाला और उसकी गद्दी पर रख दिया।

अगर मेरे दादाजी मिल गए तो मैं इन लोगों के लिए जरूर कुछ करूँगा। उसके मन में अब प्रार्थना के स्वर उठने लगे। कई लोगों से पूछने के पश्चात् वह बेचैनी तथा दर्द लिये बाहर निकल आया।

सीढ़ियों के नीचे एकदम किनारे पर गठरियों की तरह अपने शरीर को समेटे कई भिखारी पड़े थे। बच्चे सड़क के किनारे बहने वाले प्रदूषित नाले में हाथ-मुँह धो रहे थे। यह सब मनुष्य होते हुए भी मनुष्य समाज से अलग थे। मनुष्यों द्वारा ही तिरस्कृत! प्रताड़ित! उनकी तकलीफों का संसार प्रस्तरों से ढका था, जहाँ किसी सभ्य और दयावान की दृष्टि जाकर भी नहीं ठहरती थी!

अछूत प्राणियों का यह संसार! घर से निष्कासित! अवैध रिश्तों से फेंके गए ये बच्चे!

आसपास के ठेलों, दुकानों और ढाबों पर पूछता-तलाशता हुआ, वह पास की बस्ती में चला गया। जैसे-जैसे वह आगे बढ़ता जा रहा था, उसका मन निराश तथा अवसादग्रस्त होता जा रहा था।

स्वयं पर ही झुँझला उठा वह! मैं क्यों घूम रहा हूँ यहाँ! क्यों? सिर्फ छायाकृति नहीं थी। उसकी अंतरात्मा उसके भटके द्वंद्वग्रस्त मन को समझाती। फिर कहाँ ढूँढ़ूँ उन्हें! कहाँ, कब तक! कैसे, किससे कहूँ? किससे पूछूँ? सब सुनकर हँसेंगे! मजाक बनाएँगे! थककर उसने चाचा को फोन लगाया।

"कहाँ हो तुम! नौकरी ज्वॉइन किए हुए दो दिन नहीं हुए और छुट्टी ले ली! कहाँ से बोल रहे हो?"

"क्यों आए हो यहाँ? ओह! तो यह जताना चाहते हो कि बाप और चाचा को फिक्र नहीं है, पोता ढूँढ़ रहा है अपने दादा को! ये नाटकबाजी छोड़ो और वापस जाओ। वह

नहीं मिलेंगे तुम्हें। वह अपना चेहरा नहीं दिखा सकते। तुम नहीं जानते कि उनके कारण, खैर छोड़ो! अब तक वह शायद ही जिंदा हों। अगली ट्रेन से पहुँचो कलकत्ता! समझे! जाकर फोन कर देना!"

रुआँसा होकर वह वापस स्टेशन पर आ गया। सचमुच ही वह कहीं नहीं मिले तो! उसका दिल बैठने लगा।

आज तीसरा दिन था। शाम आठ बजे की ट्रेन थी उसकी। वह बेंच पर आकर बैठ गया। थका देनेवाली प्रतीक्षा के झूले पर झूल रहा था वह, उस झूले पर, जो बहुत ऊँचाई पर ले जाकर नीचे छोड़ देता था, तब हृदय कैसे धड़कने लगता था, वही हाल इस समय उसका हो रहा था। एक क्षण के लिए पलकें मूँदता तो लगता, वह बूढ़ा अदृश्य न हो जाए।

अंततः शाम हो गई। सिर्फ निराशा और गहरा विषाद उसके हृदय में रह गया था। उसका मन असीम वेदना से भर गया। इतने दिनों की मानसिक थकान ने उसके जोड़-जोड़ को तोड़ दिया था।

मन में एक ही कसक थी कि एक बार उस बूढ़े को देख ले। तसल्ली हो जाती कि वह दादाजी हैं भी या नहीं! अब तो उसे पाने की, उन्हें खोजने की उम्मीद तड़पाती ही रहेगी।

बर्थ पर बैग रखकर जूते खोले। मोजे उतारे। बदन बुखार जैसी सिहरन और तपिश से भर गया था। चादर बिछाकर लेटने ही जा रहा था कि उसे लगा, वही स्वर उसे सुनाई दिया है! "ऐ भाई, दो पैसे दो! बूढ़ा भूखा है, खाना खाएगा। ऐ भाई⋯।"

वह धक् से रह गया। क्या उसी बूढ़े की आवाज है या उसके कानों को भ्रम हो रहा है!

उसने हड़बड़ाकर बाहर झाँककर देखा। दूसरे कोच की खिड़की के पास वही आदमी खड़ा था। वही वेशभूषा, वही रंग-रूप, वही पीठ पर बँधी गठरी। उसने बैग उठाया और भागकर जा पहुँचा।

"बाबा, इधर आओ बाबा!"

बूढ़ा आश्चर्यचकित होकर उसका चेहरा देखने लगा, क्योंकि यहाँ 'बाबा' कहकर कोई बुलाता ही न था।

"क्या बात है? क्या चाहते हो भइया! हमने कोई सामान नहीं देखा! कोई चोरी नहीं की! तुम्हीं ने अपना सामान कहीं छोड़ दिया होगा!"

"बाबा, मेरी बात तो सुनो!"

"हमें जाने दो भइया! अभी पुलिस वाले आ जाएँगे! दो पैसे माँगकर पेट भरता हूँ, नहीं तो पड़ा रहता हूँ मंदिर के बाहर!"

"बाबा, आपका नाम क्या है? नाम तो बताओ! मैं अपने सामान की बात नहीं कर

रहा हूँ।" इस बार वह समझाते हुए बोला···विश्वास दिलाते हुए।

बूढ़ी देह पर लटके पुराने मैले कुरते से उठने वाली बदबू के कारण पास में खड़ा होना कठिन था। बचे-खुचे दाँतों पर पीली परत जमी थी। आँखों में सूखा कीचड़ चिपका था, मगर इस समय उसे बदबू तथा गंदगी से ज्यादा उसका परिचय जानने की व्यग्रता थी। उसका विश्वास टूटने या जुड़ने की चुनौती थी। बूढ़े ने गठरी जमीन पर रख दी और वहीं उकड़ू बैठ गया।

"बाबा, अपना नाम बताओ।"

"क्या करोगे जानकर भैया?" भीख माँगने वाली शैली से अलग हटकर उनकी आवाज अब एकाएक संभ्रांत तथा सहज लगने लगी थी।

"क्या आपका नाम अनंत प्रसाद नहीं है? आपके बेटे का नाम सूरज प्रसाद है, आप···!"

बूढ़ा अवसन्न-सा उसका चेहरा देखता रह गया। जवान लड़का! हल्की बारीक मूँछें! गालों पर चमकती जवानी की लालिमा! आँखों में लहराती संबंधों को पहचानने की विकल-उत्कंठा तृषा!

"बाबा, आप बोलते क्यों नहीं?"

"हमारा कोई नाम नहीं है। कोई रिश्ता-नाता नहीं है। निवास नहीं है। कोई परिवार नहीं है। सगे-संबंधी भी नहीं हैं। इस दुनिया में हमारा कुछ भी नहीं है। प्रारब्ध ने सबकुछ छीन लिया। तभी से अपने घर से भी विश्वास उठ गया। बस, इतना जरूर जानते हैं कि इस दुनिया को चलाने वाली कोई रहस्यमयी शक्ति है। कोई नियंता है। हम सुख-सुविधाओं के साधन जुटा सकते हैं, लेकिन सुख की गारंटी नहीं ले सकते। हम भूल चुके हैं अपने अतीत को! सबको! अब तो सारा संसार हमारा है। वे जो हमें नहीं जानते हैं, वे ही हमारा पेट भरते हैं। हमें जिंदा रखे हुए हैं। वे हमारे रक्षक हैं, पालक हैं, परमात्मातुल्य हैं।"

"बाबा, आप तो परमात्मा को नहीं मानते थे। सभी आपको नास्तिक कहा करते थे!"

"हाँ, ढोंग···ढकोसले नहीं मानते थे। पंडितों की ठगी विद्या को नहीं मानते थे! ईश्वर ने क्या नहीं दिया था हमें! वे लोग हमें पागल, दो कौड़ी का बेईमान नहीं, बेबस इनसान समझते हैं! हम पर दया दिखाते हैं! सारे परिचयों से दूर हम इस देह को ढो रहे हैं और अपने को तलाश रहे हैं!"

"बाबा, आपका क्षोभ, आपकी नाराजगी, आपका मोहभंग अपनी जगह सही है। आप सत्य को ज्यादा समझते हैं।"

"पेट भरने के लिए जब रास्ते बंद हो गए और मौत न आई, तब यहाँ आना पड़ा। जिन हाथों से कभी कठोर श्रम किया था, उन्हीं में (एक हाथ और पाँव) पक्षाघात हो

गया, सब तरह से मजबूर होकर भूख से बेहोश पड़े व्यक्ति को हाथ पसारकर जीने का यही रास्ता सहज लगा। जीवन के सत्य को जानने की इच्छा में बड़े-बड़े ऋषि-मुनि भिक्षा माँगते थे। भगवान् बुद्ध माँगते थे। यहाँ आकर आदमी सब अपने-परायों से ऊपर उठ जाता है। रिश्तों का खोखलापन तभी समझ में आता है, जब हम उस दौर से गुजरते हैं। पराये लगनेवाले तमाम लोगों ने कभी भी इन हथेलियों को खाली नहीं छोड़ा। करुणा दिखाई, मगर हिकारत से नहीं देखा।"

"भीख तो भीख ही होती है, बाबा! और आप कोई सत्य की खोज करनेवाले जिज्ञासु या ऋषि-मुनि या बुद्ध और महावीर तो नहीं हो!"

"हाँ, मक्कार, बेईमान और धूर्त आदमी हूँ न मैं! उन सबकी यही राय थी। मुझे डर था, कहीं वे सब मुझे पागल घोषित करके पागलखाने में न डलवा दें, क्योंकि कितने लोग कहते थे कि मैं मनोरोगी हूँ, मनोचिकित्सक को दिखाओ, इलाज करवाओ। जबकि हमारे भीतर क्या था...क्या? इतने बड़े खानदान में कोई एक व्यक्ति यह बोलने वाला नहीं था कि हम सच्चे हैं! अपनों से मिले दुत्कार और धिक्कार से जितना कष्ट, ग्लानि और अपमान होता है, उससे कम कष्ट भीख माँगने में होता है। वे कहते थे कि हम कटोरा लेकर भीख माँगते हैं, लोगों को ठगते हैं, यह सच नहीं था बेटा...वह मजबूरी थी। फिर सोचा, ये कौन लगते हैं हमारे! क्या किया हमने इनके लिए? यह जगत् यों ही नहीं चल रहा है। उस परमात्मा ने सबके लिए तय किया हुआ है। इसलिए यहाँ अनाथ, रोगी, कोढ़ी सभी जीवित रह लेते हैं—मुक्ति मिलने तक!"

"बाबा, उस समय मैं कुछ नहीं कह पाता था, मगर...!"

उनकी आँखों में एक विचलन-सी तड़पी और लगा जैसे समुंदर से उठती किसी शक्तिशाली लहर ने आकर उसे समेट लिया हो।

"मैंने आपकी आवाज सुनी तो पहले तो मुझे विश्वास ही नहीं हुआ, लेकिन जब आपकी एक झलक देखी तो लगा, आप ही हैं। आपके पास आता, इससे पहले ही ट्रेन ने स्पीड पकड़ ली थी। नौकरी ज्वॉइन करके वापस आया। सभी को बताया, सभी से पूछा। उन सभी ने कहा कि आप नहीं हो सकते। लेकिन मेरी आत्मा कह रही थी कि वह आप ही हैं...आप!" वह उत्तेजना, खुशी और अपने विश्वास के चरितार्थ होने पर अभिभूत हुआ जा रहा था।

उन्होंने स्वयं को खोल में समेट लिया। अंदर से उमड़ते भावों को जब्त कर लिया गोया अकस्मात् कोई जीवित वस्तु निगल ली हो और वह चीज अंदर कड़कड़ा-फड़फड़ा रही हो। उन्होंने आँखों में उमड़ते आँसुओं को सोख लिया। याद आया, किसी मित्र के सामने अपनी व्यथा कहते-कहते रो पड़ते थे, तो वह कहते थे—नाटक कर रहे हैं, आत्मालाप कर रहे हैं, सहानुभूति पाना चाहते हैं। भीतर से फूटते उत्तप्त कथन को

थामने के लिए होंठों पर बीड़ी रख ली और थरथराती देह को सहारा देने के लिए गठरी से टिक गए।

"हे भगवान्!" वह मन ही मन बुदबुदाए—"कोई पहचान न ले, इसीलिए अपने को मिटाकर इस अपरिचित स्थान पर चले आए थे, किंतु आज जाना कि यह संसार कितना छोटा है! एक व्यक्ति अपनी पहचान, दुःख तथा परिस्थिति को नहीं छुपा पाता है! यह सामने ले जाकर खड़ा कर देता है।"

"चलो उठो!" उसने उनका हाथ पकड़ा।

दो-तीन लोग उसके पास में आ गए—"क्या बात है, इस बुड्ढे ने क्या कुछ चुरा लिया?" जानने की उत्सुकता लेकर।

"कहाँ चलें? कौन से घर? कौन है, जो हमारे कर्मों का लेखा-जोखा नहीं माँगेगा? एक व्यक्ति उस घर में कैसे लौट सकता है, जो कभी उसका था ही नहीं! जिसके हाथ खाली होते हैं, उसे तो यह दुनिया भिखारी ही मानती है। फिर हम तो अपना आत्मसम्मान भी खो चुके हैं!"

"दादा, ये चोला उतार फेंको! फेंक दो ये सब! एक बार सभी को माफ कर दो! आप खानदान की नींव हैं! यह अधिकार आपको है कि आप क्षमा कर दें! अलग हो जाने से क्या उस रेखा को खींच सकते हो, नहीं न!"

वह सोच में डूब गए। उनका हड्डियों से भरा शरीर अब स्थिर हो गया था। दस-बारह बरस नहीं बल्कि पूरा एक युग उन्होंने यों ही आकाश के नीचे सोते-जागे सीलन भरी गंदी जगहों पर काटा है। साधु-संन्यासियों के बीच रहकर भी देख लिया—धर्म का पाखंड! वहाँ से वितृष्णा हो गई तो आश्रम में रहे कुछ समय तक। मन तो वहाँ भी न लग सका था। वहाँ भी एक नए तरह का समाज था, रिश्ते-नातों से कलपते हृदय थे। वैराग्य जैसा कोई भाव न था। बीच-बीच में जहाँ काम मिल जाता था, कर लेते थे।

सारे संबंधों से मोहमुक्त होने में जिस आत्मघाती यंत्रणा के दौर से गुजरना पड़ा था उन्हें, वह यातना पुनः जी उठी थी। अवसाद, अनिच्छा, इच्छा, अपने-पराये से मुक्त उनका हृदय अब कुछ नहीं चाहता है। वह किसी की दया पर निर्भर नहीं है। सबका पालनहार वह अंतर्यामी है। बस उसी को मानते हैं।

"बाबा, क्या सोच रहे हो?" उसने बड़ी कातरता से कहा।

"हम उसको छोड़कर नहीं जा सकते।"

"किसको! आपके साथ कौन है? कहाँ है?"

"चलो, चलकर देख लो।" वह गठरी उठाकर चलने लगे चुपचाप। वह उनके पीछे-पीछे चल रहा था नाले के किनारे, सँकरी गली में ।

"यहाँ तो हजारों जिंदगी पड़ी रहती हैं बेसहारा, अनाथ! घर से निकले या निकाले

गए लोग या फुटपाथों पर पैदा होकर यहीं पले-बढ़े हुए ये सब मच्छर-मक्खियों की तरह लगते हैं, मगर जीने की इच्छा इन्हें मरने नहीं देती है। इनके भी सुख-दुःख होते हैं, सपने और राग-रंग होते हैं, मगर वे अलग हैं, एकदम अलग। मासूम, पवित्र, मूर्ति की तरह!"

"बताओ, क्या उनको भी साथ में लेकर चल सकोगे? उनकी जिम्मेदारी ले सकोगे?···क्या सोच रहे हो?" उन्होंने पीछे चेहरा घुमाकर पूछा।

उनकी पीठ की उभरी हड्डियाँ दिख रही थीं। कुरता उन पर झूल रहा था। वह विचारशून्य-सा चल रहा था।

"कौन है वह?" विस्मय में अचानक पूछ बैठा।

"तुम हमें ले जाना चाहते हो, उसे नहीं! डर रहे हो अपने बाप से! उनका आतंक तुम्हारे भीतर जमा हुआ है! हमने जिम्मेदारी ली है उसकी! वह बनारस के घाट पर पड़ी मिली थी—उसी समय ईश्वर का आदेश समझ में आ गया, मौत अभी दूर थी। धर्म की रक्षा करनेवाले जीवन की रक्षा नहीं कर पाते हैं। संन्यासी सिर्फ अपना पेट पालते हैं और मानव-कल्याण की बातें करते हैं! घोर अंधकार है वहाँ—घोर अन्याय, शोषण! व्यभिचार के अड्डों को देखकर आँखें फट जाती हैं!"

"है कौन, बताइए तो बाबा!" उसने स्वीकृति का एहसास करवाते हुए कहा।

"पहले से सोचकर क्या परिणाम निकाला जा सकता है? कृष्ण का भक्त है वह। गीता को जीवन-दर्शन का आधार बनाया है उसने। निष्काम कर्म में विश्वास रखता है। परिणाम का भय नहीं!"

"ले चलिए, उसे भी! मैं सारी स्थिति सँभाल लूँगा।"

अब तक वे दोनों उस जगह पर आ गए थे।

एक खुले खँडहर से मकान के बरामदे में सामान बिखरा पड़ा था। पुराने कपड़े। प्लास्टिक के बरतन। टूटे-फूटे खिलौने। उन सबके बीच वह बैठी थी। एक मासूम भयभीत-सी बच्ची। गोल, गोरे रंग का चेहरा। छोटी-छोटी चमकती आँखें!

"यह है!" उसके मुँह से मुश्किल से निकल सका।

"इसको नहीं छोड़ सकते हम! पालेंगे! बड़ा करना है! इसका जीवन सजाना है। यहाँ की गलियों और स्टेशन पर भीख नहीं माँगेगी यह। हमारी तो विवशता थी। जब तक हाथ-पाँवों में दम था, तब तक तो ठीक रहा···वरना कौन रखता है एक अपाहिज लूले-लँगड़े को!"

वह अपने आप से बोल रहे थे या उसे सुना रहे थे या वर्तमान स्थिति में रहने की सफाई दे रहे थे, उसे नहीं मालूम, क्योंकि वह तो बच्ची को देखे जा रहा था···एक संपूर्ण जिंदगी उसके सामने थी।

"हमारे लिए अब सुख-दुःख का कोई महत्त्व नहीं रह गया। इस बच्ची की चिंता

है। प्राण निकलें, इससे पहले ही हमें इसके लिए सोचना है।"

एक-न-एक माया-मोह से बँधे रहे हैं, दादाजी! शायद मन पर किसी का वश नहीं होता है। मन पर स्वयं का नियंत्रण ही संन्यास है। सबकुछ छोड़कर मुक्त कर दो स्वयं को।

उसको चुप देखकर उन्होंने टोका··· "अब क्या कहोगे अपने पिता से?" वह स्थिर निगाहों से उसकी आँखों में देखने लगे—"समझा सकोगे उसे! अपनी माँ को! चाचा को! या वहाँ ले जाकर इसे अपमानित होना पड़ेगा! हम दोनों की वजह से तुम्हारे जीवन में तनाव नहीं आना चाहिए। तुम बहुत भोले और सच्चे हो!"

"दादाजी!" उसने दृढ आवाज में कहा।

"बेटे, वहाँ जाकर यदि पुनः लौटना पडा तो! अब बरदाश्त नहीं कर पाएँगे। इसे पत्थर की तरह बनाने में कितने साल लग गए!" उन्होंने अपनी छाती पर हाथ रखकर कहा, "इसलिए बेटे, वहाँ लौटना अब हमारे लिए संभव नहीं है।"

"चलिए! मैं आपको अपने साथ रखूँगा दादा, चाहे जो हो! आप नहीं जानते कि मैंने आपकी कितनी प्रतीक्षा की है। एकांत में छुपकर मैं आपकी याद में रोया करता था, आपको दोबारा खो नहीं सकता।" उसकी आँखें छलछला आईं!

उसने बच्ची का नन्हा-सा हाथ अपने हाथ में थामा और बरामदे से बाहर निकल आया।

□

बाँधों न नाव इस ठाँव बंधु!

चादर से ढका शव। शांत चेहरा, कौन कहेगा इस चेहरे की भाव-मुद्रा को देखकर कि यह वही चेहरा है, जो चीखते वक्त गुस्से से कितना भयानक और कुरूप हो उठता था। तब तो मानना पड़ेगा कि हर व्यक्ति के चेहरे में किसी-न-किसी जानवर का अक्स छुपा होता है। रंग हल्का सा पीला हो गया है, जैसे हर पत्ते को दबाकर रख दिया हो। दवाइयों के असर से नीले पड़े होंठ जो कि दाँत न होने की वजह से अंदर धँसे हुए हैं। पलकें स्वच्छ फैली हुई देखकर प्रतीत होता है कि मानो कोई बच्चा गहरी नींद में सोया हुआ है। निर्विकार! शीशे की तरह स्वच्छ। विश्वास ही नहीं होता कि वे मर चुके हैं। लगता है अभी जागकर, हाथ उठाकर बैठने का इशारा करेंगे या पुकारेंगे—पुष्पा। चाय लाओ। पानी दो। क्या कर रही हो वहाँ? यहाँ पर बैठो। जान-बूझकर अनसुना करते हो तुम लोग। बहाने बनाते हो। मगर नहीं, इस देह में स्पंदन नहीं है। यह प्राणविहीन देह है। यही तो है मृत्यु से साक्षात्कार, जो दिखाई नहीं दी। दबे पाँव आई थी। कल इसी वक्त बात कर रहे थे अस्फुट शब्दों में, न जाने कितने नाम पुकार रहे थे? कौन से दृश्य उनके सामने आ-जा रहे थे...सुबह से पेपर खोलकर रखा था। चश्मा खुला रखा था। ऑक्सीजन की नली निकालकर बात किया करते थे। पेपर पढ़ लिया करते थे। संसार में क्या चल रहा है, यह जानना उनके लिए जरूरी होता था। लगातार हर विषय पर घंटों बोलनेवाले पापा अंतिम समय में बोलने के लिए छटपटाए थे। पता नहीं और क्या-क्या कहना चाहते थे? क्या-क्या बात करना चाहते थे? कितनी बातों का रहस्य, कितनी बातों का दर्द और किन-किन लोगों से मिलने की अधूरी ख्वाहिश की वेदना लेकर चले गए।

वो अंतिम क्षण, जब उसके देखते-देखते आत्मा शरीर को छोड़ रही थी, कुछ क्षण या क्षणों का भी हिस्सा...जब उनकी गरदन कटी शाख की तरह एक तरफ लुढ़क गई थी। क्या यही हैं मेरे पापा? उनकी मृत देह को हल्के-हल्के सहलाते हुए सोच रहा था वह। दूसरों के यहाँ होनेवाली मृत्यु के बारे में सुनकर वह कितने हल्के ढंग से लिया

करता था, बल्कि मजाक बनाया करता था। मगर आज जब स्वयं पर गुजर रही है तो सबकुछ कैसा ठहरा हुआ-सा लग रहा है। जब तक दोनों भाई, ताऊ, चाचा वगैरह नहीं आ जाते हैं, तब तक पापा की देह इसी तरह जमीन पर पड़ी रहेगी। डॉक्टर देख गया है, शव अभी ठीक है। बदबू पैदा नहीं हुई है। लेकिन ज्यादा समय तक नहीं रख पाएँगे। सिकुड़े हुए हाथों को छुआ तो पूरा शरीर झनझना गया। खुली हुई मुट्ठियों में सिवाय रेखाओं के कुछ भी तो नहीं है। कितना लड़ते थे तुम! पापा! क्यों, क्या इसी दिन के लिए। जीवन का शाश्वत सत्य जानते हुए भी क्यों बँधे थे माया के बंधनों में! सबकुछ रखा रह गया न। जिन वस्तुओं पर तुम्हारा आधिपत्य था, उनके लिए सभी ने तुम्हें क्या-क्या नहीं कहा था। तुम्हारे जीवन की नहीं, मौत की कामना ज्यादा बलवती हो गई थी। निरंतर जलने वाले दीपक की लौ में क्या आत्मा का निवास है या बाहर पेड़ पर या कहीं आसपास, कोने में या किसी शरीर में प्रवेश पा लिया।

अब तक चहल-पहल कम हो गई थी। घर में मौत का सन्नाटा गहराता जा रहा था। इधर रात गहरा रही थी। उधर हृदय में कुछ धँसता जा रहा था—भय! शोक! विलाप! बिछोह या अकेलापन या बाप का साया उठने का खालीपन। सारे एहसास अपरिभाषित थे। चींटियों ने सूँघ लिया होगा, सो उनकी कतारें ही कतारें आने लगीं। आसपास आटे की रेखा खींच दी। इत्र छिड़क दिया। अगरबत्ती जला दी। उसकी गंध चारों तरफ महकने लगी, मगर उस महक में भी अजीब सी गंध थी। मृत शरीर की गंध मृत्यु द्वारा छोड़ी गई गंध! बाहर बैठे लोग बातें कर रहे थे अपनी-अपनी बीमारियों की, बच्चों की। किसने क्या-क्या दिया, क्या किया! क्या-क्या भुगत रहे हैं और शेष जीवन को किस तरह भोगने के लिए विवश हैं। ये बड़े-बूढ़े अपने परिवार में एकदम अनुपयोगी हो चुके प्राणी थे। अपने जाने की प्रार्थना तथा मौत की आकांक्षा उनकी बातों में शामिल थी। इस नश्वर शरीर को त्यागने के लिए सृष्टि ने सबकुछ तय कर रखा है, इसलिए यहाँ बैठे-बैठे बूढ़े लोगों को अपने कष्टप्रद दिन शेष नजर आ रहे थे। कुछ लोगों को शाम की चाय पीने की तीव्र इच्छा हो रही थी, मगर चाय पीने में संकोच हो रहा था। कुछ लोगों को तेज भूख लग रही थी, मगर खाने में शर्म आ रही थी। लोग क्या कहेंगे कि मृत देह घर में पड़ी है और तुम खाने के लिए बैठ गए। मगर करें भी तो क्या। पूरी रात जो बितानी है। अंदर कोई कँपकँपाते, विषादयुक्त कंठ से सस्वर गीता का पाठ कर रहा था।

इस थरथराते कंठ से निकले श्लेकों के बीच कभी-कभार हृदय को हिला देनेवाली रोने की तेज आवाज आ जाती थी। फिर कोई समझाता, "शांत हो जाओ। क्या तबीयत खराब करनी है?"

फिर पाठ शुरू हो जाता। यही सिलसिला चल रहा था।

पापा जिस कमरे में लेटते थे, वहाँ का बिस्तर उठा दिया है। बिस्तर, कपड़े, पत्र-पत्रिकाएँ, बहुत सारी पुरानी किताबें, डायरी और भी तमाम चीजें बाँधकर रख दी गई हैं। चूना, सुपारी और पान की डिबिया नीचे पड़ी थी। आते ही पूछते, 'क्यों मेरा चूना लाए? कत्था नहीं लाए? मेरी चीजों की याद क्यों रखोगे? सब अपने-अपने कामों में लगे रहते हो। थोड़ा वक्त दे दिया करो मुझे। जिंदगी पड़ी है कमाने के लिए। इन दीवारों में कैद हो गया हूँ मैं। मुक्त करो मुझे। ले चलो कहीं। अपने जन्मस्थान जाने को मन व्याकुल रहता है···मगर किसी को फुरसत है कहाँ?'

'क्या करोगे वहाँ जाकर? अब कौन है वहाँ आपका?'

'सारा कुटुंब है।'

वे कई जगहों के नाम बताते, पर सारी जगहों पर जाने की यात्रा किसी-न-किसी परेशानी के कारण कैंसिल हो जाती थी और वे हर रोज की तरह पलंग पर बैठे-बैठे दुनिया के बारे में सोचते रहते थे या किसी-न-किसी के साथ उनकी बहस छिड़ी रहती थी।

रिटायरमेंट के बाद उन्होंने अपना सबकुछ प्रिय बेटों के बीच बाँट दिया था, यह सोचकर कि उन्हीं के साथ स्वयं को जोड़कर काम करते रहेंगे। बेटे बाहर का काम देखेंगे, वे अंदर की व्यवस्था सँभाल लेंगे। लेकिन कुछ समय बाद ही उन्होंने महसूस किया कि वे वहाँ कहीं नहीं हैं। उनका काम करने का ढंग किसी को पसंद नहीं आता था, उन जगहों पर वे नहीं जा सकते थे, जो कभी उन्होंने खरीदी थीं। उन चीजों को ये नहीं छू सकते थे, जिनको उन्होंने स्वयं बनाया था। हर बात में तनातनी। हर बात में बहस। बेइंतिहा तनाव। सो एक बार फिर उन्हें अलग होना पड़ा था। शेष जीवन को चलाए रखने की मजबूरी थी। चिंता थी। शरीर स्वस्थ था। दिमाग ताजा और सक्रिय। सोच सकारात्मक थी और जीवन से प्रेम भी था। सो नया काम जमाने की जद्दोजहद में लग गए थे। सबकुछ शुरू से शुरू करना था।

"क्या करना है यह सब करके?"

"फालतू कैसे बैठूँ? वहाँ हमारे मिलने-जुलने वाले जाते तो आपत्ति होती थी। जाति-बिरादरी के काम में लगे तो सब कहने लगे, पापा घर लुटा रहे हैं। आखिर करें क्या? अकेले, दयनीय, दूसरों की दया पर चलें। माँगें उनसे कि जो मेरा है, वही दे दो।" वे दुःख और पछतावे से कलप उठते।

"कुछ नहीं कर पाओगे। आराम से बैठकर पढ़ते-लिखते सुकून की रोटी खाते।"

फिर भी वे लगे रहे थे। कुछ वर्ष सबकुछ ठीक-ठाक चलता रहा था। लेकिन जब शरीर थकने लगा था और काम नहीं सँभाल पा रहे थे तो मँझला बेटा उनके साथ आकर रहने लगा था। उसके आने से फिर घर में कलह शुरू हो गया था। ससुर-बहू के बीच जमकर कहा-सुनी होती थी।

"इसे समझाओ।"

"आप भी क्यों बोलते हो? क्यों हर बात में दखलअंदाजी करते हो! जो कुछ कहना है मुझसे कहो।"

"उससे कहो कि मुझसे तमीज से बात किया करें मैं उसके पति की तरह उसका गुलाम नहीं हूँ। डरता नहीं हूँ। बुढ़ापा है, अन्यथा⋯।"

"अन्यथा क्या करते?"

बेटे का ताव देखकर वे खामोश हो जाते। उनकी नसें तड़कने लगतीं। खून खौलने लगता। इतना अपमान। वह ताकत अब शरीर में नहीं रही थी, जिसके बल पर वे दहाड़ा करते थे। मन-ही-मन गहरी वेदना में डूब जाते। उदास हो जाते। मन फड़फड़ा उठता, ऐसे बच्चे निकलेंगे सोचा न था।

जब उनकी तबीयत ज्यादा खराब हो जाती तो रात-रात भर कराहते। जागते। तड़पते। साँस खींचने के लिए संघर्ष करते। सारा घर दहल जाता। बेटा अर्धनिद्रा में बैठा पीठ थपथपाता। सिर की मालिश करता। फिर भी उनकी शिकायतों का पुलिंदा कम न होता था।

"बैठे-बैठे चैन नहीं पड़ता आपको। क्या चाहिए आखिर? क्यों चैन नहीं लेने देते हो? मार दूँ उसे? भगा दूँ या मैं चला जाऊँ? रात-दिन कलह। रात-दिन शिकायतें।" बेटा चिल्लाता।

"मैं मर जाऊँगा, तब शांति से रहना। क्या करते हो सिवा अपने कामों के?"

"तो क्या आपकी वजह से काम छोड़ दूँ। चार साल से सिवा आपकी सेवा के किया ही क्या?"

"वाह बेटे, यह भी बता दो कि चार साल में कितनी रोटियाँ खिलाई हैं।"

बेटा झुंझलाकर बाल नोचने लगता, "मैं बाहर नहीं जाऊँगा तो बच्चों को क्या खिलाऊँगा? आप तो देते नहीं एक पैसा निकालकर। क्या साथ में लेकर जाओगे?"

"और क्या लेना चाहते हो? सबकुछ तो दे दिया था। जो है, वह भी दे दें, ताकि मेरे मरने पर अंतिम-क्रिया के लिए पैसा तक न बचे। तुम लोगों का क्या भरोसा, उसी समय लड़ने बैठ जाओ या हिसाब करने लगो कि कौन लकड़ियाँ लाएगा, कौन बाँस। बस इतना ही पैसा है मेरे पास कि मेरी अंतिम-क्रिया आराम से हो जाएगी।"

"और ये मकान⋯इनका क्या करोगे?"

"मेरे जीते-जी नहीं बिकेंगे।"

"कौन बकवास करे आपके साथ। रखे रहो। सिर पर लादकर ले जाना। इस उम्र में आदमी भजन-पूजन करता है। शांति से बैठता है और ये देखो तो कान लगाए बैठे रहते हैं। न जाने क्या चाहते हैं?" बेटा भुनभुनाता हुआ बाहर निकल जाता।

वास्तव में क्या चाहिए था उन्हें? भरा-पूरा परिवार था। कमानेवाले पुत्र। अपने परिवार में सुखी जीवन बिताने वाली पुत्रियाँ। नाती-पोते। फिर भी कहीं कोई अभाव था। अभीप्साएँ थीं, जो उन्हें बेचैन रखती थीं। ऊपर से तो सबकुछ परिपूर्ण भरा-पूरा दिखाई देता था, पर अंदर से कोई सुरंग थी। जीवन के अंतिम छोर पर बहुत सारी स्मृतियों के साथ रिश्ते जुड़े थे। वे अनदेखे रिश्ते थे। वे जाने-पहचाने चेहरे उन्हें पुकारते थे। खींचते थे।

अपने मन की इस दबी-छुपी चाह को, वेदना को बताते हुए डरते भी थे। सकुचाते थे।

खाट पर पड़ा मरणासन्न इनसान असमर्थ था। फिर भी बड़े बेटे से उनका मन मिला हुआ था। दुनिया-जहान की बातें, शिकायतें, इच्छाएँ वे उसी के साथ बाँटते थे। सो इस प्रसंग को भी बताने के लिए छटपटा रहे थे। मन के किसी कोने में उसको लेकर विश्वास की डोर बँधी थी।

"मेरा एक काम करोगे?" जैसे ही वह बात शुरू करते, पत्नी आकर बैठ जाती।

"तुम अपना काम करो। हम अकेले में कुछ बात करना चाहते हैं।"

पत्नी आशंका से देखती। कोई कागज तो नहीं है। वसीयत तो नहीं लिखी जा रही है। किसी प्रकार की लिखा-पढ़ी तो नहीं की जा रही है। वरना मेरे पास क्या रहेगा जीवन बिताने के लिए? इनका क्या, ये तो तब चले या अब चले। बिना पैसे के कौन पूछेगा?

"पप्पू, क्या तुम मुझे ले जा सकते हो?"

"कहाँ? कैसे? मैं तो ले चलूँ, पर आपकी हालत...।"

"एक बार मैं उससे मिलना चाहता हूँ। भरोसा दिलाना चाहता हूँ। ऐसा न हो कि अंतिम समय में वह सड़क पर अकेले में मरी पड़ी रहे। कोई कंधा देनेवाला न हो। उसको देखे हुए कितने साल हो गए।" वे उँगलियों पर गिनने लगे, "...एक...दो...तीन...जब से बिस्तर पर हूँ। आने-जाने में अशक्त हो गया। चिट्ठी भी तो नहीं लिख सकता।"

"पापा, तुम भी क्या बुढ़ापे में ये सब झमेले पालकर बैठे हो? माँ को पता चलेगा तो। इतने वर्षों से सेवा तो वही कर रही हैं। चालीस साल से जो तुम्हारे साथ है उसके न हो सके तुम, फिर जीवन के आखिरी समय में अपनी बेइज्जती करवाना चाहते हो। धोखेबाज माने जाओगे। सब गालियाँ देंगे। थूकेंगे।" बेटा तैश में आकर बोला।

"पहले मेरी बात पूरी तरह से सुनो। वो (यानी पत्नी) तो कब से मेरे मरने की राह देख रही है। क्या-क्या नहीं सुनाती, इसलिए उसकी परवाह नहीं। रही तुम्हारी बात, तो तुम्हारे पास वक्त है अपने बाप के लिए? वकालत मत करो कि मैं किसका पति हूँ? किसका बाप हूँ? सिर्फ मुझे देखो, मुझे। एक आदमी को। नैतिकता के पाठ मत पढ़ाओ मुझे। मेरे पास वक्त नहीं है। उसकी जिंदगी का कुछ-न-कुछ इंतजाम तो मुझे करना ही

होगा।" वे एकाएक उत्तेजित हो उठे। साँस फूलने लगी। सीना पकड़कर निढाल से बैठ गए। लगा अंतिम क्षण रह गए हैं।

"हाँ, बोलो।" उसका दिल धड़कने लगा। पता नहीं कौन सा रहस्य खोलनेवाले हैं। पानी लाने के बहाने अंदर गया, यह देखने के लिए कि कहीं माँ तो दरवाजे के पास नहीं खड़ी है।

"किवाड़ अड़का दो।" उन्होंने संकेत किया। फिर सिरहाने से कॉपी निकालकर बोले, "ये जो कविताएँ लिखता रहा हूँ, उनमें छुपे भावों को समझा है। वह भाव, वह वेदना किसने दी ? कहाँ से आई ? उसने। उसने दिया था, जीवन जीने का सहारा। आशा का आलोक। जब से नौकरी में यहाँ-वहाँ मारा-मारा फिरता था, तब मेरे मकानों की रखवाली किसने की, उसने। मैं एक-एक पैसा जोड़कर लाता था। उसके पास रख देता था। जानते हो किसलिए... मकान बनवाने के लिए। मैं काम लगवाकर चला जाता था और वह देखती थी। जैसे चिड़िया अपना घोंसला बनाती है, वैसे ही हम दोनों ने मिलकर बनाया था उन मकानों को। उससे वादा किया था कि जिंदगी के आखिरी समय में यहीं आकर रहूँगा, उन्हीं मकानों में। मगर तुम लोगों की वजह से यहाँ-वहाँ रहना पड़ा, लौटकर जा ही नहीं सका।" वे रुके। जोर-जोर से साँसें खींचीं। थोड़ा सा विश्राम किया... मौन रहकर।

उसके मन में कौतूहल जाग उठा आगे की बात सुनने के लिए, सो बीच में टोका नहीं। कहानी अविराम जारी रही... "बचपन में ही, छोटी उम्र में ही विधवा हो गई थी वह। कुछ समय तो माँ-बाप के साथ रही। फिर भाई के पास। सीधी-सादी औरत। भाई महामक्कार। भौजाई दुष्ट। माँ-बाप भाग्य को कोसकर गालियाँ देते और भौजाई नौकरानी की तरह काम करवाती। अपने घर में पीछे से सबकुछ दिखाई देता था। सुनाई देता था। एक-एक दिन की पीड़ा को देखता था मैं। उस पर हो रहे अत्याचारों को देखकर... मेरा मन घबराता था। क्षोभ से भर जाता था। एक-दो बार उन लोगों को डाँटा, समझाया, मगर होना क्या था ?"

वे फिर चुप हो गए। खाँसी का दौरा शुरू हो गया था। साँस फिर तेज चलने लगी थी। उनकी सारी ऊर्जा खत्म हो जाती थी इस तरह के दौरा पड़ने से! एकदम पस्त हो गए। वह पीठ थपथपाने लगा। सिर की मालिश करने लगा। मन उनकी बातों में अटका हुआ था, सो जिज्ञासा का भाव मन को अधीर कर उठा।

"फिर क्या हुआ ?" सो पूछ ही लिया।

"भाई पुलिस में भर्ती हो गया था। उसके जाने के बाद स्थिति और भी बदतर हो गई। जवान विधवा स्त्री को अकेला जानकर कई मनचले लोग आसपास मँडराते। उसे छेड़ते। संदेश भिजवाते। परेशान करते। उसका रूप और यौवन ऐसा कि आँखें चौंधिया

जाएँ। एक ब्राह्मण विधवा स्त्री की इज्जत का सवाल था और ये मेरे खून और संस्कारों में नहीं था कि कायरों की तरह उसे यों ही जलील होता देखूँ या कोई बहला-फुसलाकर सौदा करके उसे कोठे पर ले जाकर बैठा दे या धर्म के ठेकेदार धर्म के नाम पर उसे संन्यासिनी या योगिनी बनाकर उसका शोषण करें, सो एक दिन तलवार ले जाकर चिल्लाया—"सालो, हाथ-पाँव काटकर फेंक दूँगा। अगर दिखे तो।" बूढ़े माँ-बाप की परवरिश करने के लिए मैंने एक सिलाई की मशीन खरीदकर दी। बेचारी रूपा···पूरा जीवन एकाकी और योगिनी-सा बीता। इन कविताओं में उसके जीवन के कितने ही रूप मिलेंगे।"

"आप तो कवि बन गए।" उसने मजाक किया, "मैं तो सोच भी नहीं सकता था कि आप इतने बड़े छुपे रुस्तम होंगे। इस बुढ़ापे की मट्टीपलीत करवा के मानोगे।"

"मजाक बनाते हो मेरा ? तुमने देखा क्या है जीवन में ?"

तभी बाहर से किसी ने दरवाजा खटखटाया तो वे चुप हो गए। "कहना मत।" इशारे से कहा उन्होंने।

"क्या बातें होती रहती हैं तुम दोनों की ?" पत्नी ने शंका भरी निगाहें चारों तरफ दौड़ाईं।

"पुरानी बातें। पुराने संगी-साथियों से जुड़े किस्से कहकर मन बहला रहे थे।"

"हाँ, अब तो तुम्हें अपने ही लोग याद आएँगे। हम तो सदा ही पराए रहे। अपने खानदान वालों की बातें करोगे तो छुपकर ही करोगे।" पत्नी ने फिर व्यंग्य करते हुए कहा।

"तुम्हें तो नफरत है उन लोगों से।" वे तल्ख हो उठे।

"तो तुम मुझे ले चलोगे ?"

"कहाँ ?" पत्नी फिर बीच में ही चौंककर बोली।

"सोचता हूँ पापा···को उनके खानदान से मिलवा लाऊँ।"

"बस एक बार बेटा। तुम नहीं समझोगे शायद, लेकिन मेरी बात तो माननी ही पड़ेगी।" उन्होंने अपनी बात समाप्त कर दी और अनमने से लेट गए।

दूसरे दिन जब वह पहुँचा तो वे हाँफते हुए बैठे थे। दौरा पड़ा था सुबह। दवाइयों का असर कम ही होता था।

"क्या सोचा ?" मुश्किल से शब्द निकल सके।

"इस हालत में जा सकोगे ? साँस तो ले नहीं पा रहे हो। कुछ हो गया तो ?" वह चिंतित होकर बोला।

"मुझे उससे मिलकर कुछ कहना है। ज्यादा वक्त नहीं बचा है। कई बार तो लगता है, सोते हुए ही प्राण न निकल जाएँ।"

"यहीं बुला लेते हैं।"

"किस बहाने। यहाँ नहीं। ये लोग मेरे सामने ही उसे निकाल देंगे।"

"तो मेरे घर। मेरे घर कुछ दिन रहने के बहाने चलो।"

वे गहरी चिंता में डूब गए। देर रात तक मौन हाँफते रहे। कोई गहरा अवसाद और चिंता उनके मन को मथे जा रही थी।

"यह (पत्नी) भी तो जाएगी वहाँ, जबकि हम अकेले में बात करना चाहते हैं। सुख-दुःख की बातें। भविष्य की बातें करना चाहते हैं।" वे बच्चे की तरह किलक उठे।

"पापा, यह सब···।" कहते-कहते रुक गया वह। कल ही तो डॉक्टर ने बताया था कि वे ज्यादा दिनों तक नहीं रहेंगे। मुश्किल से एक महीना। ऑक्सीजन सिलेंडर घर में रखो। जब जरूरत हो तब लगा दिया करो। लेकिन यह भी कब तक? एक समय के बाद शरीर सबकुछ छोड़ देता है। प्रकृति अपना काम करती है। ईश्वर के बनाए विधान में कितना हस्तक्षेप कर सकते हैं हम। ज्यादा दवाएँ, ज्यादा ऑक्सीजन···मतलब उन्हें कष्ट ही देना है।

"तुम लोग मेरे पीछे पड़े रहते थे कि मैं वहाँ के मकान नहीं बेचता। पैसा नहीं देता। सबकुछ छुपाकर रखता हूँ। छाती पर रखकर ले जाऊँगा। कंजूस हूँ। स्वार्थी हूँ। ऐसा नहीं है बेटा!" वे बहुत ही कोमल स्वर में बोले जा रहे थे। उनकी आँखें नम हो गई थीं।

"उन मकानों की कीमत तो मिल जाएगी। यहाँ तुम नया मकान ले लोगे। पैसा जमा कर लोगे। इन्होंने अपनी सुरक्षा के लिए अपना हिस्सा पहले ही लिखवा लिया, पर सोचो, उसका क्या होगा? वह कहाँ जाएगी? इतनी बड़ी दुनिया में कोई नहीं है उसका?"

"क्या बात चल रही है मकानों की? वे मकान तो फसाद की जड़ हो गए हैं। मनहूस हैं। पता नहीं ऐसा क्या मोह है कि बेचने ही नहीं देते। किरायेदार हजम कर लेंगे, तब मानोगे।"

पत्नी ने मकान का नाम सुनते ही बड़बड़ाना शुरू कर दिया, "हजारों रुपए किराए में चले गए, मगर इनका दिल नहीं पिघला।"

"तुम क्यों पीछे पड़ी हो? उनकी इच्छा नहीं है तब?" वह झुंझलाकर बोला।

"अपनी ही चीज अपनी नहीं रहेगी, तब क्या कर लोगे?"

"कौन ले लेगा?"

"तुम जाओ यहाँ से। उठो।" उनका चेहरा गुस्से से विकराल हो उठा। उसे लगा, कहीं विवाद इतना न बढ़ जाए कि पापा सहन न कर सकें।

"इन माँ-बेटों को मकान और पैसों के अलावा कुछ नहीं सूझता। इनकी एक ही जिद है कि किसी तरह मकान बिके। रात-दिन ताने मारते हैं। टॉर्चर करते हैं, टॉर्चर···।" वे चिल्लाकर बोले।

वह बड़बड़ाती हुई माँ को अंदर ले गया। समझाने की कोशिश करने लगा, "अभी

कुछ मत बोलो। देखती नहीं उनकी हालत। बहुत कम दिनों के मेहमान हैं।" कहते-कहते वह द्रवित हो उठा।

घर में तनाव छा गया। वे भी शांत होकर पड़े थे। बिना मज्जा का शरीर···चारपाई से चिपका हुआ हल्के-हल्के काँप रहा था।

आधी रात का समय। अब वे कुछ···कुछ बोलने की स्थिति में आ गए।

"बैठो, क्या कह रहा था मैं?" उन्होंने अधूरी छोड़ी बात को पुनः कहना आरंभ किया—

"जब वो यहाँ आकर रहने लगी तो लोग मेरे ऊपर शक करने लगे। यह भी पता करवाती रहती थी। पर वो कोई सामान्य संबंध नहीं था, जो दुनिया के चोट पहुँचाने या डराने-धमकाने या बदनाम करने से टूट जाता। वो शरीर से परे था। इस संसार के नियम-कायदों से अलग। उसमें भावना थी। विश्वास की किरणें थीं। बात सिर्फ औरत-आदमी के संबंधों की नहीं थी। बात थी—एक बेसहारा औरत की अस्मिता और जीवन-रक्षा की। उसकी सुरक्षा और जिम्मेदारी की। जिम्मेदारी भी ऐसी, जिसमें कोई स्वार्थ न था।" वह अवाक् सा उनका मुँह देखे जा रहा था।

"तुम सोचो। हमें ले जाने का उपाय करो।" वे आदेशात्मक लहजे में बोले।

"बड़ी गाड़ी का इंतजाम करना होगा।"

"हाँ, यह ठीक रहेगा।"

"आपने इतने वर्षों में तो कभी कुछ नहीं बताया। अब मिलने-मिलाने का जुनून सवार हो गया···।"

"चार-पाँच साल से मन-ही-मन सोचता आ रहा था। गुनता था। उतनी याद न आती थी। अपने जीने की आशा थी कि चार-छह साल जिएँगे ही, मगर अपने हाथ में सबकुछ थोड़े न होता है। जैसे-जैसे जीवन कम होता जा रहा है, तकलीफें बढ़ती जा रही हैं, वैसे-वैसे उसकी तरफ मन दौड़ता है। उसकी चिंता सताने लगी है। यहाँ तो तुम सब हो। घर-मकान है। सुख-सुविधाएँ हैं। दवा है। डॉक्टर है। उसके पास तो कुछ भी नहीं है। बीमार होगी तब भी नहीं कहेगी। भूखी मरेगी तब भी नहीं माँगेगी। वहाँ से निकाल दोगे तो फुटपाथ पर पड़ी भीख माँगेगी या किसी का जूठन साफ करेगी। मेरे जीवन भर के प्रयासों पर पानी फिर जाएगा। ऐसी दुर्दशा करनी होती तो इतना क्यों करता!"

"मैं यहाँ रख लूँ अपने पास? आप दो लाइनें लिख दो। बुलवा लेता हूँ।" कहने को तो कह गया, लेकिन अंदर से उसका मन इस बात के लिए जरा भी तैयार न था। माँ के सामने एक ऐसे जीते-जागते हिस्से को लाकर रख देना, जिसे वह कभी स्वीकार नहीं करेगी। और क्या पता पति-पत्नी के बीच जो इतनी नफरत है, कड़वाहट है, उसका कारण कहीं यही तो नहीं है।

"कुछ समय के लिए पापा को मैं अपने साथ रखना चाहता हूँ।"

"क्यों?"

"मैं चाहता हूँ कि उनके पास चौबीसों घंटे रहूँ। उनकी सेवा करूँ। उनकी बातें करूँ। इन दिनों वे अपने बीते दिनों तथा लोगों को बहुत याद करते हैं।"

"यहीं आकर रहने लगो। वहाँ कौन देखभाल करेगा? तुम दोनों के ऑफिस जाने पर अकेले पड़े रहेंगे। नौकर का क्या भरोसा?"

"जाने मत देना। इनका भरोसा नहीं। उनसे कहो कि उनका जाना असंभव है। अकेले में बच्चों या भाभी के प्रभाव में आकर मकान न लिख दें। ऐसी कौन सी बातें हैं, जो घंटों कमरा बंद करके आपस में करते हैं।" मँझला लड़का माँ को समझाने लगा।

शाम को पत्नी आकर बैठ गई। प्यार जताते हुए बोली, "वहाँ परेशान हो जाओगे। दोनों ऑफिस चले जाते हैं। नौकर रहता है। मैं यहाँ बच्चों को नहीं छोड़ सकती वरना···।"

"मैं तो जाऊँगा। उसके पास भी रहना चाहिए। वो मुझे ले जा रहा है?"

"ऐसी हालत में?"

"एक बार सबको देखने की दिली तमन्ना है।"

"यहीं बुला लेते हैं सबको।"

"आदमी तो आ जाएँगे, पर मेरे मकान? मेरे पुरखों की धरोहर। वे जगहें।"

"वहाँ जाते-जाते कुछ हो गया तो?"

"कुछ नहीं होगा। हो भी गया तो धन्य भाग्य, जो अपनी जन्मभूमि पर जाकर मरूँगा।"

जाने की जिद्द सवार थी उन पर। वह क्या करता? एक तरफ जीवन की आशा छोड़ते, देह त्यागते पिता की प्रबल इच्छा का आग्रह तो दूसरी तरफ परिवार के दबाव। माँ का विश्वास।

'उनको ले आऊँ।" वह सोचता, हो सकता है कि पापा ने जाने का विचार त्याग दिया हो। लेकिन हड़बड़ा भी जाता, क्या पता कब साँस टूट जाए। कहीं ऐसा न हो कि मैं उधर जाऊँ, ये इधर चल दें। जब उनकी नींद खुली तो रात के ग्यारह बज रहे थे। खाने का निश्चित नहीं था। नमक बंद था। थोड़े से बिस्कुट या फल खा लेते थे। पत्नी तथा अन्य सदस्य पिक्चर देख रहे थे और वह उनके करीब बैठा था।

"गए नहीं! यहीं रुकोगे क्या? बोलकर तो आए। मन घबराता है। प्राण अटके पड़े हैं।"

"मैं हूँ न।" नसों से भरे हाथों को सहलाते हुए बोला वह।

"तुम्हारे अलावा एक वही थी जो मुझे समझती थी। मेरे संघर्ष को। मेरी तकलीफों

को। कभी ताना नहीं मारा कि मेरे जीवन का फैसला करनेवाले तुम कौन होते हो? कभी कुछ नहीं चाहा। जो दिया उसी में खुश। उसके चेहरे की लुनाई, सौम्यता अनोखी थी। बाल इतने लंबे कि पर किस्मत···।" वे अत्यधिक भावुक होकर सुना रहे थे, जैसे कोई अंतरंग मित्र अपने मित्र को प्रेम कहानी सुनाता है।

"उसकी जिंदगी को बचाने का, उम्र भर इज्जत के साथ रखने का वचन लिया था मैंने। जब तक वह जिंदा है, तब तक मकान मत बेचना। न उसको वहाँ से निकालना। ये लोग उस पर केस दायर करने की धमकी दे रहे थे।" वे याचना सी करने लगे।

"हाँ पापा! ऐसा ही करूँगा।"

"बस एक बार तुम्हारे सामने उसको भरोसा दिलाना चाहता हूँ।"

वह दु:खी हो उठा। कैसी अजीब स्थिति बल्कि धर्म-संकट आ खड़ा हुआ है।

"अभी सपने में दिखी थी। वही वर्षों पुराना चेहरा। जब मैं जाता था और वो सामने आकर खड़ी हो जाती थी। खयालों से जाती ही नहीं है, बुला रही है या तकलीफ में है।"

वे उद्विग्न हो उठे। बस चलता तो उठकर चले जाते।

सबकुछ गुपचुप चल रहा था। फिर भी इन वार्त्ताओं तथा मंत्रणाओं का असर घर के वातावरण में घुल गया था। सब संशय में डूबे थे। नाराज थे। पत्नी अपमान और गुस्से से भरी थी कि ऐसी कौन सी बात है, जिसकी वह हिस्सेदार नहीं है।

उस दिन उनकी तबीयत कुछ ठीक थी। इसलिए उनको ले जाने की व्यवस्था की गई। वे बेहद खुश थे। आत्मविभोर थे। नए कपड़े पहने थे। नई चप्पलें। शेव बनवा ली थी। पूरा बदन पुछवाया था। बालों में तेल लगवाया था। सबको ताज्जुब हो रहा था कि वे किसी को भी साथ क्यों नहीं ले जा रहे हैं? जरूर बाप-बेटे की कोई साजिश है। कहीं कोर्ट या वकील के पास तो नहीं जा रहे हैं। अन्यथा ऐसी क्या बात हो सकती है, जिसमें कोई तीसरा शामिल नहीं हो सकता। लेकिन आधे रास्ते से लौटना पड़ा। रास्ते में ही उनकी तबीयत बहुत ज्यादा बिगड़ गई थी। एडमिट नहीं होना चाहते थे। हॉस्पिटल मत ले जाना। जिद पकड़े रहे। उससे नहीं मिल पाऊँगा। उसका कोई नहीं है···शब्द जैसे नि:सृत हो रहे थे उनकी जुबान से।

घर में ही डॉक्टर आए। ऑक्सीजन फिर लगा दी। बीच-बीच में ऑक्सीजन हटाकर कुछ बोलते, वह भी टुकड़ों में—

"मुझे जाना है···उसको देखना है···मेरा घर···देखो···बाहर कोई खड़ा है···।" उसके हाथ-पाँव काँपने लगे। पापा सेमीकोमा में चले गए। क्या करूँ मैं? उन्हें किससे कहकर बुलवाऊँ?

यह ऐसी बात थी, जो किसी को भी नहीं बताई जा सकती थी। वहाँ ऐसा कोई व्यक्ति था ही नहीं, जिसे भेजकर रूपा को बुलाया जा सके। यह आशा टूटने का सदमा

था या शरीर की थकान या अवसान की वेला। संध्या वेला में अंततः वे संसार की यात्रा से अंतिम विदा ले चुके थे।

बैठे-बैठे रात कब बीत गई, उन्हें देखते हुए पता ही नहीं चला।

"पापा!" उसके हृदय से हूक-सी उठी, बुढ़ापे को ही लोग क्यों याद करते हैं? इसलिए कि वह अभी-अभी होकर गुजरा है, जबकि जवानी का वह समय जब आपने रात-दिन मेहनत की थी। कठोर श्रम किया था। अपनी फरमाइशें पूरी करने के लिए कितनी मेहनत करनी पड़ती है। कैसे चुन-चुनकर अपने सपनों को साकार किया था, दुर्भाग्य कि किसी ने याद नहीं किया उन बातों को। सबने हिसाब-किताब पूरे कर लिये आपके साथ। आपको ही घोषित कर रखा था—लालची! स्वार्थी! कठोर!"

"उठो बेटा! हाथ-मुँह धो लो। बीमार पड़ जाओगे। तुम्हीं को सबकुछ करना है।" ताऊजी पास आकर बैठ गए। लेकिन नहीं, वह एक पल के लिए भी नहीं उठना चाहता था। जब तक पापा का शरीर है, तब तक पवित्र रहना ही चाहिए। रात से लेकर अब तक कितनी बार इत्र छिड़का। अगरबत्तियाँ जलाता रहा। उसने वहाँ के कुछ पुराने परिचितों को खबर करवा दी थी। हो सकता है कि रूपा को पता चल जाए। वह आ जाए। उसके आने पर किसी प्रकार का तमाशा खड़ा न हो जाए, इस बात की चिंता भी उसे थी। माँ को कौन समझाएगा? पर उसकी अंतरात्मा एक ही बात को मान रही थी कि इस समय कोई किसी का बेटा नहीं है, सिर्फ दो हृदय हैं। दो मन। दो आत्माएँ, जो कि एक-दूसरे के लिए जीती रहीं।

और यह क्या, दोपहर होते ही अंतिम-क्रिया की तैयारी शुरू हो गई। बाँस से अरथी बनाई जा रही है।...पंडित निरंतर मंत्रोच्चार के बीच विधि-विधान से क्रियाएँ करवा रहा है। स्नान के बाद नए वस्त्र पहनाए। चंदन का टीका लगाया। फूल-मालाएँ पहनाईं, लेकिन वह हर काम को धीमी गति से कर रहा है।

"थोड़ा और नहीं रुक सकते?"

"किसका इंतजार करना है? लाश सड़ जाएगी।"

"उनके दोस्त और...।"

"रिश्तेदार तो आ गए न। बस अब और नहीं रुक सकते। शव का रंग बदलने लगा है।"

उसका मन-मस्तिष्क सुन्न-सा हो गया। प्रतिक्रियाविहीन। आवाज होंठों के भीतर फड़फड़ाती सी।

अब शव को अरथी पर रखा जा रहा था।

दूर खड़ी गाड़ी तक कंधा देकर ले जाना था। पूरे वातावरण में मंत्रोच्चार और लोगों की सिसकियाँ सुनाई दे रही थीं। छोटे से मटके में प्रज्वलित अग्नि से उठता हुआ

धुआँ एक बारीक रेखा बनकर आकाश में अदृश्य होता जा रहा था। शून्य में फिर एक चेहरा आकर झिलमिलाने लगा···श्वेत केश राशि, गोरा झुर्रियोवाला चेहरा। माथे पर उदासी की लकीरें खिंची हैं, आँखों में वीरागनी का भाव···रूपा!

श्मशान घाट पर लोगों के बीच वह एकदम तटस्थ भाव से जुट गया। एक लकड़ी, दो लकड़ी फिर लकड़ियों के बीच पापा की निर्जीव देह ढक गई। परिक्रमाएँ··· मुखाग्नि··फिर चटकती हुई लकड़ियाँ के बीच अग्नि में समाते पापा!

आह! कब से रुका बाँध किनारों को तोड़ने लगा। लोगों ने आकर उसे थाम लिया—"नहीं, बहुत हिम्मत दिखाई तुमने। जाने का समय आया तो चले गए। मृत्यु पर किसी का वश नहीं होता है। कितने कष्ट थे। उन कष्टों के बीच जीने से अच्छा यह मुक्ति है। भरा-पूरा जीवन जीकर गए हैं। कोई इच्छा शेष न थी। इस देह का क्या··· पंचभूतों में विलीन होना, यही उसकी नियति है।" सांत्वना के शब्द उसके आँसुओं को सुखा देते हैं। मगर मन को कोई बहुत तेजी से झकझोर रहा है। पुकार रहा है। खींच रहा है।

चिता की लपटें जब शांत हुई तो सूर्यास्त हो चुका था। लोग जा चुके थे। सिर्फ परिवार के लोग बचे थे। बाहर से आए लोग रात में ही निकल जाना चाहते थे, ताकि ऑफिस या अपनी ड्यूटी ज्वॉइन कर सकें। घर के बाहर दूर तक झाड़ू लगा दी गई थी। और घर को खूब अच्छे से धो दिया गया था। उनके रहते इतना बड़ा कमरा कितना छोटा लगता था।

सारा सामान एक कोने में बिखरा पड़ा था कचरे के पास।

"ये किसने फेंका?" एकाएक वह इतनी जोर से चिल्लाया कि सारे लोग भागकर आ गए।

"क्या हुआ?"

"इतनी जल्दी पड़ी थी सामान फेंकने की।"

"सब फालतू सामान है।"

"फालतू! वर्षों से रखी उनकी कॉपी, डायरी, अखबार, किताबें खोलकर देखी किसी ने? बस तुम सबको तो उनकी पेटी से मतलब है। पेटी फेंकी तुमने?" उसके मुँह से ऐसे कड़वे शब्द सुनकर सब हतप्रभ रह गए।

"कुछ मत बोलो। होश में नहीं है। दो-तीन दिन से पूरी-पूरी रात जागता रहा।" किसी ने समझाया।

वह वहीं पालथी मारकर बैठ गया। एक-एक सामान बीनने लगा। सहेजकर रखने लगा। इसमें उनका नितांत व्यक्तिगत संसार बिखरा पड़ा था। छुपा था बस एक ऐसा रहस्य, जिसके बारे में सिर्फ वही जानता था। सभी लोग नहा-धोकर चाय पी रहे थे या

खाने के लिए बैठ गए। उनको खाते देखकर ऐसा लग रहा था, जैसे वर्षों से भूखे हों।

"दाल अच्छी बनी है।" कोई कह रहा था।

"सब्जी नहीं बना सकती थी, तो चटनी बना लेती।" कोई दूसरा कह रहा था।

उसने कान बंद कर लिये और आँखों को पोंछने लगा।

सुबह उठकर अस्थियाँ चुनकर नर्मदाजी में विसर्जित करनी हैं। फिर इलाहबाद जाना होगा। तेरहवीं कैसी करनी है? कौन-कौन आया था? किस-किस को बुलाना है, आदि बातों पर चर्चा चल रही थी। लेकिन वह उनकी तसवीर के सामने उन सबसे अलग मौन बैठा था। सब लोग एकाएक चुप हो गए कि उसे बुरा लग रहा होगा। मनुष्य को तसवीर बनने में कितना-सा वक्त लगता है। मनुष्य के जीवन की यही परिणति है शायद? उसका मन विचलन से भर उठा। जाकर उनके कमरे में जा बैठा। एकदम खाली सपाट कमरा। सारी चीजें निकाल दी गई थीं। एक शून्य-सा फैला था। बचपन की एक-एक याद आने लगी। एक तीखा अपराध-बोध मन को रुलाने लगा। मैं उनकी इच्छा पूरी न कर सका। वे छटपटा रहे थे। तड़प रहे थे। और मैं प्रश्नों-प्रतिप्रश्नों में उलझा हुआ था। कितनी तुच्छ थी हमारी इच्छाएँ कि हर वक्त मकानों को लेकर लड़ते रहे। उन्हें कोसते रहे। उन्हें गलत समझते रहे। बेचने के लिए मजबूर करते रहे। उसे क्या पता था कि वहाँ उनकी आत्मा है। मन अटका पड़ा है, जीवन-ज्योति है, जीवन का एक ऐसा अंश, जो सजीव है। सोचते-सोचते झपकी-सी लग गई या शोक में डूब गया था, तभी लगा कि कोई दरवाजे के बाहर खड़ा है। एक दुबली-पतली बूढ़ी काया, झुकी हुई। गोया कि शोक का भार न सह पा रही हो। वह तुरंत उठकर गया।

"कौन है?"

"मैं हूँ भइया। यही घर है महाराज का?"

"हाँ!" वह सिहर गया। न जाने क्या घटित होनेवाला है।

"ये रूपा मौसी हैं, भइया।" साथ वाले लड़के ने कहा।

"रूपा!" वह आश्चर्य से देख रहा था। पीछे मुड़कर देखा घरवाले कहाँ हैं? किसी ने सुना तो नहीं।

"आज जैसे ही खबर लगी साँझ को, वैसे ही चले आए।" वो पतली छायाकृति अब ठीक उसके सामने खड़ी थी। सीधे पल्लू की साड़ी। सिर पूरा ढका हुआ। गोरा रंग अब भी क्रिस्टल की तरह चमक रहा था। गालों की जगह मोटी-मोटी झुर्रियाँ जैसे खूबसूरती के साथ चटाई को बुना गया हो।

"अंदर चली जाओ।"

वे अंदर सकुचाती-सी आ बैठीं। तसवीर के ठीक सामने बैठी वह पापा को देखे जा रही थीं, जैसे मौन संवाद चल रहा हो। पूरे घर में सघन नीरवता छाई थी। रातभर से

जागे लोग थककर यहाँ-वहाँ जमीन पर लुढ़के पड़े थे। उस नीरव कमरे में दीपक की लौ ही साथ दे रही थी। अकंप लौ जैसे दिग्-दिगंत की हलचलों को थामे हुए हो। पापा की आँखें जो तसवीर में से भी रूपा को एकटक देखे जा रही हो।

उसने गौर ने देखा, झुर्रियों के आवृत्त से झाँकती आँखें, जो कभी बहुत सुंदर और भावप्रवण रही होंगी।

"ये कैसे आ गई ?" भाई ने घृणा से कहा।

"आखिर है तो किराएदार।" वह उनको लेकर सतर्क हो गया। अतिरिक्त सफाई देने लगा।

"अब आ गई ढोंग करने। इतने वर्षों से कब्जा किए बैठी है। बड़ी दया दिखाते थे वे इस पर। इसी की वजह से मकान नहीं बेचे मकान!"

वह चुप रहा। वे जहाँ बैठी थीं, वहीं जाकर बैठ गया।

इस स्त्री के हृदय में क्या चल रहा है, महसूस कर सकता था वह। पापा ने कहा था, वह नितांत अकेली है। दूसरे मकानों से जो किराया आता था, उसी से गुजर-बसर होती थी। अब कौन उनको पैसा देगा, जबकि किराया न देने के लिए यहाँ से ताकीद की जाएगी।

"अंतिम दर्शन न हो सके।" वे बुदबुदाईं।

"वो तो आना चाहते थे।" उसने चारों तरफ देखकर धीमी आवाज में कहा।

"चले गए।" वे फिर बुदबुदाई। उसने उनका हाथ थाम लिया। नरम छोटा सा गुदगुदा हाथ। बेशब्द सांत्वना दी।

"ईश्वर!" वेदना से भरी आह निकली उनके मुँह से।

उन्होंने साड़ी के पल्लू में से चाबियों का गुच्छा निकाला और उसके हाथ में रख दिया।

"मकान की चाबी है।"

"आप कहाँ जाओगी ?"

"कहीं भी···" कैसे तो निर्विकार भाव से बोलीं वे।

"आप वहीं जाकर रहो। उसी मकान में। आपको रखना मेरी जिम्मेदारी है। पापा ने कहा था।"

उन्होंने साड़ी का पल्लू ऊपर खिसकाकर उसे गौर से देखा, जैसे परख रही हों।

अब तक सब लोग आसपास खिसक आए थे या जाने-अनजाने उनके कान इधर लगे हुए थे, इसलिए जो बात जहाँ थी, वहीं रुक गई। वह इस समय इस बारे में ज्यादा बातें करना भी नहीं चाहता था। मगर रूपा के लिए फैसला करने का यही वक्त था।

उठकर बाहर जा खड़ी हुई। साथ में आया लड़का ऊँघ रहा था। उसका मन

घुमड़ने लगा। पापा को अग्नि को सौंप वह भी किसी ऐसे व्यक्ति के साथ बैठकर बातें करना चाहता था, जो उनको बहुत चाहता हो। समझता हो। अपने लोगों के लिए मन कैसा तड़पता है।

"सुबह चली जाना।" उसने बाहर बैठते हुए कहा।

वे बेंच पर बैठ गईं। वह बाकी सदस्यों के जाने का इंतजार करने लगा, ताकि एकांत में पापा द्वारा कही गई बातें बता सके।

उसने चाबी का गुच्छा वापस उनके हाथ में रख दिया।

"जैसे रहती थीं, वैसे ही रहो। मैं हूँ न।" उसने जोर देते हुए विश्वास दिलाना चाहा।

"उन्होंने आपकी जीवन रक्षा की थी।" वह डर गया, कहीं ये बातें भाई या माँ तो नहीं सुन रहे हैं, अन्यथा इस शोक में भी हंगामा खड़ा हो जाएगा। फिर भी वह पुनः बताने लगा, "आपसे मिलने आ रहे थे, पर रास्ते में तबीयत बिगड़ गई तो वापस लौटना पड़ा। कई बार नाम पुकारा था। आप चिंता क्यों करती हो?" उसने देखा, अंदर से भाई इशारा करके बुला रहा है।

"जाने दो इसको। क्यों बैठी है यहाँ? मकान खाली करवाना है। चालीस साल हो गए हैं। कानूनन कब्जा कर सकती है।"

"रात में कहाँ जाएगी?" उसने भाई को चुप रहने को कहा, "ये वक्त है, ऐसी बातें करने का? कोई सुनेगा तो क्या कहेगा। अभी तो राख भी ठंडी नहीं हुई होगी।" उसका गला भर आया।

"अब देखते हैं, कौन रोकता है? अब तक तो उनकी वजह से रुके रहे। भीख माँगेगी सड़क पर।"

"चुप रहो!" वह गुस्से से बिफर पड़ा।

न जाने कितनी देर तक बहस होती रही। सबको लग रहा था कि वह पिता के गम में एब्नॉर्मल-सा हो गया है, इसलिए कुछ भी बोले जा रहा है।

थोड़ी देर बाद जब वह बाहर निकला तो देखा, रूपा वहाँ नहीं हैं। गेट तक तेजी से भागकर गया। सड़क से थोड़ी दूर चलकर कच्ची पगडंडी शुरू होती है। आसपास लंबी घास खड़ी है। लाइट का प्रकाश मद्धम पीला था। आँखें गड़ाकर देखने पर नजर आईं दो धुँधली आकृतियाँ। मन किया दौड़ पड़े। पता नहीं कितनी देर तक अकेला संज्ञाशून्य-सा खड़ा रहा। फिर भरी कदमों से बाहर बेंच पर कटे वृक्ष की तरह गिर पड़ा। कुछ चुभने पर हाथ से झटका तो कोई चीज झन से गिरी। लाइट जलाई। देखा। वही चाबियाँ थीं। उसे लगा, वह चेतना-शून्य हो गया है। शरीर में गति नहीं है। स्पंदन नहीं है। आँखों के सामने एक उड़ती हुई आकृति है, जिसे वह पकड़ नहीं पा रहा है। इतने बड़े शहर में,

बल्कि संसार में कहाँ खोजूँगा उन्हें। उसे यों स्वयं से बातें करते देख सारे लोग घबराकर बाहर आ गए। कोई कह रहा था, वह शोक-संतप्त है, कई रातों से जागा है। कोई कह रहा था, बड़ा बेटा है, अपने हाथों से पिता को अग्नि को समर्पित किया है। सदमा बैठ गया होगा···दु:खी क्यों नहीं होगा, आखिर थे तो पिता ही। मगर उसके हृदय में तीव्र वेग से व्यथा की आँधी चल रही थी और बेतुके से शब्द निकल रहे थे।

सबको लगा, अब वह विलाप कर रहा है।

□

पत्ते झड़ रहे हैं

सामने बैठे व्यक्ति का चेहरा एकदम जाना-पहचाना सा लग रहा है। वर्मा अंकल। लग तो वही रहे हैं, पर इतने दुबले-पतले कमजोर से। वे तो बहुत तंदुरुस्त और रोबीले व्यक्तित्व के हुआ करते थे। उन्होंने शायद मुझे पहचाना या देखा नहीं है। किताब पढ़ने में डूबे, आसपास की दुनिया से बेखबर, वह व्यक्ति निर्लिप्त सा लेटा था अपनी बर्थ पर।

"अंकल!" उसके मुँह से अनायास ही निकल पड़ा।

"बेटी, आपने मुझसे कुछ कहा!" क्षणों बाद उन्होंने प्रतिप्रश्न किया।

"क्या आप सीमा के पापा हैं?"

"हाँ, आप! ओह तो तुम हो! अंबिका! क्यों, पहचानने में गलती तो नहीं कर रहा हूँ। बेटी, ऐसा क्यों होता है कि शादी के बाद लड़कियाँ बदल जाती हैं। खैर, इतने वर्षों में बदलाव आना तो स्वाभाविक ही है।"

खुशी की लहर एकाएक मन को छू गई। लगा, वर्षों का खोया हुआ पता मिल गया है। आँखों में खुशी के आँसू उमड़ आए।

"क्या अकेली हो! कहाँ जा रही हो?"

"डबरा जा रही हूँ। वहाँ इसके पापा हैं। इंजीनियर हैं। यह छोटा बेटा है। बड़ी बेटी दादी के पास है।" कहते-कहते वह स्वयं ही झेंप गई, बिना पूछे ही बताए जा रही है।

"बहुत अच्छा! कोई सर्विस कर रही हो या सिर्फ घर ही सँभाल रही हो।"

"सेंट्रल स्कूल में टीचर हूँ। अंकल, सीमा कैसी है? कहाँ है? क्या कर रही है? वर्षों से उसकी कोई खबर नहीं मिली। मैंने आपके पुराने बिलासपुर वाले पते पर कितने पत्र लिखे थे, मगर उसने किसी का भी जवाब नहीं दिया। उसे मेरे पत्र नहीं मिले या क्या आपका ट्रांसफर हो गया था?" वह बोलती ही जा रही थी अविराम। जिज्ञासाओं का बाँध टूट पड़ा था। हृदय में पुराने बीते समय की लहरें उठ रही थीं। लेकिन उसने देखा, सीमा का नाम सुनते ही वे दूसरी तरफ देखने लगे। बाहर, निर्जन खेतों की ओर। उनका चेहरा बुझ गया। किताब बंद करके उन्होंने जर्देवाला पान-पराग का डिब्बा निकाला। नफरत, क्रोध और

आवेश के कारण उनके जबड़े खिंच आए थे। फिर भी उन्होंने पान-पराग के कुछ दाने मुँह में डाले। आँखें बंद करके, जैसे वे अचानक आए इस तूफानी अंतर्संघर्ष से जूझ रहे थे। बुझा रहे थे अंदर लगी लपटों को। अंबिका सकपका गई। स्तब्ध सी देखती रह गई उनका काँपता चेहरा। हाथ-पाँव कँपकँपाने लगे। क्या कुछ गलत पूछ लिया ? या सीमा ने…नहीं! फिर सीमा का नाम लेते ही वे एकाएक ऐसे क्यों बदल गए ? वह भी इतनी उद्विग्नता के साथ! इन कुछ ही पलों में उसने असहनीय घबराहट और तकलीफ महसूस की।

"आपने बताया नहीं अंकल कि सीमा… ?" न चाहते हुए भी उसके मुँह से निकल पड़ा, जैसे अंदर से कोई शक्ति धक्के दे रही हो।

"वो तुम्हारा डॉक्टर भाई कहाँ है ?" वह बात पूरी करती, इससे पहले ही वे पूछ बैठे, "अब तक तो काफी पैसा कमा लिया होगा ?" उनके कहने में इतनी कड़वाहट, इतनी घृणा और पीड़ा थी कि अंबिका को लगा, कहीं वे आपा न खो बैठें या उसका अपमान न कर दें।

"वो इन दिनों नैनपुर में है। वहीं सैटिल हो गए हैं। उनका अपना नर्सिंग होम है।" वह अपनी वेदना और असहजता को छुपाकर बोली।

"उसकी शादी तो तभी हो गई थी न! नर्सिंग होम अच्छा चलता होगा।" एक कोमल विनम्र व्यक्ति इतना कठोर और रुक्ष हो सकता है, अंबिका को ताज्जुब हुआ। लगता है, विशाल पेड़ की जड़ें उखड़कर सूख गई हैं या फिर वे अपनी गर्वोन्मत्त प्रतिष्ठा से उसे आतंकित करना चाहते हैं।

"जी!" कहते हुए अंबिका का गला रुँध गया। उसके गाल तमतमाने लगे। नाक पर बिजली की रेखा दौड़ गई। आँसुओं को जबरन रोककर बच्चे को टॉयलेट करवाने के बहाने वह उठ खड़ी हुई। "उसकी शादी तो…पैसा कमा लिया…" उनके कहे गए विष सने शब्दबाण उसको अंदर तक घायल कर रहे थे, जैसे कोई कटा हुआ हिस्सा दर्द से तड़प रहा हो। उसका रोम-रोम जला जा रहा था।

"बच्चा भूखा तो नहीं है ?" खिड़की का काँच उतारते हुए उन्होंने पूछा। इस बार उनकी आवाज में हल्का सा अपनापन था। क्षणों पूर्व जो उत्तेजना एवं घृणा थी, वह अब नहीं रही थी।

"देखती हूँ!" वह वहाँ उनके सामने नहीं बैठना चाहती थी।

ट्रेन चलने की आवाज निरंतर बोझिल होती जा रही थी। उसे लग रहा था, ट्रेन की धड़धड़ाती आवाज उसके हृदय से निकल रही है। खिड़की के पार कुछ भी दिखाई नहीं दे रहा था, सिवा घने अंधकार में दूर कहीं टिमटिमाते रोशनियों के टुकड़ों के धब्बों के। बीच-बीच में भयानक अँधेरे को चीरती हुई इंजन की आवाज सारे वातावरण को थर्रा देती थी।

"वो तुम्हारा डॉक्टर···पैसा कमा लिया···।"

हिकारत से कहे उनके वाक्य उसकी आत्मा को झिंझोड़ रहे थे। लगा कि हृदय, मन···आँखें सभी जगह तीक्ष्ण बाणों की जाली ठोक दी गई हो। आखिर ऐसा क्या हो गया, जिसकी वजह से इतनी नफरत से उन्होंने भइया के बारे में पूछा? सीमा के बारे में क्यों नहीं बात करना चाहते हैं? क्या मुझे चोट पहुँचाना चाहते हैं या···या··· ? आखिर बात क्या है? मैं भी कैसी पागल हूँ। सीमा को लेकर इतनी बेचैन क्यों हो रही हूँ? मुझे क्या पड़ी। न यहाँ भइया हैं, न सीमा! मुझे नहीं जानना कुछ! उसने आँखें बंद कर लीं। लेकिन तुम्हारा भाई···पैसा···शादी···शब्द उसको भीतर से घेरने लगे, बल्कि सामने बैठे व्यक्ति का अस्तित्व चारों तरफ से घेरने लगा। वो घृणा का फूट पड़ना···वो बूढ़ी आँखों में दिपदिपाते नम डोरे। दूर फैली दृष्टि में गहरा अकथ्य विषाद···उसने गौर से देखा उन्हें। उनकी लंबी गोरी काया लकड़ी की तरह पतली, कुछ-कुछ टेढ़ी-तिरछी हो गई थी। चेहरा भी सूख गया था। भीतर धँसी आँखों के ऊपर अधसफेद भौंहें सिकुड़ी हुई थीं। उसका मन पिघलने लगा। एक बूढ़ा पिता आहत मन लिये बैठा है। कहीं सीमा ने कुछ कर तो नहीं लिया। नहीं। नहीं···दर्द की तेज धार अंबिका के हृदय को चीर गई। पूरा शरीर थरथर काँपने लगा, जैसे ठंड देखकर तेज बुखार चढ़ आया हो। उसने अपने हृदय को जोर से थामा, फिर चेहरे को हथेलियों में छुपाकर बैठ गई। हे ईश्वर! मेरी सीमा! तुम कहाँ हो।

"लो बैठो इधर।" उसने स्वयं की घबराहट कम करने के लिए बच्चे को बैठाते हुए जोर से कहा, ताकि उनका ध्यान उसकी तरफ आकृष्ट हो सके। वे अपनी बर्थ पर बेडिंग लगा रहे थे।

"अंकल, आप कहाँ जा रहे हैं?"

"दिल्ली।" वे अब तक सहज हो गए थे।

"वहाँ कौन-कौन हैं?" उसने फिर हिम्मत जुटाई, ताकि बात को सीमा से जोड़ सके।

"वहाँ काम से जा रहा हूँ।" कहकर उन्होंने सारा प्रसंग ही समाप्त कर दिया। ट्रेन की घरघराती आवाज उन दोनों के बीच मौन फैलाने लगी।

"सीमा का छोटा भाई आदित्य कहाँ है? क्या कर रहा है?" उसने फिर पूछा।

"बेंगलुरु में है। ऐरोनॉटिक्स इंजीनियरिंग में ग्रैजुएट है।"

कैसा खेल चल रहा था, वह हर आत्मीय कोण के रिश्ते से पूछ रही थी और वे हर सवाल को वहीं-के-वहीं धराशायी कर रहे थे।

"अंकल!" इस बार शब्द चबाकर रह गई। अब क्या पूछे?

अंबिका स्वयं को बेबस महसूस करने लगी। जो कुछ पूछना चाहती है वह कैसे

और किस तरह से पूछे, समझ नहीं पा रही थी। पर वे सीमा के बारे में क्यों नहीं बता रहे थे, उसे दुःख इसी बात का हो रहा था। जबकि उन्हें पता है कि सीमा से उसकी दोस्ती कितने वर्षों तक रही थी और कितनी गहरी दोस्ती थी, फिर भी···।

"कोई परेशानी तो नहीं है?" बर्थ पर लेटते हुए उन्होंने बड़ी कोमलता के साथ पूछा।

"परेशानी!" वह उनका चेहरा ताकती रह गई। मैं कितनी परेशान हूँ! और आप हैं कि जानबूझकर भी अनजान बन रहे हैं। बाकी यात्री भी खाना खाकर सोने की तैयारी कर रहे थे। आगे वाली सीटों से गाने की आवाजें आ रही थीं। उसने देखा, मात्र दस बजकर पच्चीस मिनट हुए हैं। ऊपर वाले यात्री ने लाइट बंद कर दी। झीने-से अंधकार में बर्थ पर लेटी हुई आकृति की तरफ वह अब भी आशा भरी निगाहों से देखे जा रही थी। बच्चा गोद में सो गया था। उसे आशंका थी, कहीं वह लेट गई और नींद लग गई तो पता नहीं कौन सी खबर···कौन सा सुख-दुःख···उससे दूर चला जाएगा। खिड़की के काँच पर आँखें गड़ाकर उसने बाहर देखने की निष्फल चेष्टा की। अछोर अंधकार। पेड़ों की टेढ़ी-मेढ़ी आकृतियाँ। सनसनाती हुई हवाएँ। बीच-बीच में टिमटिमाती हुई रोशनी के जुगनू। हृदय को चीरती हुई इंजन की तीखी सीटियाँ···और इधर सामने है गर्ल्स हॉस्टल।

अभी हॉस्टल में आए हुए कुछ ही दिन हुए थे। मगर लग रहा था, घर को छोड़े हुए महीनों हो गए हों। बात करनेवालों की कमी न थी, क्योंकि अपने अनिंद्य अनुपम सौंदर्य और आकर्षण के कारण वह सभी की निगाहों में आ गई थी। सीनियर्स···हॉस्टल वार्डन···ताई सभी उससे स्नेह करने लगे थे। मगर अपने अंतर्मुखी और एकांतप्रिय स्वभाव के कारण वह किसी के साथ भी घुल-मिल नहीं पाई थी। ब्रेकफास्ट, लंच, डिनर एवं संध्या के कुछ समय को छोड़कर वह अकसर अपने कमरे में ही कैसेट प्लेयर पर गजलें या गीत सुनती। या कभी-कभी बरामदे में आकर लैंडस्कैप बनाया करती। कॉलेज जाते व लौटते समय भी वह नाव में बैठी प्राकृतिक दृश्यों तथा जल की अनंत धारा में खोई चुप ही रहती थी। तालाब के बीचोबीच चलती नाव, आसपास अछोर जल का आलोड़न, घने पेड़ों की हरीतिमा उसे हमेशा ही मोहित करती थी। मन करता था, घंटों इसी तरह घूमती रहे। क्लास में पढ़ाई का माहौल नहीं था, इसलिए पेड़ों के नीचे झुंड बनाकर बैठी लड़कियाँ उसे हसरत भरी निगाहों से देखकर बात करने को उत्सुक रहती थीं। उसकी लंबाई, अत्यंत सुंदर, सुडौल देह, गुलाबी कोमल कांत चेहरा, उभरे हुए टमाटरी रंग के ओष्ठ और गरदन पर झूलते बेहद खूबसूरत तांबई रंग के घुँघराले बाल। 'बहुत प्यारी लड़की है', यह वाक्य आते-जाते उसे अकसर ही सुनाई देता था। अभी नई लड़कियों का आना चल ही रहा था। कल ही वार्डन ने बताया था कि

एक लड़की उसके साथ आकर रहेगी। अनजाने ही मन उत्सुक होकर उसकी प्रतीक्षा करने लगा था।

शाम को ताईजी के बुलाने पर उसने देखा, गेस्टरूम के सामने एक लड़के के साथ एक लड़की खड़ी है।

"सीमा, ये हैं अंबिका व्यास। तुम्हारी पार्टनर।"

"हैलो!" उसने देखा—गोरा रंग, चपटा-सा चेहरा, जिस पर मासूमियत और संकोच के भाव स्पष्ट दिख रहे थे। दो चोटी बाँधे। एक हाथ में सूटकेस व दूसरे हाथ में एयरबैग लिये वह लड़की उसे गहरी जिज्ञासा और चमत्कृत भाव से देख रही थी। सीमा ने मन-ही-मन कहा—"कस्बे की लगती है, सीधी है, चलेगी।"

"सीमा, जाओ इसको रूम में ले जाओ। सामान भी रखवा दो।"

सामान रखवाने के बाद सीमा उसे लेकर वापस गेस्टरूम तक आई, जहाँ उसका भाई उसका इंतजार कर रहा था।

"सब ठीक है न। मैं शनिवार को आऊँगा।" थोड़ी दूर खड़ी सीमा ने देखा—उस युवक को, जिसका चंदन के समान गोरे रंग का आकर्षक चेहरा है। घने सिल्की बाल। आँखों में निश्छल गहराई। कसरती खूबसूरत बदन, जिस पर सामान्य से कपड़े भी अत्यंत आकर्षक लग रहे थे। पाँवों में जूतों की जगह चमड़े की चप्पलें थीं।

"भइया!" कहकर अंबिका उसके पीछे ऐसे गई, जैसे उसका भाई हमेशा के लिए छोड़कर जा रहा हो।

"पगली! ये सब भी तो हैं। मैं आता रहूँगा।"

सिर पर हाथ रखे भाई अचानक ही अभिभावक बन गया था।

"भइया, ये सीमा है। मैं इन्हीं के साथ रहूँगी।"

"खुशनसीब हो जो इतना खूबसूरत पार्टनर मिला है।"

अंबिका के भाई जयंत ने कहकर आपादमस्तक उसे देखा। कवियों ने ऐसी ही अनुपम सुंदरता को देखकर उपमान गढ़े होंगे।

"हैलो! मैं जयंत व्यास।"

"हैलो!"

"चलता हूँ। इसका खयाल रखिएगा।" कहकर जयंत ने जाते हुए मुड़कर कई बार हाथ हिलाया।

"तुम्हारे भइया क्या घर वापस जा रहे हैं?"

"नहीं! वे तो इसी शहर में हैं दो साल से।"

"कहाँ?"

"एक दोस्त के साथ उनके घर में पेइंग-गेस्ट के रूप में। पढ़ रहे हैं मेडिकल

कॉलेज में। मेरे भइया बहुत अच्छे हैं। मुझे भी यहाँ बुला लिया है।"

"अच्छा चलो। फ्रेश हो लो। कुछ हल्का सा नाश्ता चाय के साथ ले लेते हैं। डिनर तो आठ बजे होगा।"

"नहीं, हमें भूख नहीं है।" अंबिका की झेंप अभी भी कायम थी। सीमा ने नाश्ते के लिए काजू, बिस्किट वगैरह निकाले।

"लो अंबिका!" बातें करते हुए अंबिका की आँखें भर गईं। भरे गले से बोली, "यहाँ कैसा लगता है?" सीमा ने आत्मीयता के साथ उसका हाथ थपथपाते हुए कहा, "कुछ दिनों में मन लगने लगेगा। घर में कौन-कौन हैं?" सीमा लगातार उसको सहज करने की कोशिश करने लगी।

"मम्मी-पापा! एक छोटा भाई! छोटी बहन। दोनों वहीं पढ़ रहे हैं।"

"क्या तुम भी डॉक्टर बनना चाहती हो?"

"एक तो भइया यहाँ पढ़ रहे हैं, दूसरा पापा भी चाहते हैं कि हम लोग अच्छी से अच्छी पढ़ाई करें। हम लोगों को लेकर पापा के बहुत बड़े सपने हैं, लक्ष्य हैं और आपके परिवार में?"

"मम्मी है। एक छोटा भाई है, जो सिंधिया स्कूल में पढ़ रहा है। पापा कमिश्नर हैं। ट्रांसफर की वजह से हम लोगों को शुरू से ही हॉस्टल में रखा है। मैं पहले जे.एन.यू. से अंग्रेजी ऑनर्स में बी.ए. करना चाहती थी। एडमिशन भी हो गया था, मगर मम्मी ने नहीं जाने दिया, इसलिए यहाँ आ गई।"

अंबिका गहरे संकोच में आ गई। आशंकित भी हो उठी, पता नहीं इसके साथ रह भी पाऊँगी या नहीं। यह तो बहुत बड़े ऑफीसर की बेटी है। मगर सीमा खुश थी। उसे लग रहा था कि अब ठीक से रह सकेगी। पर पहला दिन होने की वजह से अंबिका इतनी अच्छी रूम पार्टनर पाकर भी उदास थी। विछोह का अवसाद आँखों में था। अपनों से दूर होने का ताजा दर्द। यहाँ की चमचमाती रोशनियों के पार वहाँ का सन्नाटे में डूबा अंधकार उसकी आँखों के सामने फैलने लगा। उसने फोटो निकाले, "ये मेरा छोटा भाई है। बहुत दुबला है। ये बहन है। ये मम्मी-पापा। इस समय मम्मी खाना बना रही होंगी··· और पापा लौटने वाले होंगे। ये दोनों पढ़ रहे होंगे। पापा ही पढ़ाते हैं। तब कितना रो रहे थे। पहली बार छोड़ा है न, कल ही लेटर पोस्ट कर दूँगी। खूब सारी बातें लिखूँगी।" सीमा ने देखा, कुछ अश्रुकण छलक पड़ना चाहते हैं। वेदना में घुला प्यार। आह! लक्ष्यपूर्ण करने के लिए लोग कहाँ-से-कहाँ तक का सफर तय करते हैं।

उस दिन जयंत मिलने आए थे। गेस्टरूम में सीमा पहले से ही अपने गार्जियन से मिलने आई हुई थी।

"कैसा है मिजाज तुम्हारी पार्टनर का?"

"भइया, सीमा बहुत प्यारी लड़की है। मेरा बेहद खयाल रखती है, जबकि कमिश्नर की लड़की है। पढ़ने में भी अच्छी है। जे.एन.यू. में एडमिशन हो गया था उनका⋯।" अंबिका बड़े उत्साह के साथ सीमा के बारे में बता रही थी। दूर खड़े-खड़े सीमा ने गौर किया, जयंत का चेहरा मुसकराते वक्त अद्‌भुत रूप से आकर्षक लगता है। बड़ी ही दिलकश मुसकराहट है। एक जादू भरी चुंबकीय मुसकराहट।

"हैलो!" सीमा ने गार्जियन को विदा करने के बाद कहा।⋯जयंत ने देखा, सीमा के चेहरे पर बिखरी लटों के बीच उसका रंग चाँदी-सा चमक रहा है। कैसे स्वप्न में डूबी-सी स्वच्छ आँखें। बात करने का सम्मोहन उसकी ओर खींचने लगा।

"क्या हाल हैं आपके? आपको देखकर लगता है, किसी जादुई-लोक में आ गए हैं।"

सीमा हँस दी, "आपकी भाषा भी अलग और अनूठी है।"

"मतलब, हम में और क्या-क्या अनूठा पाया आपने!"

मौन आँखें मुसकरा दीं, उसी तरह जैसे तारे मुसकराते हुए लगते हैं।

आहिस्ता-आहिस्ता समय अपनी रफ्तार से सरक रहा था। दोनों लड़कियों के बीच अच्छी दोस्ती हो गई थी। दोनों के मन मिल गए थे। अपने दायरे से निकलकर वे मित्रता के भाव को सर्वोपरि मानने लगी थीं। शुरू में अंबिका जयंत के साथ वीक एंड पर चली जाती थी। सीमा अपने गार्जियन के पास या शॉपिंग करने, मगर पिछले हफ्ते से यह क्रम बदल गया था। इसका कारण था—अंबिका अपने घर से आनेवाली चिट्ठियों को छुपाकर रखती थी। भाई से मिलनेवाले पैसों को किफायत से खर्च करती थी। अधिकांश पुस्तकें लाइब्रेरी से लाती थी। हॉस्टल की अन्य लड़कियों की तरह न तो वह शॉपिंग के लिए जाती थी, न घूमने।

"तुम अपने भइया के साथ कहाँ जाती हो?"

"उनके दोस्त के घर।"

"अगले हफ्ते पिक्चर चलोगी। मेरा पिक्चर देखने का बहुत मन करता है। पर कई पिक्चरें अंकल-आंटी के साथ देखने में संकोच होता है।"

"भइया साथ चलेंगे।"

सीमा अपने मनोभावों को छुपाकर बोली, "क्यों?"

"क्या तुम्हारे भइया के बिना पिक्चर नहीं देखी जा सकती है या उनके बिना तुम नहीं जाना चाहती हो?"

"नहीं, भइया कहते हैं कि लड़कियों को अकेले में नहीं जाना चाहिए।"

सीमा हँस दी, "हिम्मती बनाने के बजाय डरपोक बनाते हैं तुम्हारे भइया। बहरहाल पिक्चर की खातिर उन्हीं के साथ चलेंगे।" सीमा को लगा, इस तरह वह इन लोगों के

साथ ज्यादा घुल-मिलकर कुछ कर सकेगी। पता नहीं क्यों, इन भाई-बहन के साथ रहने में, बात करने में मन को ताजगी महसूस होती थी। अगले रविवार को ये सब साथ थे। उसने नए डिजाइन की पलाश के फूलों के रंग की शर्ट पहनी हुई थी। इस शर्ट में उसका यौवन-सौंदर्य ताजे फूल की तरह खिला-खिला लग रहा था। मिलते ही जयंत ने कहा, "सीमाजी, बेचारी फिल्म की नायिका पर मेहरबानी की होती। अब उसे कौन देखेगा?" जयंत की तारीफ करने का अंदाज सीमा को लुभाता था।

एकदम निराले ढंग से शब्दों का प्रयोग करते थे। जयंत का खुलकर हँसना, मजाक करना, बातों-ही-बातों में प्रशंसा कर देना सीमा के लिए अद्‌भुत एहसास था, लेकिन उसने महसूस किया कि उनका व्यक्तित्व अनायास ही चुपके से उसे अपनी ओर खींच रहा है। वह स्वयं को जयंत से जुड़ा हुआ महसूस करने लगी। अनजान पथ पर उसका मन दौड़ रहा था। हर मुलाकात के बाद जयंत उसके हृदय को धड़काने लगे। उनकी हर अदा उसे मोहित कर लेती थी। उसे ताज्जुब होता था कि इतने अभावों में रहते हुए भी वे इतनी मस्ती कैसे कर लेते हैं? हर पल, हर बात में हास-परिहास का पुट छुपा होता।

"आप इतने खुश कैसे रह लेते हैं?"

"इसमें कंजूसी कैसी?"

इतनी देर में चुप बैठी अंबिका बोली, "भइया, सीमा बहुत अच्छे स्केच बनाती है। कितना कुछ पढ़ती है...।"

"सीमा तो खुद एक खूबसूरत गजल का नाम है। ऊपर वाले द्वारा बनाया गया अनुपम पोर्ट्रेट।" जयंत बेबाक बोले जा रहे थे और सीमा मंत्रमुग्ध-सी सुने जा रही थी। एक-एक शब्द उसकी आत्मा को अपने रँग में रंगे जा रहा था।

"आपको ऐसा लगता है क्या?"

"तभी तो कह रहा हूँ, वरना इतनी तारीफ तो हम किसी की भी नहीं करते हैं। वैसे भी मुझे आड़ी-तिरछी लड़कियाँ पसंद नहीं आतीं।"

"यह तो कोई बात नहीं हुई। फिर आपसे आपकी पसंद किसने पूछी थी?" सीमा ने थोड़ी सी नाराजगी जताई।

आज वे लेक व्यू पर पैडिल बोट में घूम रहे थे। अब तो हर रविवार का रुटीन बन गया था। कभी पिक्चर जाते तो कभी बिड़ला मंदिर। कभी किसी रेस्टोरेंट में तो कभी पार्क। न जाने कहाँ-कहाँ, कितने फोटो जयंत निकालते सीमा के। बस इसी तरह समय उड़ा जा रहा था। जयंत इन दोनों के साथ घूम-फिरकर पूरे सप्ताह के लिए नदारद हो जाते और सीमा अपने कमरे की खिड़की से वक्त-बेवक्त आँखें बिछाए उत्सुकता से इंतजार करती रहती। हर आनेवाले फोन के लिए अपना नाम पुकारे जाने की अधीरता

रहती उसे। जब शनिवार को जयंत आते और अंबिका कॉलेज से न आ पाती, तब ताईजी सीमा के पास खबर भिजवातीं। ताईजी जयंत पर विश्वास करती थीं। हॉस्पिटल का कोई भी काम हो, जयंत करवा दिया करते थे, इसलिए वे भी जयंत से बराबर बात करती थीं, मिलती थीं। तब तक सीमा जयंत की पसंद की चीजें स्वयं लेकर पहुँच जाती।

"आज अंबिका का प्रैक्टिकल है। लेट आएगी। आपको इंतजार करना पड़ेगा।" वह जल्द-से-जल्द चाय बनाकर लाती, ताकि देर तक बातें की जा सकें। वह इन क्षणों को समेट लेना चाहती थी। बहुत कुछ कहने का मन करता, पर सामने पड़ते ही सकुचा जाती।

"चाय तो बड़ी अच्छी बनाती हो। तुम कॉलेज से जल्दी कैसे आ गईं?"

"मेरा मन नहीं लग रहा था।"

"मैं कल आऊँगा। तुम लोग तैयार रहना।"

"आप रुकेंगे नहीं।" सीमा को लगता, जयंत का हाथ पकड़कर जबदस्ती रुकने को कहे।

"तुम्हारा प्रेजेंट किया गया स्वेटर…।"

"आप पर बहुत अच्छा लग रहा है।"

अगले दिन के लिए बाइस घंटों का लंबा इंतजार करना था सीमा को। अंतत: वह वक्त आ ही पहुँचा। उसने बहुत ही सुंदर ड्रेस पहनी हुई थी!"

"क्या बात है आज!"

"उसका बर्थ डे है, भइया!"

"तब तो पार्टी होनी चाहिए।"

"क्यों नहीं!"

रास्ते में रुककर जयंत ने कार्ड खरीदा और वहीं खड़े-खड़े लिखा—"तुम हो स्वप्न या स्वप्नपरी, चपल चंचला दामिनी सी तुम!"—जयंत। पढ़कर सीमा के गाल लाल हो गए। ऐसी गुलाबी चमक जो सिर्फ उसके गालों या गुलाब की पँखुड़ियों पर ही दमकती थी।

"आप कविता भी लिख लेते हैं।"

जयंत के दोस्त भी सीमा को देखकर अवाक् थे। विस्मित कि इतनी सुंदर लड़की इसके साथ क्यों घूमती है? कई लड़कियों ने तो जयंत को छेड़ना शुरू कर दिया था कि क्या जयंत नॉन मेडिको लड़की से शादी करेंगे?

उस दिन रेस्टोरेंट में बैठे जयंत का चेहरा उदास था। उसे महसूस हुआ कि वे किसी गहरी चिंता में डूबे हैं। लगातार माहौल को जीवंत बनानेवाला आज स्वयं खामोश बैठा था।

"क्या बात है? डॉक्टर साहब का मूड ठीक नहीं है।"

"हाँ, कुछ पर्सनल टेंशन है।"

"क्या मैं कुछ कर सकती हूँ?"

जयंत निरुत्तर रहे। हॉस्टल लौटते वक्त उसका सिर भारी हो उठा। डिनर लेते वक्त भी उसका मन अत्यधिक व्यग्र था। असहनीय पीड़ा से कराहती वह थकान से टूटती, छटपटाती देह···।

"क्या बात है?"

"न जाने क्यों अंबिका, ऐसा लग रहा है कि मेरी खुशियों को किसी की नजर लगने वाली है। मन बहुत-बहुत रोने को हो रहा है।"

"थक गई होगी। चलो जल्दी सो जाते हैं।"

अंबिका लेटते ही सो गई थी, पर इतनी पीड़ा और थकान में भी वह उतार रही थी एक चेहरा···डूबती शाम के धुँधलके में सबसे अलग लगने वाला चेहरा, जो आज तनावग्रस्त था। व्यथित था। उदास था।

"बात करो न अंबिका।" उसने अंबिका को हिलाया-डुलाया।

"क्या बात करूँ? मैं भी बहुत ज्यादा थकी हूँ।"

"लेकिन मुझे नींद नहीं आ रही है। घर में सब ठीक तो है।"

"हाँ, ऽऽऽ।"

"फिर क्या बात हो सकती है?" वह हैरान-परेशान।

"किसके बारे में बात कर रही हो?"

"आज जयंत परेशान थे, क्यों?"

"नहीं तो, भइया को सिरदर्द रहा होगा।"

अंबिका ने हल्के-फुल्के ढंग से बात को टाल दिया। खिड़की के बाहर चाँद ठहरा हुआ था। चाँद में भी वही शामवाला चेहरा दिखाई दिया। क्यों थे तुम उदास? परेशान! क्या बता नहीं सकते थे! मन अधीर हो उठा। कैसे पता चलेगा? काश! वक्त को डेने लग जाएँ या मैं चिड़िया बन जाऊँ या अभी फोन आ जाए या मुझे या अंबिका को कुछ हो जाए, ताकि जयंत आ सके। शनिवार आने में पूरा सप्ताह शेष था, लंबा तड़पता हुआ इंतजार।

सीमा आहिस्ते से बिस्तर से उठी। अपने मन को समझाने की कोशिश करने लगी—यह क्या पागलपन है? तुम्हें क्यों परेशान होना चाहिए? मगर नहीं, जितना वह स्वयं को अलग करने की कोशिश करती, उतना ही वह प्रसंग, वह चेहरा हृदय पर आ ठहरता प्रतिबिंब बनकर ।

दूसरे शनिवार को पता चला कि जयंत ने अपने दोस्त का घर छोड़ दिया है। अलग रूम लेकर रहेंगे।

"तो क्या तुम हॉस्टल छोड़ दोगी?" सीमा को लगा, उसका देखा दुःस्वप्न यथार्थ में बदल गया है।

"अंबिका! तुम सचमुच चली जाओगी?" अजीब-सी कातरता उसकी आवाज में घुल गई।

"क्या करूँ! बहुत सी मजबूरियाँ हैं। भइया की तबीयत ठीक नहीं है, यह तू भी देख रही है। भइया के दोस्त की शादी है, अब वहाँ रहना ठीक न होगा।"

"वो भी हॉस्टल में रहने लगें।"

"इस समय हॉस्टल में रूम खाली नहीं है।"

सीमा को लगा, कोई ऐसा तार टूट रहा है, जिससे वह गहराई तक जुड़ गई थी। हृदय गहन पीड़ा में डूब गया। अपनी सखी से दूर होने की वेदना समा गई थी या जयंत से न मिल पाने की तड़प। बिस्तर पर लेटे-लेटे वह कभी अंबिका को देखती, तो कभी सितारे जड़ित आकाश में लुक-छुप करते चेहरे को ढूँढ़ रही थी। मौन अँधेरे में डूबा कॉरीडोर। हल्के से दरवाजा खोलकर वह बाहर जाकर खड़ी हो गई। हवा के ठंडे झोंके बदन को कँपकँपाने लगे। शांत सोए तालाब में डूबी नरम रोशनियों का मादक सौंदर्य इस समय उसे सघन अवसाद में डुबो रहा था। गोया हर चीज पूछ रही हो, क्यों उदास हो? तुम्हें किससे दूर होने का गम है? ऊपर टिमटिमाते नक्षत्र पूछने लगे—'तुम्हें क्या हो गया है? सहेली ही तो जा रही है! पहले भी तो तुम्हारी कितनी ही सहेलियाँ बनी थीं, बिछुड़ी थीं। आगे भी बन जाएँगी। तुम्हारे पास सबकुछ है। कोई अभाव नहीं है। फिर यह टीस भरा दहकता हुआ खालीपन क्यों और कैसा! नहीं, यह दुःख सिर्फ सहेली से दूर होने का नहीं है, दिलोदिमाग पहले कभी इस तरह विवश नहीं हुआ था सीमा, अपने से छलावा मत करो। इसी टीस का नाम प्यार है। यही है वह तड़प, जो तुम्हें रुला रही है। स्वयं से पाखंड मत करो। तुम जयंत से प्यार करने लगी हो। कह दो सबकुछ अंबिका से, जयंत से! अंबिका को क्यों बताऊँ, जयंत को ही बताऊँगी! क्या ऐसा हो पाएगा? कहीं ऐसा न हो कि दिल से जुबान का सफर तय करते-करते मेरा प्यार ही दम तोड़ दे।' अँधेरा कम होता जा रहा था। पवित्र मोहक उजास आकाश में फैलती जा रही थी। यह सुबह की उजास थी।

"नींद आ गई थी तुझे!"

"नहीं।"

"मैं सिर्फ यहीं से तो जा रही हूँ। कॉलेज में तो हर रोज मिला करेंगे। शनिवार, इतवार को हमारे रूम पर आ जाया करोगी।"

लेकिन सीमा चुप है। उदासी चेहरे पर उभर आई है तूफान को थामे। चेहरे पर उतरते रंगों को कौन पढ़ सकेगा।

करीब दस बजे जयंत अंबिका को लेने आ पहुँचा। सीमा गेस्टरूम तक उसे छोड़ने आ गई थी। "बात नहीं करोगी ? नाराज हो ! लगता है रातभर सोई नहीं ?" सीमा सुनकर आहत हो उठी। लगा, जयंत जानबूझकर चोट कर रहे हैं··· "इतने खूबसूरत चेहरे की क्या हालत बना ली है ? यह सिर्फ तुम्हारा ही चेहरा नहीं है। इसे देखकर कितने लोगों की साँसें गले में अटक जाती हैं।" कितनी सहजता से मजाक में कह दिया सब। तब भी उसने बात नहीं की।

"कोई-न-कोई लड़की तो आ ही जाएगी तुम्हारे साथ रहने को।" जयंत कहे जा रहे थे।

वह चुप है।

"मैं तुम्हारा दर्द समझता हूँ सीमा। कुछ दिनों बाद सब नॉर्मल हो जाएगा।"

"फिर भी···" इस बार तड़पकर बोली, "शायद अब कुछ भी नॉर्मल नहीं होना है।" जयंत ने देखा, लालिमायुक्त गालों पर बड़े-बड़े अश्रु ढुलक रहे हैं।

"नहीं पगली!" कहकर अंबिका व जयंत तेजी से गेट की तरफ बढ़ गए बिना देखे। वह लौट पड़ी। दो जोड़ी पाँवों की पदचाप सुनते हुए। उसने महसूस किया, कोई अपना ही अंश कटकर चला गया है। अंबिका के जाने के बाद सीमा भी अपनी माँ के अस्वस्थ होने की खबर पाकर घर चली गई थी। मगर एक हफ्ते बाद ही अंबिका की चिट्ठी जा पहुँची।

"तेरा पत्र मिल गया था। आंटी कैसी हैं ? इधर भइया अचानक ही बीमार हो गए। एडमिट करना पड़ा। पिताजी को भी खबर कर दी है। तेरी कमी बहुत खल रही है। भइया तुझे याद कर रहे हैं।" सीमा ने जल्दी-जल्दी सामान समेटना शुरू कर दिया, "भाभी, मुझे जाना है।"

"तुम जाकर क्या करोगी ? अभी मम्मी की तबीयत ठीक नहीं है।"

"उन लोगों का वहाँ कोई भी नहीं है। दूर से आए हैं। उसका भाई सीरियस होगा, वह अकेली क्या-क्या करेगी ? परेशान होगी।"

"उसकी चिंता है। मम्मी की कोई चिंता नहीं है तुम्हें, क्या सोचेंगी ?"

"भाभी, यहाँ तो आप सभी लोग हैं, वो मेरी दोस्त है। आप समझती क्यों नहीं हैं ? उसे मेरी जरूरत है। मम्मी-पापा को आप समझा देना। मुझे जाने दो। प्लीज।" यद्यपि भाभी से उसकी ज्यादा बात न होती थी, लेकिन आज सबकुछ उड़ेल देना चाहती है।

"भाभी, भैया छोड़ देंगे न!"

"एक-दो दिन बाद चली जाना।"

"नहीं, मेरा जाना बहुत जरूरी है।"

भाभी ने आशंका से उसका चेहरा देखा, जो पीले पत्ते की भाँति हो गया था। चिंता

की गहरी-लकीरें उसके स्निग्ध चेहरे को मायूस बना रही थीं।

"पापा को आ जाने दो।"

"पापा परसों तक आएँगे। तब तक मैं नहीं रुक सकती। पता नहीं वहाँ क्या हो? आप समझने की कोशिश करो। इस समय मुझे अंबिका के पास होना चाहिए। वैसे भी तो मुझे जाना था।" वह बैगों में सामान जमाने लगी। दिन तो भाभी से अनुनय-विनय करते, सामान खरीदते, जमाते बीत गया, मगर रात पल-पल बीतने का इंतजार कर रही थी। वह और रात थी कि बीत ही नहीं रही थी। केंचुए की तरह कभी-कभी लंबी हो जाती तो कभी सिकुड़कर सुस्त घिसटती हुई। मम्मी के न कहने के बावजूद वह एक तरह से लड़कर चली गई थी घर से। जानती है कि एक बार हॉस्टल में पहुँच गए तो निकलना मुश्किल हो जाएगा, इसलिए सीधे हॉस्पिटल के स्टूडेंट वार्ड में सामान सहित पहुँच गई।

खूबसूरत जीवंत चेहरा इतने से दिनों में मुरझा गया था। मुँदी हुई पलकें मुरझाई पत्ती सी साँवली हो गई थीं। दाढ़ी शायद उसी दिन से नहीं बनी थी। पलंग के चारों ओर अस्पताल का पूरा तामझाम मौजूद था। ड्रिप लगा हाथ किनारे पर रखा था। सीमा ने पहली बार महसूस किया कि चक्कर आना कैसा होता है? उसने अंबिका का हाथ जोर से पकड़ लिया।

"तू आ गई सीमा। देख तो भइया की हालत कैसी हो गई है! पता नहीं कितने दिनों तक रखेंगे।"

"हम लोग मिलकर सँभाल लेंगे। कैसे हो गया?"

"बताते नहीं थे। कब से तबीयत खराब थी।" पलंग के पास पड़ी बेंच पर जाकर बैठ गई। दिल जोर-जोर से धड़क रहा था। गोल भरी हुई बाँहें एकदम सुस्त पड़ी थीं। लाल-लाल तलबे, जिनमें हल्की सी धूल की परत चिपकी हुई थी। उसके मन में बिजलियाँ कौंध गईं। 'जयंत!' उसने हौले से सीने पर हाथ रख लिया।

"तुम! बहुत याद आ रही थी⋯। तुम्हें आंटी को छोड़कर आना पड़ा। अंबिका ने मुझसे छुपाकर घबराहट में आकर पत्र लिख दिया था। कैसी हो?"

"आप?"

"तुम्हें देखकर जल्द ठीक हो जाऊँगा⋯।" एक अद्भुत मुसकराहट सुंदरतम चेहरे पर। जयंत धीरे-धीरे बोले जा रहे थे और वह गरदन झुकाए आँखों की नमी छुपा रही थी। सुराहीदार गरदन पर काला दाग तिल की तरह लग रहा था। ऊपर को बाँधे गए बालों में से निकलती हुई लट गरदन पर झूल रही थी।

जयंत मंत्रमुग्ध से देखते रहे।

"इतना सामान! क्या हॉस्टल नहीं गईं तुम?"

"वहाँ से आना मुश्किल होता न।"

"तुम थकी लग रही हो।" जयंत ने गहरी निगाहों से देखते हुए कहा। पता नहीं कब उसका हाथ जयंत के हाथों में पहुँच गया।

"इतनी सुंदर उँगलियाँ। ऐसे ही हाथों को कलात्मक हाथ कहते हैं।" वह कुछ न बोल सकी। शब्दों ने स्वर छोड़ दिए थे। उसका लक्ष्य यही है कि वह जयंत तथा अंबिका को अपना मानकर सबकुछ कर सके। उसने देखा, हाथ पर गहरे लाल निशान पड़ गए हैं। उठकर वह करीने से लगाने लगी दवाइयाँ...पत्रिकाएँ, फल, चाकू, कंघा-क्रीम-वॉकमेन और भी न जाने क्या-क्या?

"लगता है, हॉस्पिटल में पेशेंट को मैनेज करने का अच्छा तजुर्बा है आपको।" सामने खड़ी नर्स प्रशंसा करने लगी।

"पिछले साल मम्मी का मेजर ऑपरेशन हुआ था, तब समझ में आया था कि हॉस्पिटल में किस-किस चीज की जरूरत पड़ती है?"

"अब तुम भी आराम कर लो।"

लाल रंग की टी-शर्ट, नीले रंग की जीन्स ऊपर से नेट की बनी काली जैकेट में से उसका व्यक्तित्व अद्वितीय लग रहा था।

"आपको जूस दूँ या...।"

अपने हाथों से सहारा देकर बैठा दिया जयंत को। कपड़े गंदे हो गए थे। उसने कुरता-पायजामा निकालकर दिया। चेंज कर लीजिए। गीला तौलिया दिया। चेहरा पोंछ लीजिए। पलंग पर भी चादर डाल दी। जयंत ने हँसकर कहा, "मेडिकल प्रोफेशन के लिए मेरी अपेक्षा तुम ज्यादा उपयुक्त हो।"

"अंबिका तो शाम को आएगी।"

जयंत के मना करने पर भी वह सिरहाने बैठकर हल्के-हल्के हाथों से सिर दबाने लगी। गरम तपती खोपड़ी पर नाजुक-सा एहसास। पता नहीं कब जयंत सो गए। तकिए के नीचे-छोटा सा बैग रखा था, जिसमें बैंक की पासबुक, पुरानी मार्कशीट्स व अन्य कागजात थे। जयंत का रहस्यलोक उसके सामने खुलने लगा। इतना संघर्षमय जीवन! इतने कम पैसों में कैसे गुजारा करते हैं ये लोग? उसका मन छटपटाने लगा। इतने पैसे तो मैं मात्र अपने ऊपर खर्च कर देती हूँ।

"आपके पिताजी भी आपको बहुत चाहते हैं।"

"तुमने कैसे जाना?"

"जो सोचता है, वही तो कर पाता है। दृढ इच्छाशक्ति होनी चाहिए। पापा अपने स्ट्रगल के बारे में बताते रहते हैं कि उन्होंने कैसे पढ़ाई की थी।"

"वो एक विलक्षण और मेहनती आदमी हैं, जो कर्म के सिद्धांत पर ही विश्वास रखते हैं। जो अपने सपनों को अपनी मेहनत से साकार करना चाहते हैं। उनको न तो धर्म में आस्था है, न ईश्वर में। पक्के नास्तिक हैं। हाँ, बच्चों के लिए जी-तोड़ मेहनत कर रहे हैं और इसी को वे अपनी साधना मानते हैं।"

"आप भी तो मेहनत कर रहे हैं।"

"अच्छा तो ये बताओ कि तुम इतनी देर तक क्या करती रहीं?"

"आपकी कविताएँ पढ़ती रही। सपनों और संघर्षों से भरी कविताएँ जीवन को ऊँचाई तक ले जाने की उद्दीप्त कामना! आप मेडिकल में नहीं आना चाहते थे, आपकी इच्छाएँ तथा सपने कुछ और ही थे, मगर अपने पिताजी के कारण आए···"

"प्रेम और सौंदर्य की कविताएँ तो अब लिखी जाएँगी, क्योंकि उसके बिना जीवन अधूरा होता है। मुझे तो वही साहित्य पसंद आता है, जिसमें प्रेम की भावनाओं और जीवन का द्वंद्व हो।"

"आप फिर सोच में डूब गए। सत्य तो सत्य ही होता है, मगर कई बार कल्पनाएँ भी साक्षात् साकार होती नजर आती हैं।"

जयंत पहली बार सीमा की सीधी निगाहों को न झेल सके। बात बदलते हुए बोले, "पढ़ाई का बहुत नुकसान हो रहा है। पिताजी भागते हुए आएँगे—बेचारे। उनका स्वास्थ ठीक नहीं रहता है।"

"आपके स्वस्थ होते ही सब ठीक हो जाएगा। अंबिका तो हमेशा ही आपके बारे में बात करती रहती है।"

"और तुम!" तभी बुआ का लड़का, जिसके साथ वह आई थी, वापस आ गया।

"रात में कौन रुकता है आपके पास?"

"काफी देर तक हॉस्टल के दोस्त बैठे रहते हैं, फिर नर्स और डॉक्टर तो होते ही है। संडे तुम आओगी ही।"

भाई के बार-बार बुलाने पर भागते कदमों से सीमा बाहर निकल गई। उसे लगा कि सिर्फ शरीर उसके साथ है, आत्मा वहीं स्टूल पर बैठी है। अंबिका के कॉलेज न आने के कारण उसका मन कहीं भी नहीं लग रहा था। सारी क्लासें छोड़कर पेड़ के नीचे चबूतरे पर बैठी गेट की तरफ देखती रहती। आखिरी नाव से ही वापस लौटती थी। इतना शोर···इतनी भीड़, फिर भी उसके आसपास सन्नाटा पसरा था, लगता समय ठहर गया है। रात-दिन दीर्घ से दीर्घकाय और असहनीय होते जा रहे थे। शुक्रवार की रात तो बेचैनी की हद ही पार कर गई थी और शनिवार की सुबह! आह! युगों बाद आया हो शनिवार! शॉपिंग का दिन उसके लिए मुक्ति का दिन बनकर आया। गार्जियन को फोन

करके बता दिया था कि शॉपिंग करके अंबिका के पास चली जाएगी।

"अंबिका, अब मैं हॉस्टल में नहीं रह सकती। तुम्हारे आसपास कमरा नहीं मिल सकता?"

"पापा रहने देंगे तुम्हें यहाँ? ऐसे गली-मोहल्ले में! मैं तो भइया के साथ रहती हूँ, तुम किसके साथ रहोगी?"

"मेरा मन नहीं लगता तुम लोगों के बिना।"

"वही हाल हमारा भी है।"

"पता नहीं कैसा जादू कर दिया है तुम लोगों ने।" वह जयंत की तरफ देखते हुए बोली। जयंत उसके हाथों को देख रहे थे, जिसमें उसने हाथी दाँत का कंगन पहना हुआ था। सौंदर्य का इतना सजीव इतना पवित्र साक्षात्कार जयंत का पहली बार हुआ था, सीता के रूप में।

"तुम बहुत ज्यादा सुंदर लग रही हो।"

"आप! आप मेरी सुंदरता की तारीफ के सिवा कोई और बात ही नहीं करते, क्यों?"

"नींद आई थी।"

"नहीं। नींद ने साथ छोड़ दिया है।" वह गुलदस्ते के फूलों के डंठल बिखेरते हुए बोली।

"कहीं और जाने की तैयारी है क्या?"

"नहीं, रास्ते में उतरकर सामान खरीद लिया था।"

"पापा कितना पैसा देते हैं जो इतनी शॉपिंग कर लेती हो?"

"वे कभी हिसाब नहीं पूछते। मुझे जितना चाहिए होता है, दे देते हैं। पापा मुझसे बहुत प्यार करते हैं। मेरी कोई बात नहीं टालते। कैसी-कैसी बातें करते हैं मेरे भविष्य को लेकर।"

"अब तो तुम्हारे लिए लड़के देख रहे होंगे।"

सीमा मुसकरा दी। पतली नरम रुई के फाहे-सी त्वचा पर लाल रंग की पँखुड़ियों का रंग बिखर गया था।

"अभी सोचा नहीं है।" पर मन-ही-मन बोली, "ये तो हैं सामने।'

अंबिका छत पर कपड़े डालने चली गई थी। कमरे में बस वे दोनों ही थे। जयंत उठकर पास में बैठ गए। गरदन को स्पर्श करती उँगलियों ने उसकी नसों को पिघला दिया।

"आने में इतनी देर क्यों लगा दी? परसों आ गए थे हम लोग। वक्त नहीं कट रहा था।" झुकी गरदन के पीछे उसने महसूस किया गरम-गरम होंठों का स्पर्श"हल्का सा चुंबन।

□

सीमा हर रविवार को यहीं आ जाती थी। यहीं से वे लोग कहीं-न-कहीं चले जाते थे। समय अपनी रफ्तार से भाग रहा था। देखते-ही-देखते साढ़े चार वर्ष का अंतराल बीत गया। सीमा कुछ समय से परेशान थी, क्योंकि रिटायरमेंट के पहले उसके पापा उसकी शादी कर देना चाहते थे।

अभी एक साल का बहाना बना सकती है, मगर उसके बाद···।

"पापा को लगता है, मैं बहुत जिद्दी हूँ और उनकी बात नहीं मानती। उन्हें मेरी तरफ से निराशा ही मिली है।" वह दुःखी होकर बोली।

"हर माँ-बाप का सपना होता है, तुम्हारे पापा ने जो सोचा होगा, वह सर्वोकृष्ट ही होगा। रुतबा, पैसा, मान-सम्मान, बहुरंगी जिंदगी, ये सब चीजें प्राप्त होना आसान नहीं होता सीमा।"

"हाँ, दूर से देखनेवालों को ऐसा ही दिखाई देता है। त्याग या संन्यास की अभीप्सा उसी के मन में होती है, जो सबकुछ भोग चुका होता है। वही सच्चा संन्यासी बनता है। ये रोज-रोज होनेवाली किटी पार्टी, गेट-टुगैदर सबके भीतर एक दिखावा होता है। एक-दूसरे को नीचा दिखाने की प्रतिस्पर्धा में आकर क्या-क्या नहीं करते हैं लोग! मैं बरदाश्त नहीं कर पाती हूँ। हो सकता है, यह मेरा अपना अनुभव हो। स्टेट्स, पैसा, सामान सभी कुछ समेटने का भाव और देने के नाम पर कुछ नहीं दे सकते थे। मेरी मम्मी को देखा तुमने! चेहरा कैसा सख्त लगता है उनका। हमेशा शंकित और उदास रहती हैं। मुझे यह सब नहीं चाहिए। मुझे प्यार करनेवाला इनसान चाहिए।" अंबिका ने जाना सीमा के अंदर बेहद कोमल भावनाओं वाली लड़की बैठी है।

"सीमा, तेरी खूबसूरती पर तो सैकड़ों कुरबान होंगे। तुम्हें प्यार करनेवालों की क्या कमी?"

"मैं डरती हूँ कि खूबसूरती सिर्फ उपभोग का माध्यम बनकर न रह जाए।"

"यही तो मजा है जिंदगी का। जो अपने को आसानी से मिल जाता है, उसका आकर्षण भी नहीं रहता है। मन बार-बार हारनेवाले को नहीं, हरानेवाले को खोजता है।"

"क्या कोई है?" अंबिका को सहज जिज्ञासा हो आई। बात पकड़ी जाती देख सीमा ने बात का रुख बदलते हुए कहा, "कोई-न-कोई तो होगा ही ऐसा, उसी से शादी करूँगी। शादी से भी ज्यादा महत्त्वपूर्ण है, मेरा उस व्यक्ति के साथ मानसिक तथा आत्मिक तादात्म्य स्थापित होना, क्योंकि संबंध दो दिन के लिए नहीं होता। मृत्युपर्यंत उसका साथ आपके लिए मायने रखता है। इसलिए मुझे कोई नहीं रोक सकता।"

"यदि उससे नहीं हो पाई तो।"

"तो फिर जिंदगी बेमानी हो जाएगी।"

"क्या तुम्हारी जिंदगी का उद्देश्य सिर्फ किसी का प्यार पाने और न पाने के बीच डोलता रहेगा?"

"तो मैं कौन सी क्रांति ला सकती हूँ समाज में, जो कोई और लक्ष्य निर्धारित करूँ"फिर यह तो वक्त ही बतलाएगा।"

"वक्त क्या खाक बतलाएगा। मैं तो वक्त को अपने हाथों से पकड़कर चलूँगी।"

"भई, अपना तो एक स्पष्ट नजरिया है। पैसेवाले या उच्च पदवाले लड़के से ही शादी करूँगी। हम लोग बचपन से बड़े सख्त अनुशासन और अभावों में पले हैं। अब जरा खुलकर जीना चाहते हैं और अब तो वक्त आ गया, समझो।"

"क्यों, क्या तुम्हारा रिश्ता तय होनेवाला है?"

"नहीं, भइया की अगले माह से इंटर्नशिप शुरू होगी। छह माह यहाँ रहेंगे, छह माह अपने घर।"

"वहाँ क्यों?"

"मम्मी-पापा वहीं पर हैं। बाद में वहीं सैटिल हो जाएँगे।"

"हमेशा के लिए! उस छोटे से शहर में। क्या पीजी नहीं करेंगे? वैसे भी आजकल तो सुपर स्पेशलाइजेशन का युग है।"

"शायद यह सब भैया के लिए संभव नहीं होगा। पापा के गिरते स्वास्थ्य के कारण अब उनसे मेहनत करवाना ज्यादती होगी। अभी दोनों भाई-बहन की पढ़ाई शेष है। इनके अलावा कोई करनेवाला भी नहीं है।"

"क्या मैं तुम लोगों के लिए कुछ नहीं कर सकती?"

"कैसी बातें करती है तू? तूने तो पिछले सालों में इतना कुछ किया है कि लगता है, कैसे उसे लौटाया जा सकेगा।"

"पता नहीं क्यों, ऐसा लगता है कि तुम लोगों के लिए कुछ करूँ?"मुझे तो लगता है कि मैं अपनों के लिए ही कर रही हूँ।"

"यह तो तेरा बड़प्पन है। तू खुद को नहीं जानती कि तुझमें कितनी विशिष्टताएँ हैं। तू कितनी पवित्र और उदार हृदय की है?"

"इस बार पापा के साथ जाना ही पड़ेगा। पता है, उनके साथ मेरा खूब झगड़ा होता है, कुछ दिनों तक हम आपस में बात नहीं करते, फिर वे मेरी तारीफ करना शुरू कर देंगे या खूब चिल्ला-चिल्लाकर ताने मारेंगे। पापा चाहते हैं, इस बार मैं भी उनके साथ घूमने चलूँ। प्र मुझे तो संदेह है, कहीं घुमाने के बहाने किसी से मिलवाने तो नहीं ले जा रहे हैं।"

छुट्टियाँ समाप्त होने के चार दिन पहले ही सीमा आ पहुँची है। बड़े-बड़े बैगों में सामान भरा था।

"पापा आने ही नहीं दे रहे थे। भाभी की वजह से आ सकी।"

"अच्छा ही हुआ, तू आ गई। मैं भी कितनी बेचैन थी, कुछ बताने के लिए। इतनी शॉपिंग कर डाली थी।"

"बस रंग देखकर मन पागल हो जाता था। देखो, ये सारे कलर्स जयंत पर खूब फबेंगे। बुरा मत मानना, जयंत तुमसे ज्यादा खूबसूरत है। है ना! कहाँ गए? अब हम लोग खूब घूमेंगे। आउटिंग पर चलेंगे। मेरा तो मन करता है अंबिका, मैं रात-दिन घूमूँ··· पैदल-पैदल-दूर तक···रात में खिली हुई चाँदनी में। वहाँ तुम लोगों के बिना मेरा मन ही नहीं लगता था। सच···जीवन की खुशियाँ कब किसके साथ जुड़ जाएँ।"

"लेकिन अब हम लोगों को अकेले जाने की आदत डालनी होगी।"

"क्यों! क्या जयंत हमारे साथ नहीं जाएँगे?"

"भइया को अपने के लिए अब पहले जैसी फुरसत कहाँ होगी?"

"मेरी बात टाल ही नहीं सकते वे, देखना··· ।"

"अब उनका अधिकांश समय अपनी मंगेतर के साथ बीतता है।"

"कैसा मजाक करती हो, अंबिका!"

"सच कह रही हूँ।"

अचानक ही जैसे सीमा पर गाज गिर पड़ी हो और गाज गिरने से जैसे पेड़ उखड़ जाता है, वैसे ही कुछ सीमा को अपने अंदर उखड़ता, गिरता-सा लगा। आँखों के सामने अँधेरे के साँप उड़ने लगे। गोल, नुकीले तारोंवाला गोल पहिया घूमता-सा लगा। "क्या वह उनकी क्लासमेट है?" स्वयं को सँभालते हुए पूछा, "क्या वो जयंत को पसंद करती है। प्यार तो नहीं करती होगी?" शेष शब्द उसके कंठ में फँसकर रह गए।

"इससे पहले भइया ने कभी नहीं बताया था। कल बता रहे थे कि उन दोनों ने मिलकर कैसे पिताजी के सपनों को साकार करने की प्लानिंग की है। पापा की इच्छा का तो कुछ-कुछ पता था, मगर इतनी जल्दी सबकुछ फाइनल हो जाएगा, यह तो मैं भी नहीं जानती थी, भइया भी शादी के लिए राजी हो गए हैं। निमिषा पापा के दोस्त की रिश्तेदार है। डॉक्टर बेटे और बहू का सपना उन्होंने कब से देखा हुआ था। वैसे सीमा, तुम नहीं जानती, वृद्धावस्था और गिरते स्वास्थ्य के बावजूद उन्होंने हमारे लिए कितनी मेहनत की है। इतने बड़े लक्ष्य तक पहुँचना उन्हीं की वजह से संभव हुआ है।"

"जयंत भी उसे पसंद करते हैं? वे तैयार हो गए आसानी से! इसका मतलब तो यह हुआ कि जयंत की अपनी कोई सोच ही नहीं है, न कोई पसंद। यह तो एहसान उतारने जैसा हुआ कि आपने हमारे लिए किया तो मैं आपके लिए उससे भी बड़ा त्याग करने को तैयार हूँ।"

"तुम कुछ भी कह लो। भइया के लिए पापा की बात ज्यादा महत्त्व रखती है। वे

पापा की बहुत इज्जत करते हैं। उनकी भावनाओं की कद्र करना अपना फर्ज समझते हैं। पापा की इस बात से वे भी सहमत हैं कि एक जैसा जॉब हो तो अंडरस्टैंडिंग ठीक रहती है।"

"मुझे लगता है, तुम शब्दों में कुछ ज्यादा ही आदर्शवाद को पिरोती हो, जबकि यथार्थ में इतना कुछ होता नहीं है। जयंत ने कभी जिक्र नहीं किया। क्या तुम्हें भी पता नहीं था, अंबिका! सिर्फ दस-बारह दिनों में यह सब हो गया।"

बात करते-करते उसे लगा कि यह सब नहीं कहना चाहिए था···इन कुछ ही मिनटों में उसकी जिंदगी की धारा बदल गई है। उसके दिलोदिमाग में एक भूचाल-सा उठ खड़ा था। अचानक धरती फट पड़ी हो और पिघलता हुआ लावा सारे एहसासों को बहाकर ले जा रहा हो। मस्ती करने के लिए उतावला मन अकस्मात् ही वेदना की अतल गहराइयों में डूबने लगा। अंबिका तो सिर्फ एक जैसे जॉब की बात कर रही है। वे लोग कितनी बड़ी क्लीनिक डालेंगे, मेरे पापा तो नर्सिंग होम तक डलवा देंगे। जीवन के भौतिक लक्ष्य क्या इतने बहुमूल्य होते हैं कि जिनके सामने भावनाओं की या पूरे इनसान की कोई अहमियत नहीं होती। माता-पिता का सम्मान करने के लिए या उनके लिए आदर्श स्थापित करने के लिए क्या यों भावनाओं को दबा लेना ठीक है? आखिर में, सारी चीजें आदमी सुख और आनंद प्राप्त करने के लिए ही तो करता है। वही न मिलेगा तो? ऐसा आनंदविहीन जीवन क्या जीने योग्य होगा? तमाम तरह के विचार सीमा को उद्वेलित किए दे रहे थे। गहन निराशा ने उसके आलोकमय कोमल मन को आच्छादित कर लिया। जयंत ने कुछ भी नहीं सोचा। क्यों?

"अंबिका, अब मैं चलूँगी।"

"पर तुम तो रहने के लिए आई थीं। छुट्टियाँ खत्म होने के पहले हॉस्टल में जाकर क्या करोगी? ताईजी भी क्या सोचेंगी! सन्नाटा छाया होगा। रुको न सीमा, प्लीज रुक जाओ।"

क्या वापस घर लौट जाऊँ? अकेले ही जाना पड़ेगा। पापा मेरे लिए कितना भी पैसा खर्च कर देंगे, लेकिन वे क्यों करेंगे? उनके सामने तो कई लड़के हैं, मेरे लिए।··· फिर जयंत को भी प्यार करनेवाली नहीं, डॉक्टर लड़की चाहिए। निमिषा डॉक्टर है, जो मैं नहीं हूँ। मेरे कहने से क्या पता ये लोग यह न सोचने लगें कि मैंने सोच-समझकर यह सब किया था। छि: कितना तुच्छ लगेगा यह सब! मैं भी कितना छोटा महसूस करूँगी। जयंत का लक्ष्य, जयंत के सपने मैं साकार नहीं कर सकती। मगर सपने भी तो क्या हैं, मात्र क्लीनिक या आगे चलकर नर्सिंग होम। पैसा कमाना। घर के अभावों को दूर करना। भाई-बहनों की शादी करके उन्हें सैटिल करना। माँ-बाप की सेवा। कहाँ है इसमें लक्ष्य की भावना? ये तो दायित्व हैं, जिन्हें हर व्यक्ति निभाता जाता है? परमार्थ के लिए क्या

है इसमें ? उसे लगा, कमरे की दीवारें ढह जाएँगी। हवा के ठंडे झोंके उड़ाकर ले जाएँगे और धकेल देंगे किसी अँधेरी घाटी में। आज यह कमरा, जो उसे अपनी भव्य कोठी से ज्यादा पसंद था, दर्द के धुएँ में डूबा और बेगाना लग रहा था। चारों तरफ महाशून्य का विस्तार है, जिसमें उसकी अलौकिक मुसकराहट, चेहरे की अद्‌भुत चमक, खाना-पीना सबकुछ व्यर्थ मालूम होता है। देह से खून निचुड़ गया हो, ऐसी लुंज-पुंज सी पड़ी रहती है। पीला विवर्ण चेहरा और आँखों में घिरती पीड़ा की परछाइयाँ। कॉलेज खुलने पर भी न तो कॉलेज जाती, न बाहर निकलती। जूझ रही है स्वयं से भावनाओं की उद्‌दाम लहरों के बीच। ताईजी ने उसकी हालत से चिंतित होकर गार्जियन को खबर कर दी। अंबिका को बुलवाया। जयंत भी आए, मगर वह किसी के साथ नहीं गई, न किसी से बात की। कैसे कहे वह किसी से कि वह अपने ही द्वारा पैदा किए गए झंझावातों से लड़ रही है। साथ में रहनेवाली लड़की बड़ी मुश्किल से मनोचिकित्सक के पास ले गई। वह डॉक्टर के सामने बैठी है। आँखें भावशून्य। सपनों रहित। उदास साँसें भारी हो उठीं। डॉक्टर बोल रहा है—कोई आश्चर्य नहीं। हर उठते-बैठते मनोभाव को सामान्य स्तर तक लाने का संयमपूर्वक प्रयास करो। जीवन की घटनाओं को प्राकृतिक नियमों से जोड़कर सहज ढंग से लेने की ओर जाओ। सत्य को स्वयं से ऊपर उठकर देखने की हिम्मत एवं दृष्टि पैदा करो। जैसे जीवन में अन्यों के जीवन हैं। मनुष्य हैं, जो अब अतीत बन चुके हैं। जो हुआ, उसे हादसा समझो। अब वह मृत है, उससे उबरने की चेष्टा करो, क्योंकि वर्तमान ही शाश्वत है। हमारा जो जीवन है, वह महत्त्वपूर्ण है। सबकुछ प्रोजेक्टर पर चली फिल्म के समान था। देखते वक्त लगा, सच है। लेकिन बाहर निकलते ही सारी बातें स्वप्न की तरह लगने लगती हैं और उससे हम कहीं भी जुड़े हुए नहीं होते हैं। सारे प्रभाव शून्य में बदलने लगते हैं। क्या सिर्फ मैं ही इस तरह ले रही हूँ या···।

इस बार अंबिका जबदरस्ती ले जाने पर अड़ी रही। ताईजी तथा अन्य लोगों के सामने वह मना भी नहीं कर सकी।···न चाहते हुए भी वह गुमसुम बनी रही। बातों का प्रवाह सूख गया था या वह शीतल धारा दब गई थी, स्वयं नहीं समझ पा रही थी।

"अब कैसी तबीयत है ?"

"ठीक है।" जैसे कहीं दूर से वह अचानक लौट पड़ी हो।

"मैं कॉलेज न आ सकी थी। तुम भी नहीं गईं, क्यों ? क्या बहुत ज्यादा बिजी थीं।"

"बस यों ही।"

"सीमा, मेरा भी बिल्कुल मन नहीं लग रहा था। हम लोग तुम्हें कभी नहीं भूल पाएँगे। मेरे जीवन की सबसे प्यारी सहेली। हमदर्द ! जिसने इस बड़े अजनबी शहर में हमारा अकेलापन बाँटा। 'बड़ी' बनकर हमारी जिम्मेदारियाँ उठाईं। हर आत्मिक संबंध भौतिक चीजों से परे व अमूल्य होते हैं। सिर्फ आत्मा से जुड़े रहते हैं। क्या तुम समझ

सकोगी कि जीवन की प्राथमिकताएँ आत्मा की आवाज को नहीं सुनतीं।" अंबिका कहे जा रही है और सीमा बेखबर सी खामोश बैठी है। भाई-बहन शब्दों का प्रयोग खूब सुंदर ढंग से करते हैं, शब्दों से लुभाते हैं, शब्दों से खींचते हैं, शब्दों से मारते हैं और शब्दों का खेल कितनी चतुराई से खेलते हैं! और क्या किसी शब्द का छींटा तक नहीं पड़ता होगा इनके मन और आत्मा पर···सोचकर सीमा को वेदना होने लगी।

"तुझे तो हल्का सा बुखार लग रहा है।" उसने सीमा के माथे को छूते हुए कहा, "अभी कोई टेबलेट ले लो, भइया के आते ही दिखा देना। मैं कुछ बनाकर रख लेती हूँ। आज शायद निमिषा भी आए।" उसके सिर का दर्द तेज हो गया। नसें फटती सी लगीं, लगा—अभी सिर फट जाएगा और खून का फव्वारा बह निकलेगा। जैसे किसी ने जाल कस दिया हो। आँसू बहना चाहते हैं, मगर वह नहीं चाहती कि इन लोगों की खुशियों में उसकी उदासी कहीं भी बाधा डाले।

"जानती है सीमा, निमिषा को भइया बेहद पसंद हैं, उन पर फिदा है।"

"जयंत हैं ही ऐसे। कोई भी लड़की उनको पाकर फिदा हो जाएगी। अंबिका, ध्यान रखना, कभी कोई उन्हें चोट न पहुँचाए।"

"पगली, उन्हें कौन चोट पहुँचाएगा। मैं, पापा! घरवाले। नहीं। निमिषा···वो भी नहीं। दोनों मिलकर प्रैक्टिस करेंगे। सबकुछ तो अपने हिसाब से कर रहे हैं, फिर उन्हें कोई दु:ख पहुँचाएगा ही क्यों? वे असफल हो ही नहीं सकते।"

"बस, सहन नहीं होता।" सीमा अपने ऊपर काबू न रख सकी। अनायास ही फफककर रो पड़ी। अपने आपसे किया गया वादा टूट गया। बदहवास···विवश एक सामान्य कमजोर-सी लड़की बनकर रह गई वह। उफ, उसे स्वयं से ही शर्म महसूस होने लगी। मैं क्यों रो रही हूँ? क्यों···क्यों? आखिर क्यों?

"क्यों, क्या हुआ?"

"कुछ नहीं, बहुत ज्यादा दर्द हो रहा है।···तुम लोग जल्द ही चले जाओगे न।"

"चलो, छत पर खुली हवा में चलकर बैठते हैं।"

"विश्वास ही नहीं हो रहा है, तुम लोगों के इस तरह जाने का। कितना कुछ बदल गया है।"

"जीवन में हम जिनको प्यार करते हैं, वे अकसर दूर चले जाते हैं, परिस्थितियों के बहाने या भाग्य के कारण।" एक रटा-रटाया सा झूठा जुमला!

अंबिका उसे समझा रही थी, यद्यपि इस समय वह स्वयं को बेहद असहज और बनावटी महसूस कर रही थी। उसका बोलने का ढंग बता रहा था कि वह सारी स्थितियों पर लीपा-पोती करना चाहती है, जबकि सत्य उसके अंदर बैठा हुआ है।

छत पर आम के वृक्ष की शाखाएँ फैली हुई हैं। सीमा दरी बिछाकर चादर का

तकिया बनाकर लेट गई। इसी छत के आकाश पर उसके इंद्रधनुषी आलोक से दीप्त सपने ने जन्म लिया था, लेकिन आज उसी छत के आकाश पर दूर-दूर तक धूसर रंग के बादल छितराए हुए थे। इक्का-दुक्का पतंगें उड़ रही थीं। पाँव के पास ढेर सारी चींटियाँ मरे हुए कॉकरोच को खींचकर ले जा रही थीं।

उसने आँखें बंद कर लीं। मन को स्थिर और शांत कर लेना चाहती है, पर प्रश्नों के काँटे उग आए थे। काँटों का अंतहीन विस्तार है चारों तरफ। क्यों दु:खी हूँ मैं? बंद करो यह रोना। बहुत कर लिया संताप। भावनाओं के बढ़ते हुए तूफान को थामो। तुम इतनी स्वार्थी कब से हो गई हो कि अपनी खुशी को छिनता हुआ देखकर तड़प रही हो। सिर्फ अपने नजरिए से देख रही हो दूसरों के जीवन को! फिर? यही तो तुम्हारी उद्विग्नता और हताशा का कारण है। अंबिका ने पहले क्यों नहीं बताया? वह सबकुछ जानती थी। या छुपाती रही अपने स्वार्थों के लिए। दोनों भाई-बहन ने मिलकर, मीठी-मीठी बातें करके मुझे बेवकूफ बनाया है। अपने भाई के लिए वह भी दूसरों की तरह सोच रही है। डॉक्टर भाभी पाकर वह भी खुश होगी, अन्यथा कभी तो मेरा जिक्र करती। सोचते-सोचते उसे समय का आभास ही न रहा। दिन का अवसान कब हो गया, पता ही न चला। अंधकार बढ़ता जा रहा था। शोर थमते जा रहे थे। नीचे से निर्द्वंद्व, स्वच्छंद हँसी की गूँज उसके कानों को कँपकँपा रही थी।

एक ऐसा उन्मादभरा शोर, जिसमें आह्लाद था, उत्साह था, जीवन की रंगीनी थी, भविष्य की उम्मीदें भरी थीं लबालब। उसने करवट बदली। उठकर बैठ गई, चैन न था मन में। फिर लेट गई। पापा सामने खड़े हैं। हाथ में चार-पाँच फोटो हैं, ये लड़का आई.ए.एस. है, ये लड़का आई.पी.एस. है, ये कनाडा में इंजीनियर हैं, ये···मैं अपनी बेटी की शादी ऐसे घर में करूँगा, जहाँ वह खुश रहे। प्यार से रहे। सब उसको प्यार करें। उसने करवट बदली, सिरहाने मम्मी बैठी हैं। प्यारी-सी खूबसूरत औरत। बड़े ऑफीसर की गर्वोन्मत्त बीवी। पूछ रही है, "जल्दी बताओ, किसको पसंद किया?··· क्या चाहती हो तुम? शादी के बाद जो मर्जी हो, सो करना। पापा को, लड़के वालों को जवाब देना है।" उसने फिर करवट बदली। पापा पास में बैठे हैं। पूछ रहे हैं, "हमारी बिटिया रानी ने किसकी फोटो पसंद की? अच्छा खानदान, संस्कार, संपन्नता जीवन में इन सबकी बहुत अहमियत होती है। इनसान की मानसिकता सही न हो तो वह न तो स्वयं ठीक से रहता है, न दूसरों को रहने देता है।" उसने फिर करवट बदली, इस बार आँसुओं का सैलाब फूट पड़ा।

आँखें खोलीं। छत पर छाए सघन अंधकार के बीच स्ट्रीट लाइटों की धब्बे भरी रोशनी यहाँ-वहाँ छितरी थी। आकाश में तारे टिमटिमा रहे थे।

"सीमा कहाँ है?" जयंत की आवाज सुनाई दी।

"सो रही है। उसके सिर में तेज दर्द था।"

"दवा दी ?"

"हाँ, मगर वह बहुत उदास है। तबीयत ठीक नहीं है।"

"चलो, देखकर आते हैं।" कई जोड़ी जूते-चप्पलों की आवाजें उसकी छाती पर पत्थर की तरह पड़ रही थीं, धप्˙˙˙धप्˙खट्˙˙खट्˙˙˙चट्˙˙˙चट्˙˙˙ !

"सीमा ! उठो, देखो तो कितना समय हो गया है ?"

"क्या फर्क पड़ता है ?"

"चलो, नीचे चलो। खाना खा लो।"

"नहीं, भूख नहीं है।"

"मेडिसन ली ? जयंत ने बड़े स्नेह से सिर पर हाथ रखते हुए पूछा।" उसे तेज ठसका-सा लगा।

"आप कब आ गए थे ? जाने का तय हो गया ? कब जा रहे हैं ?" वह थकी आवाज में पूछ रही थी।

"काफी देर से नीचे बैठे थे। अभी अंबिका ने बताया कि तुम ऊपर हो, शायद तीस तारीख को निकलें।"

"हमेशा के लिए या˙˙˙।" वह जयंत के मुँह से सुनना चाहती थी।

"अंबिका परीक्षा देने आएगी, तब तुम्हारी ड्यूटी होगी, उसे अपने साथ रखने की।"

"मैंने तो कहा था कि यहीं रहकर पढ़े।"

"कैसे हो पाएगा ? घर में पहली-पहली शादी है। कौन देखेगा सारा काम ? अब मेरा मन भी यहाँ नहीं लगेगा।" अंबिका हँसकर बोली˙˙˙खुशी उसकी आँखों, गालों और होंठों से टपक रही थी।

रात के सन्नाटे में धीरे-धीरे बढ़ती सिसकियाँ न जाने किस शोर में डूब गईं। कैसे गुजरी वह रात। इसी छत पर मौन एक-दूसरे को छूते हुए, बातें करते हुए, सैकड़ों शामें गुजारी थीं, लेकिन आज वही छत, छत पर आम की शाखाएँ साँय-साँय करती लग रही हैं। लग रहा था कि वह नहीं, रात रो रही है। जाग रही है। तड़प रही है।

सुबह चाय लेने के बाद सीमा ने कहा, "अंबिका, मैं अंकल के घर जा रही हूँ।"

"क्यों ? इतनी जल्दी ?"

"अब मैं यहाँ नहीं रह पाऊँगी। पापा तो वैसे भी चाहते थे कि˙˙˙।"

"तो क्या हॉस्टल छोड़ दोगी ?" अंबिका अचरज से बोली। जयंत पीठ किए कुछ लिख रहे थे, बदन पर शर्ट नहीं थी। वह एक क्षण देखती रही, चौड़े कंधे˙˙˙भरी हुई गोल बाँहें, शेर की तरह गोल मांसल गरदन˙˙˙।

"सीमा, तुम्हें हमारी शादी में तो आना ही पड़ेगा। छोटे भाई को भेज दूँगा। तुम्हारे पापा भेज ही देंगे।" जयंत की आवाज सुनाई दी। फिर निगाहें दूसरे दृश्य पर जाकर ठहर गईं—वह बीमार चेहरा˙˙˙वे भीतर तक उतरती गहरी निगाहें, वे चिंता से भरी बातें, उसके हाथ की सख्त गरमाई से भरी पकड़˙˙˙गरदन के पीछे उस इकलौते चुंबन का काँपता एहसास˙˙˙वह चौंकी, अपना हाथ छूकर देखा, फिर जयंत को देखने लगी।

"नाश्ता कर लो। मैं तुम्हें छोड़कर आता हूँ।"

"नहीं, इच्छा नहीं है। पहले मैं कॉलेज जाऊँगी, बाद में अंकल के घर।" कहकर सीमा तेजी से बाहर निकल आई। आते वक्त जयंत से कुछ न बोल सकी थी। क्या सोचेंगे? मैंने अभद्रता की। मुझे बधाई तो देनी ही चाहिए थी। रोके गए ऑटो को जाने का संकेत कर लौट पड़ी। पाँव किसी अज्ञात प्रेरणा से वापस चल दिए। दरवाजे के पास पहुँची तो कुछ आवाजें सुनाई दीं, जिसमें उसका जिक्र था। पाँव ठिठक गए या चोर मन ने ठिठका दिए।

"पता है भइया, सीमा आपको बहुत पसंद करती है। आपको चाहती भी है।"

"पसंद करने में क्या बुराई है। मैं भी तो उसको पसंद करता हूँ। बेहोशों की चाहत का क्या मूल्य? फिर इस दुनिया में किसकी इच्छाएँ पूर्ण होती हैं?"

"यदि पसंद प्यार में बदल जाए तो? मैं तो उसके सामने जानते हुए भी अनजान बनी रही, क्योंकि मैंने उसे तड़पते हुए देखा है। उसने आपके कितने पोर्ट्रेट बनाए थे। दिल की गहराइयों से प्यार करती है। निमिषा अच्छी लड़की है, मगर प्रैक्टिकल है, प्रोफेशनल है, मैच्योर और कॅरियर ओरीएंटेड लड़की है। पर सीमा, सीमा सिर्फ प्यार करनेवाली, बेहद सेंटीमेंटल लड़की है। जीवन में उसने सबकुछ पाया है, इसलिए वह किसी चीज के पीछे भागनेवाली नहीं है।"

"जिंदगी सिर्फ सेंटीमेंट्स से नहीं चलती है, जीवन खड़ा होता है कठोर सच्चाई के धरातल पर। नजदीक से देखने पर सारे सपने छाया मात्र प्रतीत होते हैं। सीमा जैसी लड़की जीवन में समझौते कर पाएगी? वह बड़े ऑफीसर की रईस लड़की है। सपनों के संसार में जीती है। और जिसे वह प्यार समझती है, महज एक आकर्षण और सहानुभूति की भावना मात्र है। हमारे परिवार का संघर्ष उसकी कल्पना से बाहर है। वह बहुत कमजोर साबित होगी।"

"नहीं, नहीं।"

"अगर निमिषा आपके जीवन में न आई होती तो?"

"तब भी सीमा से शादी न करता। वह दोस्त के रूप में निश्चित ही बहुत अच्छी है। दोस्ती में सब चलता है—भावनाएँ, सपने˙˙˙छोटा-बड़ा।"

"लगता है, हम उसको समझने में भूल कर रहे हैं।"

"ऐसा नहीं है। मैंने उसकी सारी भावनाओं को करीब से समझा है। इसलिए ऐसा कह रहा हूँ।"

"आप कहीं भूल तो नहीं कर रहे हैं। सोच लो। सच्चा प्यार करती है वह आपसे।"

"सच्चे प्यार की क्या परिभाषा है? रात-रात भर जागना! रोना! चीजें खरीदकर दे देना। चीजों का लेन-देन प्यार को परिभाषित नहीं करता। सुंदरता पर मोहित हो जाना। वो क्या जाने प्यार कहाँ-कहाँ से होकर गुजरता है? वह तो महज सुंदर, मासूम बच्ची है। सुख-सुविधाओं, ऐशो-आराम के बीच पली है। जीवन की सच्चाइयों से सामना नहीं हुआ कभी। जिसे तुम या वह प्यार समझ रही हो, वह प्यार नहीं है। अमैच्योर दिमाग ने फिल्मी तर्ज पर जिंदगी के सपने देख लिये। भावुकता से उपजे आकर्षण को प्यार समझ लिया। और हर पसंद आई चीज को पाने का जिद्दी सपना पाल लिया। क्या यही है सीमा का प्यार? प्यार करनेवाले पाने का नहीं, खोने का भी अदम्य साहस रखते हैं।"

"नहीं, बस करो···बस···।" उसकी आत्मा चीत्कार उठी।

"वो क्या जाने एक छोटे से कस्बे में डॉक्टर की जिंदगी कितनी मोनोटोनस और उबाऊ हो जाती है? जीवन को लेकर उसकी उम्मीदें मेरी उम्मीदों से बहुत अलग हैं?"

तो वह सब क्या था? मेरे बारे में इतनी निष्ठुरता से सोच रहे हो, तुम···तुम लोग।

"उसकी वजह से मैं अपना कॅरियर, पापा के सपने, सबकुछ दाँव पर नहीं लगा सकता।"

वह खड़ी न रह सकी। दिमाग में शब्द झनझनाने लगे। डॉक्टर···प्रोफेशन···मैच्योर दिमाग···प्यार···आकर्षण···कॅरियर···उसे लगा, कानों में कई-कई पंखवाले कीड़े फँसकर फड़फड़ा रहे हैं।

सीमा ने हॉस्टल छोड़ दिया था। परीक्षा के समय भी उससे मुलाकात न हो सकी थी। अंबिका ने कितने ही पत्र लिखे थे, लेकिन किसी का भी जवाब नहीं आया था। धीरे-धीरे उसका घर-संसार भी भइया के परिवार से दूर होता गया था।

□

गाड़ी की रफ्तार धीमी होने लगी। यात्रियों का शोर कानों को फाड़ने लगा। प्लेटफॉर्म पर चाय, नाश्ता तथा अन्य चीजें बेचनेवालों की कर्कश आवाजें गूँजने लगीं। वह हड़बड़ाकर उठ बैठी। डबरा आ गया था। उसने जल्द-जल्द सामान इकट्ठा किया। बेबस याचक निगाहों से फिर देखा उस व्यक्ति को, जो सारे रहस्यों को छुपाए बैठा था। काश, अंकल जाग जाएँ। कुछ बता दें।

"क्या डबरा आ गया! कोई लेने तो आएगा?" उन्होंने उठते हुए पूछा।

"हाँ, अंकल, इसके पापा! आप आइए अंकल।" वह जैसे-तैसे बोली।

"तुम्हारा बेटा तो बड़ा प्यारा है।" कहकर सौ का नोट उन्होंने उसके हाथों में पकड़ा दिया।

"अच्छा अंकल, सीमा को कहिए कि वह मुझे पत्र लिखे, मैं उसको बहुत-बहुत याद करती रही हूँ।"

"..."

"अंकल, कहाँ है वह? उसका पता मिल सकेगा···?"

"..."

ट्रेन चलने को थी—"जल्दी करो।" बाहर से पति आवाज दे रहा था। आँसुओं का तीव्र प्रवाह उमड़ते-उमड़ते रह गया। जोर का ठसका लगा छाती में। पति ने टोका, "क्या हो गया है?"

"कुछ नहीं?" पर भीतर जैसे हृदय पिघल रहा था, अंगारों में पड़े लोहे की तरह। सचमुच देर हो गई। पर सीमा है कहाँ? कैसी है? तुम कहाँ हो सीमा? कैसी हो, अंकल ने क्यों नहीं बताया? उसने पलटकर देखा—ट्रेन तेज रफ्तार से प्लेटफॉर्म छोड़ चुकी थी। बस दिख रही थी तो आखिरी डिब्बे की हरी लाइट, जो काँपती हुई ओझल होती जा रही थी।

□□□